D1723356

Frans Verschuren
2 okt '97
Amsterdam.

Het goddelijke monster

Tom Lanoye

Het goddelijke monster

1997 Prometheus Amsterdam

Elke gelijkenis met bestaande personen
en gebeurtenissen berust geheel en al
op toeval.

Ieder beest bidt op zijn manier.

1

TWEESPALT

DE JONGE JAREN VAN EEN TRIEST SERPENT

KATRIEN DESCHRYVER SCHOOT HAAR MAN DOOD. Per ongeluk. Ze wist dat geen mens haar zou geloven maar het wás een malheur – dom, abrupt en onherroepelijk. Typisch iets voor jou, zou haar man hebben gebruld. Indien hij nog had kunnen brullen.

Ze was verraden door haar noodlot, eens te meer. Vanaf haar jeugd was het zo gegaan. Men noemde haar aantrekkelijk, intelligent en elegant tot ze het zelf geloofde. En hoe meer ze het geloofde, hoe meer ze veranderde in wat men haar toedichtte. Tot, op een lelijke dag, haar masker viel en iedereen met open mond staarde naar wat ze werkelijk was. Een doodgewoon meisje, een vrouw uit de honderdduizend. Een plastic spiegeltje waarin de wereld zichzelf had gezien en verliefd was geworden.

Haar heldere kant laat zich vlot beschrijven. Als kleuter al koket, was ze verzot op vormen, op verpakking: nieuwe kleertjes. Ze paradeerde erin rond alsof ze, met elke stap, een nog mooier rokje moest verdienen. Elke woensdagmiddag danste ze op de catwalk van het lage salontafeltje heen en weer, haar spulletjes tonend aan haar drie kinderloze tantes. Die klapten verrukt in de handen en kochten als beloning voor haar een grotere garderobe bijeen dan ze zelf bezaten. De zondvloed van afdragertjes ging naar Gudrun, Katriens enige en jongere zus. Rond Gudruns lijfje leken jurken en bloesjes de glans te verliezen die ze hadden bezeten rond het lichaam van Katrien. Toch haatte Gudrun haar zus niet, integendeel. Ze dweepte met haar zoals alleen een jongere zus dat kan en was trots op haar als had ze zelf meegewerkt aan ieder van haar verschijningen.

Als plechtige communicant betrad Katrien de kathedraal in een miniatuur trouwjurk, inclusief boeketje. Ze werd omkranst door wierook en orgelmuziek. Alle hoofden draaiden zich om naar háár, kindvrouwtje uit een Parijs' modeblad, geschminkt door Moeder Natuur – wangen geblanket door de zenuwen, ogen donker van de angst, lipjes gestift door de opwinding. Ze schreed naar een altaar dat glom van goud en heiligheid en lelies die verwelkten. Kinderen zagen een engel, klaar om de vleugels te ontvouwen. Vrouwen zagen een icoon van zuiverheid, op de drempel der ontmaagding. Mannen zagen een belofte van wellust, op dezelfde drempel. En van alle communicantjes die de kardinaal die dag met zalvende duim een kruisje op het voorhoofd mocht strelen, zou 's avonds alleen haar gelaatje hem bijblijven. Kwijnend van godsvrucht maar bizar zuchtend onder zijn duim. En de drie tantes? Die zaten gelukzalig te grienen op de eerste rij, fantaserend over de echtgenoot die zij nooit hadden ontmoet maar die, in luttele jaren slechts, hun troetelnicht ten deel zou vallen.

Op elke nieuwe school straalde Katrien van ontluikend talent tot ze, onder verzwegen omstandigheden, verdween naar weer een andere school. En ook later, op de universiteit, bloeide ze op in elke studierichting, die ze evenwel allemaal vroegtijdig opgaf. Niet omdat de richting haar te zwaar viel maar omdat een wildvreemde jongeman, zijn hand op haar dij, beweerde dat de richting die híj studeerde haar talenten nog beter tot hun recht zou doen komen. Pas op, hij zei dat zonder bijbedoelingen! Als vriend. De dag daarna veranderde Katrien van studierichting. De maand daarna van vriend.

Zo modelleerde haar leven zich naar de verwachtingen van al wie het kruiste. En dat waren er velen.

Haar donkere kant laat zich veel moeizamer beschrijven. Hoezeer Katrien, als allemansprinses, triomfen stapelde op successen, onafwendbaar kwam de dag dat het fragiele diadeem haar van het hoofd werd geblazen. Geen ramp leek groot genoeg om haar te straffen voor de schoonheid, de begaafdheid en de elegantie waarin ze zich kortstondig had mogen hullen. Omringd geweest door niets dan vrienden en vereerders, stond ze plots alleen. Naakt en uitgejouwd op het voortoneel van haar kleine bestaan, afgekeurd voor een rol die ze niet eens had nagejaagd.

Zij, de verrukkelijk taterende elf, voor wie geen woord te groot was geweest en geen kreetje te hoog, gleed nu als een slak achterwaarts haar kurkentrekkershuisje in. Weggezakt in een oude kamerjas gaf ze geen krimp meer. Hoe men ook dreigde en dramde, hoe men haar ook met haar neus in haar mislukking duwde als een jonge hond in zijn drek, ze staarde voor zich uit en zweeg en weende niet. Zo werd ze, in minder dan een week, andermaal wat men van haar fluisterde, dit keer achter de rug van een hand: een onverschillig, wreed, verwend secreet.

Van oogappel naar kreng, voor haar een kleine stap. Want nog altijd was ze alleen maar een spiegel. Een scherm van namaakzilver waarop niet de werkelijkheid zich openbaarde maar waarop elkeen projecteerde wat hij het meest begeerde of verachtte. Droom of draak, wens of walg. En geen van beide, vond Katrien, had ze verdiend. Zij wilde enkel zijn wat ze was

– zo goed als niets. Doch de wereld drong haar de grootste rollen op die zij haar bewoonsters had te bieden. Fee of feeks, heldin of heks. En niets daartussenin.

De omgekeerde afgang – van kreng naar oogappel – begon pas toen ze de stortvloed aan verwijten pareerde met één overspannen huilbui. De drie kogelronde tantes lokten het uit, onbewust als altijd. Na veertien dagen stilte namen zij hun besluit. Ze gingen kijvend voor hun gevallen hartsvriendin staan, handen in de zij, onverzoenlijke blik. Wie na zo'n schanddaad niet één traan kan storten, is geen mens! Voor zo iemand hebben wij geen woorden! Maar uit het eelt van hun verwijten stak reeds een stekeltje de kop op. Een averechtse likdoorn die smeekte om verzoening.

'Allez toe, mijn zoeteke. Zegt eens wat tegen uw tantekes. Ze missen u zo.'

De brute beschuldigingen waren als een stuk zeep van Katrien afgegleden. Maar het stekeltje schramde haar huid. Meer had ze niet nodig. Ze barstte uit als een bergrivier. Haar tranen vielen niet te stelpen neer, de sponzige kamerjas ving alles op en raakte doordrenkt. Er liep snot uit haar neus en spuug uit haar mond, haar ogen werden rood, haar stem hikte, haar gezichtje zwol verhit op, haar haar stond alle kanten uit... De lelijkheid die ze jarenlang had opgespaard spoog eruit, als een gif, en liet haar achter als een hartverscheurend jankende kobold.

Haar inwendige verdriet was echt maar had niets te maken met de koboldenvertoning. Toch was men eerst nu onder de indruk. De een begon de ander verwijten te maken. Hoe had men zo kortzichtig kunnen zijn? Katrien was geen onmens. Ze verkeerde in een shocktoestand. Delicate wezens zijn ook delicaat qua psyche, zij zijn niet met een harde hand gebaat.

Zij verdienen geduld en deernis en het werd hoog tijd dat men ook Katrien gunde waar zij recht op had. En zo, via de sluipwegen van compassie en amateurpsychologie, heroverde Katrien al snel haar plaats op de planken. Dubbel gefêteerd, dankzij het schuldbesef van haar claque. Schijnbaar gelouterd, al was ze geen spat veranderd.

Maar nooit vergat ze de dagen dat ze, zwijgend en nietswaardig, door iedereen was veracht. Hoe groots de plannen ook waren die haar familie haar alweer begon aan te praten, hoe meeslepend de liefdesverklaringen der vrienden opnieuw ronkten en hoe intiem de geheimen der vriendinnen als vanouds werden gefezeld, zij voelde hun vroegere afwijzing jeuken als littekens na de marteling. Adam en Eva aten van de Boom der Kennis en werden daarom uit hun Aards Paradijs gezet. Sinds Katrien had gezien dat haar paradijs niet eens bestond, kauwde ze op de kiezels der achterdocht. In elke vriendschap zag zij het toekomstige verraad, in elke kamer de potentiële rechtbank, in iedere ochtend het begin van een mogelijk proces. Er was geen ontsnappen aan. Ze zat gevangen in plaats en tijd, en handelingen werden haar opgedrongen. Op haar zestiende krulde om haar mond een koppig trieste trek.

Die treurige kerf zou de enige afbreuk aan haar schoonheid hebben betekend, indien hij haar niet juist tragischer had gemaakt en dus aantrekkelijker. Geen afrodisiacum zo krachtig als de combinatie van leed en luister, pijn en pracht. Wat is een femme fatale? Kommer en kwel met de juiste boezem en een perfecte taille. Nog een geluk dat Katrien maar één meter zestig groot was. Het weerhield haar omgeving ervan om in haar plaats te dromen van een carrière als mannequin.

Van alle rampen bleef haar dan toch die ene bespaard.

VAN ALLE ANDERE RAMPEN bleven er haar bitter weinig bespaard. Het neerschieten van haar man kwam niet onaangekondigd.

Nog geen negen was ze geweest toen ze door de buren – een echtpaar met een zwembad en een kind – was uitgenodigd om te babysitten. Overdag. Het echtpaar drukte haar drie keer op het hart het kind niet in de buurt van het zwembad te laten spelen en reed uitbundig zwaaiend weg. Katrien was de vroegrijpe dochter die ze zich altijd hadden gedroomd. Een minimoeder voor hun zoon van twee.

Gebukt gaand onder hun vermoeden van haar maturiteit werd Katrien doodsbang. Ze zag de kleuter voor zich, in het helblauwe zwembad naar beneden getrokken door zijn loodzwaar geworden luier, zinkend met geheven vuistjes en open oogjes, vlak vóór de bellen uit zijn mond het wateroppervlak zouden verstoren. Ze had bij een vorig bezoek gezien hoe de buurman het zwembad had laten leeglopen voor een schoonmaakbeurt. Ze herhaalde zijn handeling. Terwijl het water wegliep, ging ze gerustgesteld stripverhalen lezen binnenshuis. Het kind waggelde achter haar rug om naar buiten, het zonlicht in, de propere geur van chloor tegemoet. Aangetrokken door het wegslurpende water, boog het zich op zijn dikkige beentjes vooover en viel in het diepe. Het is beangstigend hoe weinig een kindernek nodig heeft om te breken.

Ook haar lievelingsoom dreef ze de dood in. Nonkel Daan reed met zijn elektrische grasmaaier over het stroomsnoer dat zij – om hem te helpen – ongezien verlegd had. Ze liet een peperdure Perzische kat verongelukken. Het beest viel van twaalf hoog van een balkon op de piek van een hek. Zij had het met een duwtje willen beletten om in een glasscherf te trappen. Een huis liep onder, auto's botsten, ledematen werden afgerukt.

Maar wat er ook gebeurde, Katrien bleef ongedeerd. Dat stemde haar alleen maar treuriger. Hoe graag had ze niet gedeeld in de verwondingen van haar slachtoffers, om te bewijzen dat zijzelf er ook een was.

Het onheil dat haar het diepste trof, kostte geen levens maar legde een gebouw uit de vorige eeuw in de as. De Academie van Schone Kunsten waar zij, veelbelovende tiener, de beginselen van de fotografie had proberen te doorgronden. Lang voor haar huwelijk was ze er verzeild geraakt, toen ze op straat was aangesproken door een leraar. Een kunstenaarstype, middelbaar van leeftijd en met een hang naar onmogelijke liefdes. Hij verzekerde haar dat zij een volmaakt schildersmodel zou zijn. Zonder dralen ging ze met hem mee. Zo lang ze gekleed poseerde, borstelde hij haar kubistisch. Daarna steeds figuratiever. Ten slotte zei hij dat hij net zo goed foto's van haar kon maken.

Toen ze hem mocht assisteren om de eerste foto's te ontwikkelen, werd ze besmet door een besef dat ze nooit eerder had ervaren.

Hij leidde haar door een eindeloos lijkende gang. In de verte wachtte de donkere kamer haar op. Badend in een genadig rood licht vol chemische geuren.

Reeds in de gang, op weg naar het rode schijnsel, had ze niet het gevoel op de begane grond te lopen, maar over een hangbrug bij naderende storm. Zodra de deur zich achter haar sloot, maakte de beklemming zich helemaal van haar meester. De leraar zei van alles maar ze verstond hem niet. Ze moest terugdenken aan haar communie. Aan de wierook, aan de streling van de kardinaalsduim en hoe de kardinaal haar in de ogen had gekeken tot op de bodem van haar ziel en haar verminkt had zonder het te weten. Nu stond ze weer voor zo'n moment. Ze voelde het en werd misselijk. De leraar merkte niets, die ging onverdroten door met zijn voorbereidselen. Ze verzette zich uit alle macht maar ze kon het niet tegenhouden: de kamer kantelde.

Stoelen verschoven schrapend, de ventilator aan het plafond versnelde tot hij zong als een propeller, de drankenautomaat vonkte en knetterde. Katrien zonk op haar knieën neer, vernederd, huiverend. Niets hielp. Het hele gebouw kreunde, klaaglijk als een mammoettanker aan de ketting. Achter het behang stampte en brieste een dier. Er klonk geluid van ontsnappende stoom. Te midden van dit pandemonium bleef de leraar geluidloos zijn mond bewegen, onverstoorbaar. Tot zijn gezicht zich vertraagd naar haar toe keerde en knipoogde. De stilte viel als een bijl. De kamer hing weer recht. Katrien stond weer op haar beide voeten. De automaat zoemde als voorheen.

'Pas op,' fluisterde de opgewekte mond van de leraar. Zijn lippen waren gebarsten, Katrien zag de kleine korstjes huid. 'Kijk goed. Bereid je voor. Het gaat gebeuren. Nu.' Zijn vinger wees naar de tafel voor hem. Zijn wilskracht dwong haar om te kijken met een schampere blik.

In het teiltje vol ontwikkelaar zag ze zichzelf ontstaan. Op een dobberend stuk papier niet groter dan een prentkaart. Haar beeld lag naakt en bloedmooi op z'n zij, steunend op een elleboog. Steeds dreigender nam het vorm aan. Ofschoon nog steeds ondergedompeld en niet helemaal geboren, keek het de wereld in met een uitdagende triestheid. Zo zag ze er dus uit, in de ogen van haar leraar. Onontkoombaar, hard, gebiedend. Haar blik zwart als antraciet.

Alle andere voorwerpen in de doka zagen rood – het vergrotingstoestel, de plastic jerrycans, de dozen met fotopapier, de waslijn met foto's in alle formaten, gloeiend als lampions.

Rood zag ook de leraar die naast haar stond. Hij schoof zijn arm behoedzaam over haar schouder. Ze kon zijn oksel ruiken en zijn adem. Ze wilde weerstand bieden maar ze kon het niet. Zijn liefdeshonger was nog te groot, zijn wil om in de liefde te mislukken nog niet groot genoeg. Hij trok haar naar zich toe en bracht zijn gebrilde hoofd vlak voor het hare. Hij keek haar in de ogen. Zijn wil dwong haar om zijn blik te beantwoorden. Ze deed het, uiterlijk bogend op een kracht die ze innerlijk niet bezat.

Terugkijkend zag ze niet alleen zijn blik maar ook de prentkaart, weerspiegeld in de dikke brillenglazen. Twee keer werd Katrien bespied: één keer spottend door haar naakte, pas ontwaakte zelf; één keer smachtend door haar leraar. Die sloot zijn lodderogen en liet zijn tong over zijn gebarsten lippen naar buiten glijden. Een reptieltje dat haar mond belaagde. Heel even klaagde opnieuw het gebouw, hing de kamer weer scheef, zong de propeller, brieste het beest.

De gebrilde kunstenaar schrok van de bruuske beweging waarmee Katrien haar hoofd wegdraaide, hoogmoedig, honend. Hij staakte zijn poging om haar te kussen. 'Dit had ik wel verwacht,' murmelde hij voor hij in z'n eentje de donkere kamer uitstoof. 'Het was te mooi om waar te zijn.' Vlak voor de kus had hij zijn greep op haar gelost. De hoon en de hoogmoed waren het laatste wat hij haar had opgelegd. Zo was ze eindelijk geworden wat hij in haar gezocht had en gevreesd: de zoveelste onmogelijke liefde in zijn leven.

Erg rouwig was Katrien daar niet om.

In de daaropvolgende weken werd fotografie haar obsessie. Niet foto's nemen maar zich laten fotograferen. Ze eiste dat ze mocht helpen bij het ontwikkelen in de rode verloskamer.

Dat was haar enige voorwaarde bij de urenlange sessies waaraan ze zich gulzig onderwierp. De leraar had afstand van haar genomen om zijn gebroken hart te sparen. Ze poseerde nu voor zijn leerlingen. Ze vroeg het iedereen. Want gaandeweg had ze gemerkt dat haar fotografische verschijningen zich lieten regisseren door wie achter het toestel plaatsnam. Zelfportretten waren tot mislukken gedoemd. Welke houding ze voor de lens met zelfontspanner ook aannam, het leverde slechts doodgewone kiekjes op. Katrien Deschryver, een vrouw zonder geschiedenis, een sterveling. Alleen als anderen haar in beeld brachten kwam het monster tot leven.

Gebiologeerd keek ze telkens opnieuw naar haar wedergeboorte in het teiltje met chemicaliën. Ontelbaar waren haar gedaanten. Hautaine close-up, liggend naakt, arcadisch, grootsteeds, psychedelisch. Ze werd het niet moe te kijken naar die stoet van smalende diva's en deernen. Op elke foto hoopte ze een gebrek te vinden. Een loochening van het feit dat haar foto volmaakt was en zij niet. Telkens ving ze bot. Elk portret schreeuwde het haar in het gezicht. Ze mocht met haar werkelijke lichaam door de voorruit van een auto schieten, haar neus verbrijzelend, haar huid aan flarden rijtend – haar beeld zou ongewijzigd blijven, getuigend van een perfectie die zij nooit had bezeten.

Met dat idee kon Katrien niet leven. Hoe meer foto's ze van zichzelf zag, hoe meer ze er verlangde te zien. Hopend op die ene die haar angsten zou tenietdoen. De foto die, ofschoon genomen door een ander, haar toonde zoals ze was. Nietig, breekbaar. Al haar vrije tijd moest eraan geloven. Ze verliet de Academie amper. Ze schminkte zich, schminkte zich af, verkleedde zich, kleedde zich uit, nam in het flitslicht elke denkbare pose aan, van obsceen tot gracieus. Tot zij de uitputting, en haar fotografen de verveling nabij waren. De ene na de andere leerling haakte af, onder duizend bedankingen en excuses. Uiteindelijk was er maar één die haar tempo kon volgen, omdat hij haar obsessie deelde. Een lieve lange slungel die zocht wat zij zocht. Steeds weer nieuwe foto's van haar.

Maar ook haar vlees en bloed waren een obsessie van hem. In de rode kamer drong hij zich zo vanzelfsprekend aan haar op dat ze zich wel moest laten kussen, zo veel hij het wenste en overal waar hij het had gedroomd. Ze vond het niet onprettig te plooien voor de wilskracht van zo'n jonge hond. Maar terwijl zij, geheel naakt, met haar kontje tegen de tafelrand leunde en hij, geknield, zijn tong tussen haar rode dijen liet tekeergaan, keek zij nog steeds bezorgd naast zich. Naar het teiltje op het tafelblad. Daar, in het chemisch rode vruchtwater, doken de monsters alweer grijnzend op. Volmaakt als de gravures van godinnen. Bedreigend, spottend. Superieur.

Katrien verbeet haar wanhoop. Ze voelde hoe de tafelrand in haar billen sneed en sloot haar ogen, een orgasme fakend om haar lieve slungel ter wille te zijn.

Na een uitzonderlijk lange sessie ging de slungel, grieperig, medicijnen kopen om de hoek. Katrien kon haar ongeduld niet bedwingen en begon in haar eentje met het ontwikkelen. Eén van deze honderden foto's was degene die ze zocht. Ze had het gevoeld bij het poseren, ze had het beest verslagen, ze had het weten te vermoeien, het had zijn greep op haar heel even gelost. Zo móest het zijn, ze had er recht op, vond ze. Ze had er zo lang voor gewerkt, ze was doodop. Ze kon niet langer wachten. Moederziel alleen, zwetend in het zinderend rode waas van de doka, opende ze alle filmrolletjes en maakte toen haar vergissing. Ze draaide niet de schakelaar van de ventilator om maar die van de werklampen. Het bijtend witte halogeenlicht viel als een zoldering op haar en de onbehandelde filmrolletjes neer.

Katrien schreeuwde het uit. Had ze zich niet aan het vergrotingstoestel vastgeklauwd, was ze misschien onderuitgegaan. Zo'n kans kreeg ze nooit meer. Ze was haar bewijsfoto kwijt. En ze zou ook hem verliezen, haar slungel. Binnen vijf minuten zou hij hier staan, jammerend, verwijtend. De foto's waren bedoeld als zijn eindwerk, hij had morgen zullen inleveren en dat was al te laat. Ze moest iets bedenken, snel. Een overtuigend ongeval. Iets dat in verhouding stond tot het verliezen van vijf uur hard werk, honderden foto's en een einddiploma. Iets minder krukkigs dan een foute schakelaar.

Zodoende ensceneerde zij, die zich wekenlang had laten ensceneren, een brandje in de doka. Vlak onder de ventilator. Ze liep naar buiten om de hulpdiensten te bellen. Toen de brandweer arriveerde, gelijktijdig met haar slungel, stond de Academie al in lichterlaaie. Het dak stortte klagend in, een vuurwerk van vonken omhoog werpend, feestelijker dan confetti.

De brand maakte haar eerst blij. Niet alleen draaide hij haar flater om in een heldendaad – zij was ternauwernood aan de dood ontsnapt en had toch kans gezien de hulpdiensten te alarmeren. Doch hij bewees ook dat haar foto's kwetsbaarder waren dan zij had gevreesd. Zeker, haar lichaam kon nog altijd door een autoruit worden geslingerd, of juist geklemd zitten terwijl de motor in de fik vloog. Maar ook haar afbeeldingen konden verkolen, negatieven inbegrepen. Ze konden worden verscheurd of verminkt met een schaar. Ze waren net zo kwetsbaar en eindig als zijzelf.

Toen echter zag ze de rampentoeristen die te hoop waren

gelopen na de lokroep van de brandweersirenes. Ze zag hoe er naar haar werd gestaard, gewezen, zelfs bewonderend gefloten. Haar blijdschap verdween. Ze had zich laten misleiden. Alleen zijzelf had foto's nodig gehad om het beest in het gezicht te kunnen zien. Maar het had geen foto's nodig om tot leven te komen. Het had vroeger al bestaan – in het oog van haar familie, haar drie dikke tantes, de kardinaal. En het bestond nu nog – in het oog van de menigte, haar opgeluchte slungel, de complimentjes roepende spuitgasten. En als om zijn onuitroeibaarheid te bewijzen herrees het zelfs, ongezien, uit de nog smeulende as van de Academie en besprong de korpscommandant. De brave man kwam Katrien eigenhandig een stoel en een glaasje water aanbieden en begon reeds na vijf minuten over zijn dochtertje te vertellen. Spoorloos verdwenen op haar tiende. 'Jij hebt haar blik, haar glimlach. Ze zou zo oud geweest zijn als jij nu,' huilde de man. Terwijl hij Katrien reeds over het hoofd probeerde te strelen.

Het monster bestond in het oog van iedereen. Katrien zou nergens veilig zijn zo lang ze leefde.

2

HET EINDE VAN EEN HUWELIJK

DE DAG DAT KATRIEN DESCHRYVER haar man door het hoofd schoot verliep niet vlekkeloos. Ze waren net geen zeven jaar getrouwd.

De echtelieden stonden tegenover elkaar in een zomers bos in Zuid-Frankrijk. Amper vijf kilometer van hun riante villa. Allebei in de dertig en hogelijk geïrriteerd. De ruzie die de hele morgen onderhuids was gerijpt, knapte onwelriekend open. Het was de echtgenoot die de aanzet gaf. 'Ik heb nog nooit zo'n lompe koe meegemaakt,' zei hij. Zijn naam was Dirk Vereecken, zijn hobby jagen op klein wild. 'En ik heb in mijn leven al heel wat koeien meegemaakt.' Hij rukte zijn vrouw het dubbelloopsgeweer uit de handen en klikte het open om haar nogmaals te tonen hoe ze het moest laden.

Katrien kruiste uitdagend de armen. Uiterlijk vol vechtlust, innerlijk vol weerzin. Het was opnieuw zover. Ze voelde hoe ze haar hoofd schuin moest houden en Dirk meewarig aan moest kijken. De vrouw spelen, zoals hij haar het meest verfoeide – onhandig, mooi en vol venijn. De feeks. 'Dat je vóór mij enkel koeien kende, schat, zal niemand tegenspreken.' Het rolde vanzelf over haar lippen maar het was geen tekst van haar. Zij speelde liever voor fee. In plaats daarvan diepte ze met een groot gebaar een sigaret en een aansteker op en zuchtte, met opgetrokken wenkbrauwen: 'Maar sta me toe te betwijfelen dat ze met veel waren, die oude koeien van jou.'

'Oud? Ze waren jonger dan jij. En een plezier om te melken.'

Ze haatte dit gehakketak, dit schermen met spitsvondigheden. Hij niet. Hij had het nodig zoals een ander champagne, snuiftabak of porno. Hij, de hooggeleerde academicus, scheen er overigens niet alleen genoegen in te scheppen zijn vrouw tot grove uitspraken te dwingen, nee, hij zocht steeds vaker het onderspit te delven in hun tweegevecht van grofheid. Katrien vond het beschamend in zijn plaats. Vroeger had het nog iets onschuldigs gehad. Toen had hij het gewoon lekker gevonden om te stoeien en al eens op zijn donder te krijgen. Dat hoorde erbij. Mettertijd echter was hij begonnen te lijden aan de behoefte om gekleineerd te worden. Om de underdog te zijn, perpetuum mobile van minderwaardigheidscomplexen. Er schuilt een bitterzoete glorie in het koketteren met mislukking.

Soms echter was zijn zwelgen in nederlagen vals. Dan hoopte hij, in de oorlog van de passie, één veldslag smadelijk te verliezen om des te vernietigender zijn wraak te mogen botvieren, een pijlenregen beantwoordend met een bommentapijt. Dit was een van die keren. Daarom dwong hij Katrien te zeggen wat ze zeggen ging. Ze blies de eerste teug sigarettenrook weer uit en zei, bekakt van hem wegkijkend: 'Zo stom zijn zelfs jonge koeien niet, dat ze zich laten melken door een boer met een potentieprobleem.'

Dirk had gekregen wat hij wou. Een alibi voor schunnigheid uit de mond van een intellectueel. Hij ging er verlustigd op in. 'Ik heb maar één probleem en dat ben jij. Hoe zou ik nog een stijve krijgen naast zo'n bodemloze kut waar meer vreemde leuters in verdwijnen dan drollen in een riool?' Hij klikte het geladen geweer dicht. Maar hoe verkrampt zijn gezicht ook was, het blonk van de goesting. Drama was aan hem besteed. Hij zwolg in jaloezie zoals verslaafden in hun roes. Waarom trapte hij haar het huis niet uit, als hij echt zo van haar walgde? Waarom eiste hij geen scheiding, al was het van tafel en bed? Hij eiste niets, hij zei: 'Van een hond met kleren aan word ik nog heter dan van jou met je kont omhoog en je kut zo open als een schuur, vulgaire slet die je bent.'

Zo sprak de man met wie ze nu al bijna zeven jaar getrouwd was. Er was een zoontje in het spel – goddank enig kind en goddank niet mee op vakantie. De botheid van Dirks woorden deukte haar ziel. Ze had van hem gehouden, de eerste jaren zeker. Nog altijd had ze een zwak voor hem. Dirk Vereecken, grote man, blauwe ogen, een haakneus en een leerstoel in belastingrecht. Onvermoeibaar wroeter met een gouden hart. Thuis, tegenover haar, schoten de laatste jaren zijn angsten en frustraties ongehinderd naar de oppervlakte. Buitenshuis genoot hij nog steeds de reputatie van levensgenieter, vredestichter, mensenvriend.

'Een hond met kleren aan, akkoord,' zei Katrien. Ze voelde de smalende plooi waarin haar lippen zich wrongen. 'Maar de Poolse werkster mocht voor jouw neus met haar kont omhoog liggen zo veel ze wilde, iets anders dan háár kont ging er niet omhoog.'

De Poolse werkster? Ze kon haar eigen mond niet geloven. Ze had graag wat tijd gehad om de boodschap te verwerken. Maar haar mond gunde haar geen seconde: 'Was het daarom, schat, dat je die Poolse pothoer hebt ontslagen?'

Ze was zo mogelijk nog meer verbouwereerd dan Dirk. Die lieve Zofia. Wat ze dat kind niet allemaal had geschonken! Conserven, dekens, aandacht. Op het eind had Katrien zelf staan afstoffen en had de Poolse snotterend aan de keukentafel gezeten, andermaal vertellend over haar armlastig dorp, schooiend om nog meer poen en blikvoer. Katrien had haar telkens gegeven wat ze vroeg. Uit medeleven maar ook omdat ze niet anders had gekund. De Poolse had een te sterke wil gehad. Maar na alles wat dat mens cadeau had gekregen, had ze ook geprobeerd om Dirk in te palmen? Katrien kon het niet geloven. Maar aan Dirks gezicht zag ze dat ze de waarheid had gesproken.

Ze voelde een jaap van jaloezie – exact wat Dirk haar oplegde. Maar wat hij niet wist, was dat Katrien ook medelijden voelde. Ze zag hun slaapkamer voor zich. De gordijnen dicht, de schemerlampen aan. Zofia stapt uit haar besmeurde schort, dan uit de rest van haar kleren en gaat vervolgens wijdbeens op het bed liggen. Dirk, zwetend, zwijgend, verroert geen vin. Hij houdt zijn handen in zijn zakken en blijft maar voor dat voeteneinde staan. Katrien had hem van harte gegund dat hij tot daden had kunnen overgaan. Zo'n gênante beproeving had geen van beiden verdiend. God weet hoe lang had Zofia niet moeten liggen kronkelen en kreunen, alvorens Dirk de kamer had verlaten om haar ontslagbrief te gaan schrijven.

'Typisch iets voor teven,' stamelde Dirk in het Zuid-Franse bos. 'Achter mijn rug zitten konkelfoezen.' Hij trilde. Het spelletje blufpoker had zich tegen hem gekeerd. Hoe wist Katrien het van die Poolse? Ze wist godverdomme altijd alles, ze maakte hem nog gek. En wat nog erger was: het leek haar niet te deren. Natuurlijk had hij er weleens over gefantaseerd dat Katrien het te weten was gekomen. In die dromen had ze zelfs een enkele keer languit op het bankstel gelegen, gebalde vuistjes, krokodillentranen, hees van jaloezie. Meestal echter had ze zijn fantasieën verknald door te reageren zoals nu. Onverschillig, krenkend en ijskoud. Zo kende hij haar weer. Dit was de vrouw die hij verafschuwde en verafgoodde. De helleveeg die hem nog eens kapot zou maken. Na zeven jaar vond hij haar nog altijd even ondoorgrondelijk als wulps en welgevormd.

'Zofia zou haar mond houden,' hakkelde Dirk, 'dat had ze me beloofd.' Zijn vingers omklemden het geweer, zijn kaken maalden. Dit was de vijftiende dag van hun vakantie. Vijftien dagen gekrakeel. Zelden had hij zich door zijn vrouw zo dicht bij het ravijn van de razernij laten drijven als nu. Toch had hij zijn bekomst nog niet. Hij wilde nog meer klappen. 'Wanneer heeft ze het verteld?' Hij wilde achteruit geranseld worden tot hij, zich omdraaiend, de bodem van het ravijn kon zien en, er-door aangetrokken, zijn evenwicht mocht verliezen. Een troostende vrije val in de armen van amok. Eens zien wat ze dan zou zeggen, als hij voor haar voeten zou ontploffen als een handgranaat. 'Zeg het dan. Wanneer heeft ze 't verteld?'

Katrien haalde haar schouders op: 'Meer dan eens. Het is zo'n lekker verhaal. En nog flatterend voor mij ook. Bij haar bracht je er helemáál niets van terecht.' Alsjeblieft, laat mij ophouden, dacht Katrien. Waarvan is overspel toch het symbool dat het, op zich futiel, zulke passies weet op te wekken? Doe mij zwijgen, Dirk, ik smeek je. Maar haar arrogante mond zei: 'Je had mij jouw debacle gerust kunnen verklappen, ik was ver-eerd geweest. En dan had je dat stomme mens geen geld hoeven te geven om haar bek te houden.'

Opnieuw zag ze aan Dirks verbijsterde gezicht dat ze de waar-heid had gesproken. De arme schat, dacht Katrien. Hij heeft betaald om stil te houden dat hij géén overspel heeft gepleegd.

Er viel een stilte. Voor zover je van stilte kunt spreken in een bos, hartje zomer, op de middag. Een specht hamerde, kevers bromden, vogels kwinkeleerden en ook struikgeritsel was niet van de lucht. Een libel hing zoemend stil en schoot weer weg.

Een lange man stond zwetend in het lommer, neerkijkend op een kleine, knappe vrouw met een wrange mond. De hitte kraakte rondom hen in stenen en verdorde bomen. Het was een van de laatste loden dagen vóór de komst van de mistral, heraut van het verval, van herfst, van dood.

'Hier,' zei Dirk. Zijn stem klonk schor. Hij duwde Katrien het geladen geweer in de handen. 'Je hebt een geweer, je hebt kogels, een busje water en wat brood. Je hebt de cursus gevolgd, je weet wat je weten moet. Ik trek mijn handen van je af. Jaag iets op, maak iets af, schiet iets neer. Het maakt mij niet uit. Maar zoek de weg terug maar in je eentje.'

Hij sprak moeilijk, opzettelijk naast Katrien kijkend. Ze voelde dat hij het meende. Hij zou wegstappen en niet willen dat ze hem volgde. Hij zou haar dwingen om hem geringschattend na te kijken. Ze zou moeten gnuiven om zijn overgave, luid genoeg opdat hij het zou horen. En nog voor hij was verdwenen, zou ze luidruchtig de andere kant uit stappen om te bewijzen dat ze zonder hem best verder kon.

'We zien elkaar vanavond of misschien ook niet. Je zoekt het maar uit,' zei Dirk. Hij keek haar nu toch even aan. Ze keek staalhard terug maar ze zou er alles voor hebben gegeven om hem in haar armen te mogen nemen. Hem te zeggen dat het allemaal niet zo belangrijk was, dat hij te zwaar aan alles tilde. 'Je kunt me geen kloten meer schelen, Katrien,' zei Dirk.

Dat was een leugen. En het laatste wat hij in zijn leven zei.

DE LAATSTE UREN vóór Katrien Deschryver het hoofd van haar man kapot zou schieten, liep ze doelloos door het bos.

Het liefst van al was ze direct naar hun villa gegaan. Maar ten eerste dwong Dirk haar, al was hij niet aanwezig, om nog steeds met hem te strijden. Zo sterk waren zijn wanhoop en zijn wil. Wie van hun twee zou de grootste jachttrofee veroveren? Daar ging het nu om. De jacht, het enige terrein waarop hij haar nog de baas hoopte te zijn. Zo kinderachtig had zijn radeloosheid hem gemaakt.

Ten tweede wist Katrien bij God niet welke kant uit hun villa lag. Alvorens de ruzie in alle hevigheid was uitgebarsten, hadden Dirk en zij reeds kilometers door het bos gebanjerd. Ze was elk gevoel van richting kwijt en had nooit geleerd zich te oriënteren op de zon. Het was een van de eerste keren dat ze mee op jacht ging en al helemaal de eerste keer dat ze daarbij zelf een geweer droeg. Het rustte geladen maar opengeknikt over haar schouder. Ze hield de zware kolf in haar ene hand zodat ze de andere vrij had bij het voortbewegen over de oneffen bodem. Dat was het veiligst. Als je geweer viel kon het niet afgaan en je eigen been verwonden. Zoveel had ze wel nog onthouden van de jachtcursus die ze in Vlaanderen had gevolgd, tot groot vermaak van Dirk omdat de cursus in het begin schriftelijk was verlopen. Bij het zien van de jonge praktijkinstructeur had Dirk minder gelachen. Hij had geëist dat zijn vrouw thuis zou blijven en hem, haar echtgenoot, de kans zou geven haar alles bij te brengen over de jacht. Direct op het terrein. In Frankrijk, vlak bij de villa die hij had gekocht.

Die koop was een compromis geweest. Een vergelijk tussen de zucht naar jagen van hem en de dorst naar prestige van haar familie. Want de Deschryvers – vooral de ouwe Deschryver,

haar beroemde vader – oordeelden dat een Vlaming pas geslaagd was in het leven als hij niet alleen een BMW onder z'n
kont had, maar ook in het zuiden van *la douce France* een
vakantievilla bezat, met zwembad of manege. In al het andere
was matigheid geboden, alleen in bouwen niet, en in bezit
van gronden en van Duitse wagens.

Zelf had Katrien nog nooit iets levends neergeschoten. Ze had
een paar keer geoefend op een schietbaan, niet eens met dit
geweer. Maar vandaag zou ze iets neerleggen. Ze voelde het. Ze
vreesde het.

Het vooruitzicht op bloed, of een veelkleurige vogelbuik
waaruit ingewanden puilden, of de bange ogen van een konijn
dat met opengereten flank om de genadesteek vroeg van haar
mes – het lokte haar niet aan. Tegelijk voelde ze, tegen heug en
meug, de opwinding van de ware jager. Die hield juist van die
aanblik en die geuren. Omdat ze zijn macht in de verf zetten: hij
had een onderdeel van de schepping naar zijn hand gezet. Wat
drijft een jager? Bestaanskoorts. Een dronkenschap van energie.
Wie oog in oog staat met de dood, bezat zich aan het leven.

Ook Katrien voelde die energie door haar lichaam stromen.
Ze moest wel. Dirk had haar bij zijn weggaan aangestoken.
Zeven jaar huwelijk en de kanker van hun wederzijds gesar hadden zijn greep op haar vergroot. Niemand, op haar vader na,
had ooit zo'n greep op haar gehad. Dirk hoefde niet eens meer
aan haar zijde te staan opdat ze zou gehoorzamen aan wat hij
wilde. Ze kon zelfs gewaarworden dat hij, op dit moment,
met gemengde gevoelens worstelde. Hij vervloekte zijn vrouw
uit de grond van zijn ziel maar liep tegelijkertijd te fantaseren
wat hij tegen haar zou hebben gezegd als alles koek en ei zou
zijn geweest.

Het ontroerde haar. Was dit werkelijk wat haar Dirk, ondanks zijn vuilbekkerij en zijn gevloek, liep te doen? 'Kijk eens. *(wijst)* Een fazant. Ohlala, die smeekt erom op een bord te liggen met pepersaus en appels vol bosbessen! Schiet maar. Hij is voor jou. *(Katrien mikt, mist, pruilt)* Geeft niet, geeft niet. *(neemt haar troostend in de armen)* Vogels doen we niet, akkoord? Al wat vleugels heeft, is heilig. *(kust haar op de wang)* Op duiven na, natuurlijk. Als er een doodvalt in een duivenkot, springt de rest erop om het lijk te neuken voor het koud is. Ik zweer het! De pluimen vliegen in het rond. De duif, symbool van vrede en verliefdheid? Tarata! Parasieten zijn het. Ratten met vleugels. *(kust haar opnieuw)* Dus als je een duif ziet, mag je schieten. Móet je schieten. Niets zo lekker als een bosduif met een saus van champignons. *(streelt haar neus met zijn neus)* Zeker als ze is klaargemaakt door jou.'

Indien Katrien hem had kunnen laten weten hoezeer ze door die simpele woorden was aangedaan, was Dirk misschien op zijn stappen teruggekeerd om ze uit te spreken. Nu was het te laat.

EEN HALFUUR VOOR DE RAMP – de avond begon al te vallen – had Katrien nog geen schot gelost.

Eén keer slechts was ze stil blijven staan omdat ze een konijn had zien zitten. Toen ze haar geweer behoedzaam had dichtgeklikt en het beestje op de korrel wou nemen, was het verdwenen. De vele vogels die ze hoorde, kreeg ze nauwelijks of niet te zien.

Ze had het gevoel dat ze de hele tijd in cirkels had gelopen. Er was een rots die ze al voor de derde keer dacht te passeren. Ze had geen enkel schot gehoord in de verte, dus ook Dirk had nog niets geschoten. Of misschien was hij reeds te ver weg. Zat hij triomfantelijk thuis op haar te wachten met een jagerstas vol bebloede buit. Meteen voelde ze een steek. Ze moest voortmaken, ze moest iets neerschieten, ze mocht de strijd niet verliezen.

De zomermaan, doorschijnend als perkament, prijkte al aan de lucht. Aan de andere kant zakte de zon gestadig weg en zette, met elke minuut meer, het bos in een bloedrood licht. Eerst stonden alleen de boomtoppen in lichterlaaie, dan daalde het rood naar de onderste takken, dan naar de stam. De grond begon intenser te ruiken, naar kruiden, jonge varens, pasgewassen linnen. Toen Katrien in de buurt van een beekje kwam, rook de bodem naar de klamme kelders van haar jeugd. Ze hoefde maar even haar ogen te sluiten of ze was opnieuw een kind. Verdwaald in het bakstenen souterrain dat naast de helverlichte, pijnlijk propere garage lag waar de twee BMW's van haar vader stonden.

In gedachten liep Katrien niet meer in dit bos. Ze liep in het souterrain van haar jonge jaren.

Het licht viel binnen door betraliede halve-boogvensters, hoog in de muren. Katrien rook muurschimmels en oud fruit. Abrikoosjes, rotte peren. Appels in een te grote schil, gerimpeld als de nek van pasgeboren honden. Ze zag de rekken vol glazen potten. Snijbonen, onnatuurlijk groen. Pekelharing, vuile schubben, grijze ui. Gestolde jam van aardbeien en rode bessen. Katrien nam één jampot beet en wreef met haar vinger het stof weg van het hol staande cellofaantje waarmee hij was afgedekt. Als je er je wijsvinger tegenaan liet tikken, sprong het cellofaantje stuk. Dat gaf een knalletje als het knappen van een kauwgombel. Katrien deed het. Tsják, zei het cellofaantje. De geur van mierzoete aardbeien kwam vrij. Meteen sprong Katrien in haar geest twee jaar verder. De geur en de kleur van de jam hadden haar doen denken aan het kersensap dat bij het communiefeest uit de ijstaart was gelopen.

Ze was twaalf en zat aan het hoofd van de feesttafel, op de avond van haar communie. Ze droeg nog steeds de miniatuur trouwjurk. Het bruidsboeketje lag verflensend vóór haar. In haar ziel voelde Katrien nog steeds de pijn van de zalvende duim van de kardinaal. Niemand merkte het. Alle aanwezigen drongen haar op om vrolijk te kijken en dankbaar te zijn voor het prachtige feest en de vele geschenken, en dus was ze dat ook. Aan de tafel zaten haar drie tantes, haar twee ooms, haar ene zus en al haar broertjes – toen nog met z'n drieën. Vlak naast haar: haar stille moeder en haar strenge vader. Hun gezichten keken haar aan. Iedereen had gejoeld en geapplaudisseerd toen, als besluit van de maaltijd, de ijstaart door de kelner was binnengebracht op een ronde aluminium schaal. De taart had, naar oud gebruik, de vorm van het Lam Gods. Een liggend schaap dat in zijn gekruiste voorpoten een stok omklemd hield met een gouden vaantje. Over het hele schaap liep de naad van de ijsmatrijs, een litteken van bevroren room, alsof het beest uit twee aaneengekoekte helften bestond. De koude schapenogen waren even levenloos als de ogen van de Griekse beelden in haar geschiedenisboek.

Haar grote geweldige vader kreeg van de kelner een mes aangereikt en onthoofdde, onder nieuw applaus, met één houw het ijzige schaap. De kop viel voorover op zijn snuit, bleef kleven op de rand van de aluminium schaal en viel toen vertraagd op één wang om. Uit de schapennek welde klonterig kersensap. Het kroop over het gladde snijvlak naar beneden, dreigend als een gif, tot op de gekruiste poten.

Het schapenhoofd werd haar op een schoteltje voorgezet. Ze deed alsof ze er blij mee was. Maar binnen in haar woedde de pijn. En ze had ook liever een ander deel van het beest gehad. Omdat daar nog meer kersensap aan kleefde.

Haar ogen weer openend in het bos, zag Katrien dat haar gelaarsde voet tegen een bijna vergane stronk had getrapt, een zwam afbrekend die als een zwart schoteltje uit het hout had gestoken. Vanbinnen zag de zwam wit als geitenkaas. Meteen kroop er een insect over, als om te proeven van een zeldzame delicatesse. Dit was een bos. Wat hier viel, schoot wortel of verrotte.

Hoewel ze wist dat een jager er beter aan deed om stil te zitten en de dieren niet te verdrijven met zijn geritsel, stapte Katrien nu stevig door, steeds minder haar best doend om gekraak te voorkomen. Al haar water was op, haar brood ook. Hoe meer ze stapte, hoe meer kans ze had om het pad van een dier te kruisen. Maar ze was de weg kwijt, geen twijfel mogelijk. Daarom ook bleef ze liever stappen. Misschien kwam ze op goed geluk uit bij een bospad dat ze kon volgen, naar welke bewoonde wereld dan ook. Als ze maar vóór de nacht dit bos uit was. Desnoods zonder trofee.

In de verte oehoede een uil. Krekels waren massaal begonnen aan hun gregoriaans geknars. Muggen kwamen op haar zweet af; soms drong er een in haar oorschelp, kort loeiend als een neerstortend vliegtuigje. De zon was niet meer te zien. Ook niet door de bomen heen. Maar haar rode licht was er nog. Het hele bos was ervan doordrenkt. In de plaats van af te nemen in kracht, leek het steeds meer te zinderen. Alle andere kleuren werden tenietgedaan. Alles zag rood of zwart; wat niet zwart zag gloeide als een lampion. Met een schok herkende Katrien het licht. Hoe kon het dat ze het niet eerder had gemerkt? Ze was geheel en al omgeven door een zusterlicht uit de donkere kamer in de Academie van Schone Kunsten.

Ze raakte meteen in paniek. Ze durfde zich niet meer te verroeren. Er kwam weer een van die momenten aan. Ze voelde het, ze wist het. Door haar beweginloosheid hoopte ze, tegen beter weten in, het onvermijdelijke te voorkomen. Ze verwachtte het ergste. Dat de grond zou scheuren of dat bliksemschichten door de wolkenloze hemel zouden knetteren. Dat de beken zouden zwellen zonder dat het regende. Ze vreesde het geluid van ontsnappende stoom te zullen horen of het gekreun van bomen die ontworteld op hun zij gingen liggen hoewel het windstil was.

Niets van dit alles geschiedde. De bomen bleven staan, de beken kabbelden, de hemel knetterde niet. Het enige wat ze hoorde was de roep van het varken die oprees achter een paar struiken vandaan.

Wilde zwijnen kwamen voor in deze streek. Ze herinnerde zich dat Dirk eens vertelde er een paar te hebben gezien en dat het zijn droom was er ooit één neer te schieten. De jacht op zwijnen was gevaarlijk, wist ze uit haar cursus. Normaal waren ze schichtig. Ze hoorden een jager al van tientallen meters ver aankomen. Ze bleven alleen zitten als ze zich bedreigd voelden en geen uitweg zagen, of als ze bronstig waren en hoopten op een paring. In beide gevallen kwam het voor dat ze, uit de beschutting van heesters of een zelfgegraven hol vandaan, een charge uitvoerden, niet zelden de jager verwondend.

Voor de Zuid-Franse dorpelingen was het schieten van een bronstig zwijn folklore. Ze trokken, voorzien van kaas, wijn en stokbrood het bos in, meestal terugkerend met lege handen en een houten kop. Ze hadden urenlang op een veilige plek – beschutting in de rug – het verliefde geknor van een wilde zeug zitten imiteren, tot ze in slaap waren gevallen.

Dit was echter geen zeug. Katrien voelde het tot in haar kleinste zenuw. Het was een mannetjesdier. En wat voor een. Een opgewonden, ongeduldige zwijnenbeer die had gegromd en geknord van hartstocht.

Nu zweeg hij, afwachtend. Het liefst van al was Katrien op de loop gegaan of in een boom geklommen. Maar ze kon niet. Het geknor had haar gehypnotiseerd. Nooit eerder was ze door een dier gedwongen iets te doen. Maar dit varken had haar in zijn macht. Zijn zwijgen dwong haar om op hem af te komen.

Ze verzette één voet. Het stugge gras ritselde, een takje brak. Meteen begon het zwijn hartverscheurend te jammeren. Nog nooit had Katrien een klacht gehoord die haar zo aangreep. Ze werd erdoor aangezogen, verzaligd, betoverd. Tegelijk trilde ze van angst en spanning. Ze had haar oren willen kunnen dichtstoppen om zich te beschermen tegen het hunkerende klaaglied van het zwijn. Maar omdat ze dat niet kon, klikte ze alvast haar geweer dicht, behoedzaam, stil, en zette opnieuw een stap dichter naar de struiken. De grond onder haar voeten, rood van de ondergaande zon, rood zoals alles in het bos, ritselde opnieuw.

Het varken antwoordde door nog verheugder te knorren. Zijn hongerend gejank drong door merg en been en had maar weinig dierlijks meer. Het lokte haar, het verleidde haar. Het eiste haar liefde op en als het die niet kreeg wilde het dood-gemaakt worden, het liefst meteen, door haar. Het huilde om hartstocht of kogels, het smeekte om liefde of lood. Weer verzette Katrien een voet en deed ze het gras ritselen. In de struiken tegenover haar klonk gekraak, alsof het varken zich klaar-maakte om naar voren te stormen. Katrien werd bevangen door paniek. Ze richtte haar geweer op het gekraak en drukte twee keer kort na elkaar af. De knallen waren oorverdovend, de kolf klopte pijnlijk op haar sleutelbeen. Er braken takken af in het struikgewas, er werden bladeren weggeslagen.

Toen was het voorbij. De stilte viel oorverdovend. Haar neus begon te prikken door de kruitdamp, die omhoog rees als de rook na het snuiten van een kaars.

REEDS VLAK NA HET DUBBELE SCHOT besefte Katrien dat ze weer een catastrofe had teweeggebracht. Ze voelde rond haar keel dezelfde wurggreep als toen de kleuter van de buren in het leeggelopen zwembad zijn nek had gebroken. Dezelfde verschroeiende schaamte als de dag dat haar lievelingsoom, Nonkel Daan, met zijn maaimachine over het stroomsnoer was gereden.

Tegelijk voelde ze hoe ze nog altijd werd gedwongen om sterk te zijn, een feeks. Dat gevoel nam nog toe toen uit het struikgewas een reutelende pijnkreet opklonk die onmiskenbaar menselijk was. Katrien bad vurig dat ze ongelijk mocht krijgen. Het duurde minuten – de krekels waren allang weer begonnen aan hun geknars – voor ze het aandurfde een kijkje te gaan nemen.

Dirk lag achterover, vlak voor het rotsblok dat hem bescherming in de rug had geboden in de uren dat hij had zitten wachten op een wild varken. Hij had de moed al willen opgeven toen hij er in de verte een had horen aankomen, met veel gekraak en geritsel.

Hij had zijn beste imitatie van de bronstkreet in de strijd gegooid, hartstochtelijk hopend dat het varken zich door hem zou laten verleiden. Dat was gelukt. Met elke kreet van hem was het varken dichterbij gekomen. Steeds feller, steeds verliefder was Dirk beginnen te loeien. Hij had zich helemaal gegeven. Alle frustratie, alle wanhoop, alle ontbering had hij er uitgegooid, smakkend en knorrend. Hij had ongeremd gesmeekt om liefde en had het varken in zijn ban gekregen. Het had zich steeds nader gewaagd. Dit duel kon hij niet verliezen, had Dirk gedacht. Hij had al voor zich gezien hoe hij de oprit van zijn villa zou betreden, triomferend, met een dood zwijn over zijn bebloede schouders. Steeds dichter was zijn welverdiende trofee gekomen, steeds dichter het gekraak.

Een laatste keer grommend had Dirk zijn geweer in de aanslag gebracht. Als zijn vrouw hem niet had doodgeschoten, had hij háár neergelegd.

Voor het eerst was Katrien dankbaar voor het rode licht. Het maakte de aanblik nog enigszins draaglijk. De barbaarse kleur van het bloed werd weggevlakt door het zusterlicht uit de Academie van Schone Kunsten. Dirk was in de buik getroffen en in het hoofd. Zijn ene been trilde nog. Katrien rook, geschokt, de geur van ingewanden en vers vlees.

 Ze had bij hem willen neerknielen of huilen op zijn borst. Maar zijn wil legde haar op om te blijven staan. Ze had haar gezicht willen wegdraaien maar zelfs nu, in zijn doodstrijd, was Dirk onvermurwbaar. Zij moest de ravage nuchter aanschouwen. Er gulpte vocht uit zijn buik en zijn schedel was kapot. Boven het rechteroog was een gat geslagen. Daarnaast, op het mos, lag een stuk van zijn hersens. Katrien had willen overgeven maar ze mocht het niet. Ze bleef bewegingloos kijken. Tot haar ontzetting moest ze zich zelfs een beetje trots voelen op haar zelfbeheersing.

Toen J.F. Kennedy in Dallas was neergeschoten in zijn open limousine, zag je op de filmbeelden hoe *first lady* Jacqueline languit over het kofferdeksel dook, vlak achter de plaats waar haar man zat. Gedurende jaren liet de overheid het publiek in de waan dat de presidentsvrouw had gereageerd in paniek. Ze zou de wagen des doods hebben willen ontvluchten. Pas later gaf men toe dat zij reflexmatig had gehandeld. Toen John was getroffen, werd een deel van zijn hersens hem letterlijk uit het hoofd geblazen. Jackie was er achteraan gedoken. Onnadenkend. Zoals je naar een ei graait dat van het aanrecht rolt. Welingelichte bronnen beweren dat Jackie, in shock, het hersendeel nog steeds in de kom van haar handen hield toen de limousine arriveerde in het Parklandziekenhuis.

Katrien boog zich niet voorover, laat staan dat ze naar beneden dook om een deel te redden van de hoofdinhoud van haar man. Integendeel. Ze bleef op hem neerzien. In de laatste momenten van zijn leven, met een gat in zijn buik en met zijn hersens deels naast zijn hoofd, eiste hij nog dat ze ongenaakbaar was. En omdat haar stervende man het eiste, wás Katrien onverbiddelijker dan Jackie, die later zou hertrouwen met een Griekse reder en met diens vermogen. Bezát ze meer koelbloedigheid dan de knapste *first lady* aller tijden, die ze ook in schoonheid naar de kroon stak. Sterker nog: Katrien had geen Lee Harvey Oswald of maffia nodig gehad om haar man de hersens uit zijn kop te knallen. Zoiets deed ze zelf. Zonder een krimp te geven en met een geweer waarmee ze daarvoor nog nooit geschoten had. Zo onwankelbaar en wreed moest ze zijn in Dirks reeds gebroken ogen.

Verpleegsters en beulen zullen het beamen: vlak voor een man de eeuwigheid ingaat krijgt hij een erectie, niet zelden gevolgd door een zaadlozing. Een daad die niet van poëzie gespeend lijkt. Alsof de man een laatste dramatische keer probeert zich voort te planten. Je weet maar nooit, zelfs aan de galg, of je zaad niet naast de rotsen op vruchtbare bodem valt.

Of ook Dirk in de oogwenk van de waarheid een erectie kreeg? Gezien zijn potentieprobleem ware dat cynisch geweest. Een zaadlozing had helemaal getuigd van sarcasme van de kant van Moeder Natuur. Zijn laatste zucht liet zich veeleer aankondigen door iets anders. Bij een gehangene verhardde zich het instrument van de liefde, bij Dirk balde zich de vuist van de haat. Want al was zijn zieltogende lijf dan alle hulp voorbij, en al lag de zetel van zijn wilskracht gedeeltelijk naast hem in het mos, zijn doodstrijd zelf was eloquent genoeg om Katrien op te zadelen met een ultieme tenlastelegging. Zijn mond reutelde, het gat in zijn buik blies bellen, zijn hand krabde spastisch in het rode, ritselende gras. Op zich onbeduidende geluiden, onbelangrijke gebaren, de laatste flakkeringen van een dovend leven. Maar samen hadden ze evenveel kracht als zijn stem op het toppunt van zijn kwaadheid. In het aanschijn van zijn dood had Dirk eindelijk geen schunnigheden en zelfs geen woorden meer nodig om welluidend van woede te zijn.

Uitwendig onverstoorbaar, voelde Katrien Dirks beschuldiging opstijgen, onontkoombaarder dan de geur van zijn bloed en zijn ontlasting. 'Je hebt me eindelijk te pakken, teef. Knap gespeeld! Je hebt me mooi vermoord.'

EEN ALLERLAATSTE STUIP was door het lichaam van Dirk getrokken. Eindelijk was hij dood. Nu pas verloor hij zijn greep op Katrien.

Zij liet het geweer vallen en draaide haar hoofd weg, ontredderd, uitgeput, stil. Hysterie was er niet bij. Die zou, zoals na de vorige rampen, pas later komen. Ofschoon het dit keer weleens heel lang zou kunnen duren voor de drie tantes haar, met hun stekeltje van verzoening, hun averechtse likdoorn, in janken zouden doen uitbarsten – haar gezichtje doen opzwellen, haar achterlatend als een potsierlijke kobold.

Wat ze thans ervoer ging dieper dan verdriet. Haar hele bestaan voelde aan als een ziekte en een remedie was ver weg. Ze wist dat Dirk niet de enige zou zijn met zijn beschuldiging van moord. Wie zou haar geloven? 'Ik heb Dirk neergeschoten omdat ik dacht dat hij een geil varken was.' Was dat wat ze moest vertellen aan haar zus, haar tantes, haar moeder, haar zoontje? 'Het was zijn schuld, hij had maar niet zo overtuigend bronstig moeten knorren.' Was dat wat ze haar vader zou opdissen? Dan werd ze liever nooit gevonden in dit bos.

Ze dacht aan de handelingen die de vrouw door de geschiedenis heen ter beschikking hadden gestaan om uiting te geven aan rouw. Sommigen scheurden zich de kleren van het lijf, rukten zich de haren uit, strooiden sintels op hun hoofd. Er waren er die plaatsnamen op de brandstapel waarop hun man zou worden gecremeerd. Anderen zouden zich in Katriens plaats met het bloed van hun man hebben ingesmeerd om daarna krijsend in het stof te rollen. Katrien deed niets van dat alles. Er was niemand die haar dwong om iets te doen, dus deed ze niets. Ze vond het vreselijk. Het was alsof ze Dirk een tweede keer in de steek liet. Zij boog haar hoofd en luisterde naar de krekels.

Pas toen ze haar hoofd weer optilde, zag ze hem staan. Op drie meter van haar vandaan. Midden in dit Franse bos. De garnalenvisser. Hij keek haar vol deernis aan, van op zijn paard. Meteen verschenen er nu toch tranen. Maar het was niet janken wat Katrien deed, geen vertoning van kobolden. De druppels rolden zuinigjes en zonder ophef uit haar ogen. 'Het was een ongeluk,' zei ze. 'Ik kon er niets aan doen.'

Hij zag er nog altijd hetzelfde uit. Een strandvisser met verweerde huid en korte grijze baard. Het rode avondlicht had op hem geen vat. Hij droeg een oranje zuidwester en een knalgele regenjas, allebei nat van de zee. Zijn oogjes waren vochtig. Hij leek op een waardige wijze beschonken. In zijn mondhoek een uitgedoofd stompje sigaar, op zijn rechterslaap een lelijk litteken. Zijn paard was een gigantische knol met oogkleppen en op de plaats van de staart een knot. Het stampvoette en brieste beheerst en als het zijn manen schudde vlogen de druppels zweet en zeewater in 't rond. De geur van zout en zeesterren deed zich gelden. In de verte klonk de stoomfluit van een boot, die vanuit Oostende vertrok naar het verre Congo.

'Wanhoop niet,' zei de garnalenvisser tot Katrien. Zijn oude ogen knipperden, zijn stem was hees van vertroosting. Hij leek doodmoe. Achter zijn paard aan hing het net. Gespannen van de grijze garnalen, klaar voor de kook, klaar voor het pellen. Voorlopig bewogen de duizenden diertjes nog knisterend. Zeewater droop op de rode, rulle grond van het bos.

'Het was gebeurd voor ik het wist,' zei Katrien.

De oude visser stak een hand naar haar uit. Met zijn andere moest hij zich vasthouden aan het zadel. Zijn mond maakte een sussend geluid. 'Stil toch,' zei hij. Het sigarenstompje bewoog op de maat van zijn woorden. 'Je mag de moed niet verliezen. Ik heb je broertje gezien. Wanhoop niet.'

Dit was te veel voor Katrien. Ze zeeg op haar knieën neer. Het rode licht bleef zinderen als voorheen. 'Is hij in leven?' vroeg Katrien. Haar armen hingen langs haar lijfje. 'Alsjeblieft. Zeg mij waar hij is. Kent hij mij nog? Na al die jaren? Wil hij me vergiffenis schenken?'

Het paard hinnikte zachtjes. Het net knisterde van het opeengehoopte leven. De garnalenvisser trok zijn hand terug. Even leek hij iets te zullen zeggen. In plaats daarvan streelde hij zijn knol over de zijkant van de nek. 'Ho maar,' fezelde hij, klapjes gevend.

'Alsjeblieft,' vroeg Katrien. 'Wanneer zie ik hem terug? Zal hij mij herkennen?'

De visser zweeg. Het paard stampte met een voorpoot op de bosgrond. Katrien boog het hoofd.

'Het was een ongeluk,' zei ze.

'Maar natuurlijk,' suste de stem van de oude man. 'Wanhoop niet.'

Toen ze haar hoofd weer oplichtte, was niet alleen de garnalenvisser maar ook het rode licht verdwenen. Er stonden sterren aan de hemel. In de inktzwarte verte naderden de stralenbundels van zaklantaarns, flitsend tussen de boomstammen. Zij en Dirk hadden uren geleden al moeten arriveren in hun villa. Er werd naar hen gezocht.

Katrien ging staan, uitdrukkingsloos. Wachtend op het verdict van wie haar ook mocht vinden.

2

VERVULDE DROMEN

PAS TOEN HIJ HELEMAAL WAS DOODGEBLOED en zijn greep op haar had prijsgegeven, leerde Dirk zijn vrouw zien zoals ze was. Zijn lijf bleef liggen, verstijvend en leeg; hijzelf stond moeizaam en vloekend op. Terzelfder tijd zag hij hoe Katrien haar geweer liet vallen en zich van zijn stoffelijk overschot afwendde. Hij kon het niet geloven. Hij stapte op haar toe, tikte haar op de schouder, wees naar zijn lijk en brulde: 'Ben je nu tevreden? Typisch iets voor jou!' Toen pas drong het tot hem door. Hij was zo dood als een pier. Meteen werd hij gewaar hoe zijn woede verdween.

Het had iets met dat doodgaan van hem te maken. Zijn razernij verwisselde van substantie, even gemakkelijk als hijzelf het leven had verruild voor de dood. Zijn boosheid sloeg om in een reuzelachtig geluk, zoals olie opgaat in goed gebonden mayonaise. Zo is het, dacht hij, vreemd voldaan. Ik ben dood maar ik besta uit vette vrede. Uit de mayonaise der verzoening. Hij moest erom grinniken. Zijn hele volwassen leven had hij nagelbijtend van angst doorgebracht, bang voor grijze haren, voor ongeneeslijke kwalen, voor de dood. Nu hij zijn kaars had uitgeblazen liep hij over van de slasaus der aanvaarding. Het was om je te bescheuren. Sterven? Dat kon hij niet erg meer vinden. Angst was iets voor de levenden. Zoals ook stress en schuldcomplexen, hypotheken, de hele kloterij. Hij was dood? Welnee. Hij was vrij. Hij barstte uit in regelrecht schateren, een moddervette lach.

Hij was dood! Het hoekje om, hoera!

De lachbui had gewerkt als een loutering. Want toen Dirk zich, uitpuffend, de pleziertranen uit de ogen wreef en Katrien opnieuw in het gezicht keek, zag hij de waarheid. Hij zag hoe doodgewoon ze was. En hoe ze altijd een oprechte vriendschap voor hem had gekoesterd. Hij was het geweest die haar had gedwongen om de feeks te spelen. Dat zag hij, in een flits, en hij kreeg er een krop van in de keel. Wat was het heerlijk om zijn pas verworven blijdschap te mogen verdiepen met een zo mooie vertedering. Nooit had hij durven hopen dat sterven zo'n veelzijdig genot zou teweegbrengen. Had hij het geweten, hij had zich al veel eerder zelf een kogel door de kop gejaagd.

En na de lol en de vertedering overspoelde hem nu zelfs een hernieuwde verliefdheid. Wat was ze mooi, zijn Katrien. Haar zwijgzame verbijstering maakte haar nog aandoenlijker. Hij had haar altijd honds behandeld. En al wist hij dat het waarschijnlijk niet veel zin had, hij ging voor haar staan, zakte door zijn knieën en zei: 'Het spijt me, schat,' haar in de ogen kijkend.

Zag ze hem? Hij had de indruk dat ze haar oogleden een beetje vernauwde. Maar dat kon ook vanwege het briesje zijn dat was opgestoken. Dirk bracht zijn gezicht nog dichter bij het hare en fluisterde: 'Katrientje, appelsientje, met haar schoon machientje.' Kon ze hem horen, over de drempel van de dood heen? Hij zei het nog eens, lispelend van verliefdheid. Ze bewoog een mondhoek, haar trieste glimlach verscheen, heel even. Was het om zijn woorden? Begreep ze zijn spijt? Hij zei het nog eens. Weer bewoog ze haar mondhoek. Hij bleef van dichtbij kijken tot haar glimlach weer verdween.

Ongelooflijk hoe weinig rimpels haar gezicht nog maar telde. Zelfs bij haar buitenste ooghoeken was haar huid nog steeds even gespannen als bij de jongste van zijn studentes. Glad maar overrompelend zacht als je erover mocht strelen. Aan de studentes had hij zich nooit gewaagd. Bij Katrien had hij het al jaren niet meer gedaan. Zou het nog altijd aanvoelen als vroeger? En zij – zou zij het voelen, als hij haar aanraakte? En indien ze het voelde, hoe zou ze reageren: zou ze schrikken, zou ze gruwen? Zou ze weten dat hij het was? Hij aarzelde maar ging toch over tot de daad.

Met een vingertop aaide hij over de huid waar haar ooghoek eindigde en haar slaap begon. Hij had kunnen zweren dat ze haar hoofd even wegtrok. Nee, toch niet. Hij streelde haar opnieuw, op hetzelfde plekje. Ooit, in een leven dat hij niet meer met haar zou mogen delen, zou dit malse stukje vel verschrompelen in een craquelé van kraaienpootjes. Door de zorgen, of te veel zonnebank. Misschien zelfs uit verdriet om hem. Zijn vingertop bleef maar aaien. Katrien knipperde even met de ogen en kuchte. Voelde ze hem? Was dit haar manier om hem af te weren?

Dirk huiverde maar liet zich niet tegenhouden. Hij streelde nu ook haar wangen. Het was heerlijk. Hij bewonderde de minuscule donshaartjes op haar jukbeenderen en streelde er ook met zijn wang over. Waarom zou hij zich inhouden? Hij kon doen wat hij wilde. Hij rook met gesloten ogen aan Katriens adem, bedwelmend als melk met honing. Hij beroerde met zijn lippen een hete oorlel, kuste de punt van haar neus, beet zachtjes in haar onderlip. Maakte hij zichzelf nu wat wijs of ging haar ademhaling sneller dan daarnet? Hij beet nog eens, harder. Nee. Ze gaf geen krimp.

De grote middelen dan maar. Hij likte met zijn tongpunt van het kuiltje van haar hals naar het begin van haar decolleté, snoof het aroma van haar lichaamswarmte op en liet ten slotte, op zijn knieën zittend, zijn vingers omhoog krieuwelen langs de binnenkant van haar dijen.

Voelde ze zijn hand? Ze leek heel ingehouden te sidderen. Maar dat kon natuurlijk ook komen door de kilte van de invallende nacht. Dirk streelde voort, steeds hoger, tot zijn vingers haar kruis bereikten. Weer leek ze, nauwelijks merkbaar, te sidderen. Hij liet zijn vingers eerst over het textiel krieuwelen, om ze daarna onder de rand naar binnen te laten glippen.

Merkte ze wat hij deed? Hij hield haar gezicht in de gaten. Ze sloot even haar ogen. Dat was alles. Hij streelde nog wat voort maar het hielp niet. Ze bleef onaangedaan voor zich uitkijken. Het deed haar niets.

Dat vond Dirk wel jammer maar erom rouwen kon hij niet. Nooit had zijn Katrien zo eenvoudig, zo bereikbaar gelegen. Hij had niet willen terugkeren naar een leven waarin hij haar liefde niet kende en hij haar niet durfde te strelen. Neerslachtig kon hij er niet om worden.

Dat gold ook voor de aanblik van de ravage die Katrien had aangericht. Moet je mij hier zien liggen, dacht hij, overeindkomend. Midden in een bos, verdomme. Wat een belachelijke plek om de kraaienmars te zingen. En moet je zien hóe ik erbij lig! Achterover, in mijn broek geschoten, een gat in mijn buik en naast mijn hoofd een portie hersens. Hatsekidee. Hoe geestig inefficiënt zit de mens toch in elkaar. Drie gram lood boven je oog en je kop hangt al aan flarden. Eén ding is zeker. Niemand zal kunnen zeggen dat ik mijn vrouw niet heb leren jagen. Haar eerste vangst weegt vierentachtig kilo. Ze kan misschien mijn kop aan de muur hangen. Ik draag meer horens dan de meeste herten.

Vroeger zou hij om die laatste opmerking hebben geschuimbekt. Nu niet. Nu zwolg hij in de cocktailsaus van de berusting. Van grap tot grap jutte hij zich zelfs weer op. Tegen de tijd dat de stralenbundels van de dansende zaklantaarns zichtbaar werden, flitsend tussen de bomen vandaan, had de slappe lach weer volop toegeslagen. 'Aha, de cavalerie is daar,' kraaide hij, 'niet eens een halve dag te laat.' Hij ging boven op zijn eigen lijk staan als op dat van een neergeschoten leeuw. 'Deze kant uit, jongens.' Hij molenwiekte als om de aandacht te trekken. 'Staat júllie eventjes een verrassing te wachten! Je raadt het nooit.'

Toen het kale licht van de lantaarns ten langen leste op de gruwel van zijn kadaver viel en op de verstilling van Katriens gezicht, stond Dirk nog steeds te loeien van de lol. De kreten van afschuw, de onderdrukte vloeken, de jonge lantaarndrager die moest overgeven – Dirk vond het allemaal even vermakelijk. Zelfs toen een van de mannen Katrien bij de schouder vatte en haar zachtjes dooreenschuddend vroeg wat er was gebeurd, proestte Dirk het uit: 'Je zult je oren niet geloven, maat.' Als om een hint te geven, bootste hij rondspringend een wild varken na. 'Oink, oink.'

Maar toen de man zijn vraag met aandrang herhaalde, Katrien feller door elkaar schuddend, kwam Dirk eindelijk wat tot bedaren. Hij stapte kameraadschappelijk op de man af en probeerde diens hand weg te halen: 'Je moet er niet van profiteren dat ik dood ben. Blijf van mijn vrouw af, oké?' Zijn grapje had geen effect. De lantaarndragers keken nog steeds geschokt naar de zwijgende Katrien. En de hand van de man was blijven liggen op haar schouder.

Nu was het weer de weemoed die in Dirk de overhand kreeg. Zeker toen hij het noodplan van de lantaarndragers hoorde. Twee van hen zouden waken bij zijn lijk, de anderen zouden Katrien begeleiden naar het dorp, waar meteen ook de gendarmerie kon worden gebeld.

Het liefst had hij zijn vrouw geëscorteerd naar de bewoonde wereld. Maar hij wilde zijn stoffelijke resten niet moederziel alleen achterlaten in dit bos, in het gezelschap van twee wildvreemden. Zo dierbaar was zijn lijf hem nog wel, dat hij er niet zomaar van wilde wijken. Het had hem al die jaren trouw gediend. En je mocht van Dirk zeggen wat je wilde, maar hij was niet van het slag volk dat huisdieren vastbond langs de kant van de autostrade omdat het een paar weken met vakantie vertrok. Hij kon in zijn trouw even hardnekkig zijn als in zijn haat.

Maar juist daarom wilde hij ook Katrien niet missen, nu hij haar eindelijk had gezien zoals ze was. Wee van weemoed keek hij naar de frêle schoonheid die jarenlang zijn gevreesde eega was geweest en die nu in het gezelschap van vier lantaarndragers werd weggeleid in de nacht. Lang hoefde hij niet na te denken. Hij die een leven had geleid van knikken en buigen en leugens om bestwil, sloot zijn laatste compromis. Zijn meest eerbare ooit. Hij zou Katrien vergezellen tot aan de rand van het bos en dan terugsnellen naar zijn stoffelijke resten.

Hij was er niet zeker van of Katrien ook maar iets zou kunnen horen van wat hij haar wilde toeroepen vanaf de andere oever van het leven. Maar hij wilde het proberen. Hij had haar nog het een en ander te zeggen vooraleer hij afscheid zou moeten nemen.

'ALTIJD HEB IK VAN JOU GEHOUDEN. Op eerste zicht, op eerste zucht, op eerste zoen. Wij waren voorbestemd elkaar te treffen. Het kan geen toeval zijn geweest dat mij die zondag naar de Westhoek dreef. Nooit daarvoor verloor ik mij in die vergeetput van kasseien, poldergrond en duizend soorten regen.

Ik reed maar wat, op goed geluk, en voor ik het besefte zat mijn auto klem. Gestrand in drukte, omspoeld door drommen dagjesmensen. West-Vlaamse parvenu's, met kinderwagens voor zich en met bejaarden aan hun arm. Ik stapte uit en liet mijn wagen achter. Ik werd als door een stroming voortgestuwd. Naar het centrum van dat stadje aan de Ieperlee. Daar stond ik dan. Te wachten op mijn lot. En jij? Wat dreef jou die zondag naar de Kattenstoet? Ik heb nooit begrepen wat een mens daar zoekt. Alsof verveling bestreden kan worden als men zich maar mag verkleden als beest. Vermomd en dronken rond te hossen, in straten van versleten steden, geheel heropgebouwd na de Eerste Wereldoorlog – wat is daarvan de zin?

Jij had het stom kostuum aan van de dansgroep waarin je figureerde. De anderen hupten voort als lappenpoppen. Jij paste in de rij zoals een parel tussen keutels van konijnen. Jij was geen huiskat als karikatuur. Jij was een klein zwart roofdier, op en top. Rond jouw schouders kreeg de haren zak een zweem van klasse. De pofbroek suggereerde toch nog sterke slanke heupjes. En niemand durfde, zoals jij, op de kasseien laarzen met stilettohakken te dragen. De Katvrouw was jij, uit dat stripverhaal. Met dit verschil dat jij, om mysterieus te zijn, geen masker nodig had.

Je stond, bij het eindpunt van de stoet, omhoog te kijken naar de toren van de Lakenhal. Je gezichtje zonder uitdrukking en stil, te midden van de opwinding. Geiler dan een pin-up, serener dan een oosters beeld – het was maar hoe men je bekeek. Je hield je oogleden half gesloten tegen de zon. Ik stond naast jou, twee koppen groter. Het was als keek je op naar mij. Stel je voor dat een vrouw als zij echt zo naar mij zou opkijken, dacht ik. Ik was pas benoemd tot hoogleraar. Nog groen, nog ambitieus, nog vol geloof, zelfs in mezelf. Ik wou dat ze mij nodig had, dacht ik. Dat zij een beroep zou doen op mij en dat ik grandioos gehoor kon geven. Op dat moment gooide de voorganger van de stoet de levende kater van de toren af. Ik weet nog hoe hij krijste: als een kind. Hij tolde naar beneden met gekromde rug, gestrekte poten, klauwen zichtbaar, nekhaar overeind. Hij viel kansloos te pletter onder luid gejuich, in een wak te midden van de massa, op kasseien uit de middeleeuwen, het enige authentieke aan de stad.

Jij smeet je in mijn armen. Gebeden heb ik in mijn leven nooit maar hier werd een gebed verhoord. "Help me," fluisterde je. Ik kon je lippen voelen spreken tegen mijn oorschelp. "Ik smeek je. Breng me weg van hier." De Kattenworp had je doen denken aan iets ergs dat jou was overkomen. Een Perzische kat die jij zelf had vermoord. Vermoord, dat is exact het woord dat je gebruikte. Lang heb ik dat verhaaltje niet geslikt. Je speldde mij iets op de mouw om mij te vangen, meer vos dan kat, altijd geweest. Enfin, dat dacht ik toch, tot voor vandaag. Zoals ik vaak, tot voor vandaag, vermoed heb dat jouw familie ons eerste rendez-vous had uitgelokt. Jij was geen bruid maar hun pion. Geen nichtje maar een loonzak in natura.

Wat moest ik anders denken? Ik heb het jou één keer gevraagd: "Waarom in 's hemelsnaam ben jij met mij getrouwd?" Ik wou per se de waarheid horen. Ik kreeg haar recht in mijn gezicht: "Jij was de eerste die het vroeg." Daar kon ik het mee doen. Ik was niet de beste, niet de grootste of charmantste. Ik was de eerste die het vroeg. Het leek op wat je later zei over je minnaars. Ook toen wou ik per se de waarheid horen. Er is een soort van dapperheid die masochisme heet. "Waarom ga jij met zo veel venten mee?" Je antwoordde, op krák dezelfde toon: "Omdat ze mij dat vragen." Punt.

Jij hebt er geen idee van hoe het voelt, te weten dat je op moet boksen tegen alle mannen van de wereld. Ik zag er honderden per week die knapper waren, duizenden flatteuzer, tienduizenden met meer gevoel voor humor. Er zijn miljoenen mannen op de wereld die meer te bieden hebben dan ik, op elk vlak. Hoe kon ik in mijn eentje van hen winnen? Mijn lijf gaf op nog voor de strijd begon. Mijn libido verdroogde als een rochel in de zon. En toch ging ik niet weg van jou. Van alle vrouwen op de aarde is er één maar zoals jij. Ik sprak er honderd, zag er duizend op een dag, tienduizend defileerden er voorbij. Maar geen was knapper, geen zo grondeloos ongrijpbaar als jij. Ze mochten zijn of zeggen wat ze wilden, ze leken allemaal beperkt en schraal. In jouw ene kleine lichaam huizen alle vrouwen. En wás er soms een vrouw die mij benaderde, dan brachten haar avances zelf haar al in diskrediet. Wat kon zij voor een vrouw zijn, als zij mij bewonderde? Ik, de kruk, het kalf, de knoeier. De impotente kwal. Zo'n vreemde vrouw viel steevast in het niet. Zelfs op haar best was zij hooguit een flard van jou. Slechts een van jouw gedaanten.

Alleen voor troost leek jij niet echt geschapen. Elke engel en godin is in jou geïncarneerd, maar die van de compassie niet. Indien er een orgaan bestond voor goedertierenheid, was het bij jou geamputeerd. Pas op, ik wil mij niet beklagen. Ik heb het zelf gezocht. Wij moesten altijd vechten. Waarom niet? Ook vechten is een vorm van vrijen. En dat je mij hebt neergeschoten, schat? Ach... Een mens moet vroeg of laat het loodje leggen. Is 't dan niet beter dat men door de hand mag vallen van wie men 't meeste heeft bemind?

Treur ook niet overdreven om die zoon van jou. Zonder mij zal het hem beter gaan. Laat hem maar rouwen om een vader die hij zich herinnert uit zijn jeugd. Beter dat, dan dat hij in zijn puberteit moet leren wat voor een pathetische zeikerd zijn ouwe is. Jouw Jonas blijft dat bespaard. Bekijk het zo. En als dat niet lukt, denk dan hieraan. Welk leven stond dat kind te wachten? Met jou en mij als ouders, twee hyena's die elkaar naar 't leven staan, geen dag zonder gezeik of ruzie. En met een vader die hem heeft gewantrouwd van bij zijn eerste gil. Want geef toch toe: zijn neus is niet de mijne en ook niet die van jou. Hoe kan zijn haar nu rood zijn en zijn neus vol sproeten staan? Een bochel had je kunnen wijten aan een speling der natuur. Maar sproeten en ros haar? Die komen uit de genen voort, Katrien, en niet uit die van mij of die van jou. Dus zeg het mij. Ik wil de waarheid horen. Ik zal het je niet kwalijk nemen. Het is het laatste wat ik vraag. Van wie is Jonas eigenlijk het kind? En weet je zelf nog wie het was?'

Hij was haar gevolgd, soms haar hand beetgrijpend, soms een arm over haar schouder leggend. Met altijd voor en achter hen het bizarre escorte van de zaklantaarndragers.

Nu stonden ze gezesen aan de rand van het bos, op een heuvelrug. In de verte, daar beneden, lag hun villa, *Plus est en vous* geheten. Leo, de oom van Katrien, had daar nog aanmerkingen op gehad. Waarom moest het in het Frans? *Meer schuilt in u* had net zo mooi geklonken. Dirks argument dat de villa in Frankrijk stond, had op Leo Deschryver weinig indruk gemaakt. 'Te veel Vlaamse verzekeringsbedrijven hebben Franse namen, het kan geen kwaad als het ook eens andersom is.' Er was ruzie van gekomen, die pas werd beslecht toen Dirk ermee dreigde zijn villa te dopen *Plus je vois les hommes, plus j'admire les chiens.*

Alle lampen van villa *Plus est en vous* brandden, tot die in de slaapkamers toe. Ook de wandellichten op het gazon en zelfs de ingebouwde spots van het zwembad wierpen hun idyllisch schijnsel op. De dramatiek der thuisblijvers. Die maakten van een simpele villa – met zwembad, twee garages en een tennisveld – een baken in de nacht. Een vuurtoren van vergeefse hoop.

Dirk keek Katrien aan. Zij maakte aanstalten om aan de afdaling te beginnen. Hij greep haar bij de naakte elleboog. 'In mijn gezicht, m'n liefste. Zeg het. Wie is de vader van mijn zoon?' Even leek ze te aarzelen. Vergiste hij zich of beefde ze? Voelde ze zijn hand? Had ze zijn woorden gehoord? 'Wie?' Haar elleboog gleed uit zijn greep. Ze stapte in de richting van de villa.

Daar gaat ze dan, dacht Dirk, kijkend naar haar fraaie achterhoofd. Haar afscheid wakkerde opnieuw zijn weemoed aan. Hij ging zitten in het gras op de heuvelrug en keek Katrien en haar escorte na. Als afscheidshommage begon hij te zingen, uitdagend en vertederd. *J'attendrai, le jour et la nuit, j'attendrai toujours...* De vallei echode niets terug.

Pas toen Katrien uit het zicht verdwenen was, vroeg Dirk zich af hoe zijn stoffelijk overschot naar Vlaanderen zou worden gerepatrieerd. Hoeveel dagen zou het kosten? Hoeveel paperassen, hoeveel telefoontjes en geblaf van ambtenaren? Hij zat te grinniken bij het vooruitzicht. Ja, dacht hij. Laten ze maar flink moeilijk doen. Die Franse klootzakken zijn daar meesters in. Laten ze bij de grens mijn lijk maar confisqueren, opensnijden op zoek naar drugs, in stukken hakken, organen zoekmaken. Een internationale rel!

Hij begon alweer te giechelen. Laten anderen hun tijd maar eens verliezen met papierwerk. Hoe meer heisa, hoe beter! Laten zij de rug maar eens krommen, ze zouden dan wel zien wat er, zonder Dirk Vereecken, van hun zaakjes terechtkwam. Een ratjetoe, olé! Een rommeltje, hoezee! Hij plooide dubbel. Je reinste rotzooi wordt het, genoot hij. Een en al ravage. 'Knappen jullie je vuile werkjes zelf maar op,' kraaide hij, een hand aan de mond, in de richting van zijn verlichte villa. 'Ik doe geen kloten meer! Geen kloten, horen jullie?'

Geen kloten meer doen, dat was altijd een grote droom van hem geweest. Zijn tweede droom was steeds geweest dat op een mooie dag mocht blijken dat zijn vrouw hem liefhad, ondanks alles. Meer dromen had hij in zijn leven niet bezeten. Ze waren sinds vanavond allebei vervuld.

3

THUIS

1

MEER SCHUILT IN U

ALS PUBER AL HET ZWARTE SCHAAP VAN DE FAMILIE was Leo, de oom van Katrien, op zijn achttiende van huis weggelopen en met de rugzak naar India vertrokken. Halverwege, in München zeg maar, had hij zich omgedraaid, was teruggekomen en had een bijna failliete stoffenwinkel overgenomen voor een appel en ei. Ze hadden met hem gelachen. Hij, de rebel, met een stoffenwinkel. Maar veertig jaar later was hij de grootste fabrikant van kamerbreed tapijt in Europa. Het rebelse in zich had hij weten te bewaren. Hij reed niet met een BMW, zoals de anderen. Hij reed met een Mercedes. Een Duitse wagen is een schoon ding, onderwees hij altijd, maar een BMW? Ik ben in München geweest en hun bier was al niet om te zuipen. Wat zou ik dan vertrouwen hebben in de auto's die ze daar maken?

Wetten en reglementen lapte hij aan zijn laars. Als hij haast had of er gewoon zin in had, parkeerde hij zijn Mercedes op de vluchtstrook van de autostrade en klom een beekje en de prikkeldraad over. Dat was de kortste weg naar zijn bedrijf dat als een gigantische betonnen schuur langs de autostrade lag. De eerstvolgende afrit bevond zich vijf kilometer verderop, tot dagelijkse ergernis van Leo. Het lag niet in zijn natuur een andere weg te nemen dan de kortste. Daarom juist had hij bij de bouw van de autostrade gevraagd een afrit te voorzien speciaal voor hem en zijn bedrijf. Dat was hem geweigerd. Als straf liet hij een productieketen naar het buitenland verhuizen. Vijfhonderd jobs weg. Daarna werd hem nooit meer iets geweigerd. De boetes voor de foutgeparkeerde Mercedes verscheurde hij. De ene rijkswachter die het aandurfde de Mercedes te laten wegtakelen, maakte nooit nog promotie.

Leo hield ervan zijn personeel te schofferen waar ander personeel bij stond. Zijn buien verdwenen even plots als ze waren gekomen en als ze verdwenen waren moest iedereen van hem houden. Zeker zijn personeel. Waarvoor betaalde hij hen anders? Om hen te paaien tapte hij na elke woedeaanval moppen, zelf lachend om de clou. Het personeel lachte mee maar prefereerde de woedeaanvallen.

Met zijn klanten maakte hij nooit grappen. Hij haatte hen. Ze hadden hem groot gemaakt maar juist dat stak hem. Vooral de Hollanders moesten het ontgelden. Zijn secretaresse mocht tegen hen geen woord Nederlands of Engels spreken. Alleen Frans. Hij luisterde telefoongesprekken af om zich te bescheuren met hun gehakkel, dat geen haar beter was dan zijn eigen Frans. Als Hollandse inkopers hem tijdens een zakenlunch durfden te vragen of een tapijt van hem met koperen 'sierpunaises' kon worden vastgelegd, vloog hij uit. Tapijten van hem werden vastgelegd met 'duimspijkers' en liefst zelfs met 'colle-tout'. Hij genoot ervan dat ze hem niet begrepen. Als een Hollander sprak van 'het kamerbreed tapijt dat de heer Deschryver produceert', dan brieste hij: 'Beste vriend, ik fabriceer tapis-plain. Als ik tapijten moest maken die maar zo breed mogen zijn als uw Amsterdamse kamers, dan zou ik niet staan waar ik nu sta. Aan de top van de tapis-plain in Europa.' De Hollanders zeiden zijn oprechtheid te appreciëren en zijn gezellige taaltje te bewonderen. Hoe meer hij hen probeerde te bruuskeren, hoe meer ze in hun schik waren. Wat een kanjer, die Leo, gaaf! Bourgondisch! Zijn zakenlunchen werden steeds populairder. Zijn haat steeds dieper.

Er waren dagen dat hij zijn hele handel had willen verkopen, of nee: in brand steken. 'Wie fabriceert er nu in godsnaam tapisplain,' dacht hij dan. Hij rolde de woorden om en om in zijn hoofd. 'Tapis-plain, tapis-plain. Wat is dat, tapis-plain? Een jumboversie van de deurmat. Iets om uw voeten aan af te kuisen. Tapis-plain, verdomme. Een mens is wat hij maakt. Ik moet er van af.' Maar zijn handel verkopen deed hij niet. In brand steken nog minder.

Behalve klanten en Hollanders haatte hij zijn familie. Bij ieder banket en familiefeest zat hij naar zichzelf te kijken met hun ogen. Met hun oren luisterde hij naar ieder woord dat hij zei. Met zijn vet accent. Met zijn geslis van ongeschoolde. Hij voelde voor zichzelf een afkeer die zij niet eens voelden. Maar dat zou hij nooit hebben geloofd. Integendeel, hoe minder hij er iets van kon merken, hoe zekerder hij werd van hun weerzin. En hij rebelleerde ertegen, verbitterd, gekwetst. Wie dachten ze verdomme dat ze waren?

De eerste jaren als internationaal tapijtenfabrikant had hij nota bene geprobeerd om mee te spelen. Maatpakken, manicure. Maatschappelijke thema's aansnijden waarover hij gelezen had in de krant die hij toen nog kocht. Hij, een boom van een vent, kolenschoppen van handen, dronk aan hun koffietafels Arabische mokka met de pink omhoog, uit een porseleinen vingerhoedje dat hij vroeger puur uit baldadigheid tussen duim en wijsvinger zou hebben kapotgeknepen. Met een scheef hoofd zat hij ernstig te knikken als een oud wijf iets zei over de Vlaamse Opera en antwoordde bewonderend 'Mmm!'

als de teef eindelijk zweeg. Op staande recepties ging hij in een eerste groepje staan luisteren naar een geleerde kozijn en herhaalde diens mening woordelijk in een volgende groepje. Als iemand uit dat tweede groepje vroeg wat hij nu eigenlijk bedoelde, stond hij voor lul. Hij mompelde wat en droop af. Ervan overtuigd dat men, achter zijn rug, nog meer met hem lachte dan vroeger.

Na zes maanden gebeurde het voor de zoveelste keer. Hij staat in een groepje iets uit te leggen waar hij zelf niets van begrijpt. Een van die gasten – met zo'n grijns op zijn bakkes – vraagt: 'Maar beste Leo, wat wil je daar nu eigenlijk mee zeggen?' Lang hoefde Leo niet na te denken over een antwoord. Hij haalde uit met zijn rechtse. Die gast slaat achterover op de marmeren vloer, zijn gezicht onder het bloed, neus gebroken, twee porseleinen kronen kapot. Wijdbeens boven hem staat Leo, met aan iedere arm een kelner: 'Dat wil ik zeggen, stuk stront!'

Daarna kon het Leo allemaal niet meer schelen. Ze vonden hem een ongelikte beer? Hij zou zich navenant gedragen. Op gala-diners hing hij al na een kwartier het jasje van zijn smoking over de leuning van zijn stoel en rolde zijn mouwen op, tot voorbij zijn oksels als hij had gekund. Hij morste opzettelijk saus en rode wijn op zijn hemd. Hij kneep diensters in hun kont en vertelde vuile moppen tegen tante nonneke, scheldend op politici van alle slag en op de paus in het bijzonder. En tegen het dessert had hij genoeg wijn en whisky achterovergeslagen om zich te wagen aan zijn pièce de résistance. De mislukkingen en het privé-leven van al wie rond de tafel zat. Hij ging geen detail uit de weg. Schallend en schmierend als een derderangs acteur. Eén voor één schold hij ze naar huis. Niemand sprak hem tegen. Men zweeg uit gêne, uit gewoonte en uit schrik voor zijn knuisten die al eens een neus hadden gebroken en twee porseleinen kronen.

Voor het volgende feest nodigden ze hem niet uit. Maar hij kwam toch. Hen minachtend omdat ze hem niet hadden willen uitnodigen, hen minachtend omdat ze hem niet durfden buiten te gooien. Hij verscheen in de deuropening en keek hen één voor één in de smoel, de sukkelaars. Ach zo, ze nodigden hem niet uit? Natuurlijk deden ze dat niet. De waarheid kwetst. Hij was een van hen, een Deschryver. Wel, kijk nog maar eens goed. Hier ben ik. Hier sta ik, een van u. Gespogen en gestampt.

Alleen voor zijn broer Herman had Leo ontzag. Omdat zijn haat voor hem het grootst was. Maar die had hij nog nooit openlijk laten blijken. Voor twee passies moet een mens het perfect moment afwachten: voor liefde en voor wraak.

'Herman? Leo hier,' snauwde hij in zijn draadloze telefoon. Hij was op de wc gaan zitten om te schijten. Schijten, ja. Andere mensen mochten zich ontlasten zo veel ze wilden, Leo Deschryver scheet en hij scheet graag. Alleen al de vulgariteit van het woord vervulde hem met een tegendraads genoegen. 'Zit ge neer?' vroeg hij, grijnzend, gezien zijn eigen positie. Zijn stem klonk hol in de kleine betegelde ruimte. 'Ge zult het nooit geloven. Uw Katrientje.' Hij zuchtte als uit medeleven. Het gevoel van macht bedwelmde hem. Hij kon de seconden rekken, hier en nu. Het noodlot verdiepend door het op te bouwen. Hij zat als in een betegelde cockpit, naar beneden duikend in een gevechtsvliegtuig. Op de begane grond wist men al dat er een bom op komst was maar wanneer die zou vallen en met welke kracht, daarover besliste Leo en Leo alleen. Hij hield zijn vinger aan de knop. 'Dat schaap heeft weer wat uitgestoken, Herman.'

Hij kneep zijn darmen samen en hoorde met plezier de plons waarmee zijn drol viel. Hij genoot zelfs van de stank die zich begon te verspreiden. Dit soort details maakte het treurspel perfect. Dit was de knalrode kriek op een gesuikerde cake. De corsage op het kleed van een hoer van vijftigduizend ballen voor één nacht.

Plons.

HERMAN DESCHRYVER WAS TEN DODE OPGESCHREVEN. Behalve hij en zijn dokter wist niemand het en dat wilde hij zo houden. Hij schaamde zich. Niet omdat hij doodging maar omdat hij zijn nakende dood niet aankon. Dat paste noch in het beeld dat hij van zichzelf had, noch in het beeld dat hij wilde dat anderen van hem hadden.

In de spreekkamer van de dokter had hij zich nog sterk weten te houden. Hij ging zitten met rechte rug, zonder de leuning te raken, en kruiste zijn benen. 'Zeg het maar,' beval hij. Hij hoorde de resultaten van het onderzoek aan, bekeek de röntgenfoto's en wees de bij voorbaat nutteloze behandeling af. Toen stond hij op, bedankte de dokter omdat die de klus had geklaard zonder poespas of compassie en verliet de spreekkamer.

Buitengekomen echter zag hij, op het tafeltje in de wachtkamer, een tijdschrift liggen met op de cover de foto van een opengereten walvis. In zijn keel welde iets op tussen ontroering en overgeefsel. Het kon natuurlijk ook de maagkanker zijn die hem parten speelde. Maar waarom dan nu pas, voor het eerst, op deze manier? Nee, dacht hij, het is niet de kanker aan mijn maag. Het is mijn werkelijke kanker. Mijn zwakheid.

Zwakheid en slapte had hij zijn hele leven in zichzelf bestreden. Nu zagen ze hun kans schoon. Ze sloegen toe. Ze spoten zijn keel vol bijtend zuur en sproeiden traangas in zijn ogen. Hun felheid deed hem wankelen. Hij liep de wachtkamer uit, zich naar de buitendeur spoedend. Zoals hij had gehoopt, behoedde de frisse lucht hem ervoor op zijn stappen terug te moeten keren, de dokter verzoekend om een zakdoek voor zijn tranen of een dweil voor zijn braaksel.

Diezelfde middag, hartje Brussel, in zijn statige kantoor op de hoofdzetel van de bank, zat hij in alle eenzaamheid geknield op de vloer achter zijn bureau. De pijnstillers wilden maar niet werken.

Aan zijn secretaresse had hij opgedragen alle afspraken te verzetten en hem af te schermen voor nieuwe telefoontjes. Haar verbaasde, moederlijke blik had hem een nieuwe oprisping van zuur bezorgd. 'Jij ook, scheer je weg. En neem al mijn dossiers mee.' Zo bot was hij nog nooit tegen haar geweest. Hij had er meteen spijt van. Niet omdat hij haar onheus had behandeld maar omdat ze nu zou speculeren over de reden van zijn botheid. Om dat te voorkomen moest hij zich excuseren, snel, nu ze nog in de weer was met de dossiers. Maar hoe? 'Het spijt me' zeggen? Dat had hij nog nooit gedaan. Het zou haar nog meer bevreemden. Bovendien verfoeide hij de sentimentaliteit van dat gebaar. Het familiaire wordt beloond met hoon. Ze zou pas goed aan het speculeren slaan. Ik kan maar beter niets doen of zeggen, dacht hij. Als het haar niet bevalt, staat het haar vrij te gaan. Definitief. Ik heb geen secretaresse meer nodig. Verdwijn maar, vort, rot op. Uit een ooghoek zag hij dat ze één dossier op het bureaublad liet liggen. Waarschijnlijk iets dringends. Haar bemoeizucht, die hij vroeger zou hebben geprezen, irriteerde hem. Mens, ga toch weg, smeekte hij in stilte, zijn rug naar haar toe. Ik verga van de pijn.

De deur was achter haar rug amper in het slot gevallen of hij zakte neer. Zijn knieën zonken in het hoogpolige tapijt uit de fabriek van zijn broer. Hij kroop naar zijn bureau, kreunend. Zijn ene hand zocht steun op het bureaublad, zijn andere op de zitting van de stoel van onverslijtbaar struisvogelleer. Een kramp trof hem, zijn lijf vouwde dubbel. Uit zijn mond hingen een paar draden spuug. Hij deed niet eens moeite om te beletten dat ze op het tapijt zouden druppen.

Hij had altijd gedacht dat hij zou sterven zoals het een pater familias betaamde. Op hoge leeftijd, thuis, op de eerste verdieping, de gordijnen halfdicht, overal bloemen, een paar vuistdikke kaarsen bij zijn voeteneinde. Hij zou zijn sterfbed dagenlang rekken om het defilé van familie en ondergeschikten de kans te geven voorbij te trekken. Ze zouden raad vragen voor hun levensloop, vergeving voor hun misstappen, en hij zou beide verlenen met een vermaning erbovenop. Wat een stervende prevelt wordt niet licht vergeten. De laatste sacramenten zouden hem pas worden toegediend op het moment dat hij ze eiste. Door een priester uit de familie. Als zijn familie tegen dan nog een priester telde. Want hij had zich altijd een zeer hoge leeftijd toegedicht en het aantal roepingen ging er met de jaren niet op vooruit. Maar goed, dat detail had hij nog door de vingers willen zien. Het mocht ook een priester zijn die geen familie was.

En nu zat hij op zijn knieën in zijn eigen kantoor. Nog geen zestig, maar amper drie maanden te gaan. Kwijlend als een kind, grienend als een dronkelap. Heer, kijk op uw dienaar neer, probeerde hij te bidden, herstel mijn geloof, mijn lijden is onwaardig naast dat van Uw Zoon. In plaats van nieuw geloof voelde hij nieuw zuur opzetten. Mist vulde zijn ogen. De mensheid loopt op de maan, dacht hij, ze kan schapen klonen en zwarte tulpen kweken. Ze redt neushoorns en kevers omdat die met uitsterven zijn bedreigd. Maar ik, Herman Deschryver – hij begon bijna te snikken – mag niet ouder worden dan zestig jaar. Een kwak zuur viel uit zijn mond op het tapijt. Hij zag dat hij zowaar, als in een gebaar van gewoonte, de mouw van zijn beste blauwe pak gebruikte om de kwak weg te vegen. Tevergeefs. Het zuur drong in het tapijt. Kan het belachelijker, slikte hij, op pathos jagend. Van alle mogelijke kankers krijg ik een kanker die mijn maag opvreet. Een parasiet die eet waarmee ik zelf moet eten. Vroeger zou hij om zoveel gemakkelijk cynisme berispend hebben geglimlacht. Nu zat hij te kokhalzen uit medelijden met zichzelf. Zich dubbel schamend omdat hij zijn medelijden niet de baas kon worden.

Na een tijdje begonnen de pijnstillers dan toch te werken. Hij hees zich op aan het bureau en ging zitten. Zijn billen werden gestreeld door het struisvogelleer met de geruststellende, na al die jaren nog duidelijk voelbare hobbeltjes waar de struisvogelveren hadden gezeten. Herman keek om zich heen. Aan de muren hingen schilderijen van oude meesters en Vlaamse expressionisten, in esthetisch verantwoorde symmetrie. Ieder werk een fortuin waard. Hij vroeg zich af hoe hij de plek op zijn mouw en die op het tapijt zou schoonmaken. Niemand mocht ze opmerken. Toen ging de telefoon.

Herman keek naar het toestel als naar een kakkerlak. Wat bezielde die secretaresse van hem? Geen telefoontjes, had hij gezegd. Hij had haar verrot moeten schelden, dan had ze het wel begrepen. Hij zou niet toegeven aan haar bedilzucht. Hij zou de telefoon negeren. Hij zou zich verdiepen in het dossier dat ze op zijn bureau had laten liggen. Dat was dringend? Wel, ze kon haar zin krijgen. Dit dossier ging voor. Hij sloeg de ringband open en las de titel.

'De nieuwe levensverzekering. Uw einde in schoonheid.'

Met een snik sloeg hij de band dicht en nam de hoorn op. Walgend om zijn zwakte, met het zuur hoog in zijn keel. 'Herman?' hoorde hij zijn broer vragen. 'Leo hier.'

'UW VROUW DURFDE U NIET TE BELLEN,' zei Leo in het draadloze telefoontje, nieuwste model, zo klein dat het in zijn hand verloren lag. Als ik het laat vallen in de wc-pot, is het sneller doorgespoeld dan mijn drollen, dacht Leo. 'En geeft Elvire eens ongelijk,' zuchtte hij. 'De drager moeten zijn van slecht nieuws? Dat is het zwaarste wat een mens in zijn leven kan overkomen, Herman.'

Herman hoorde het plezier in de stem van zijn broer. Hij hoorde ook de galm van diens stem. Hij zit op de wc, dacht hij. Mijn broer zit zijn gevoeg te doen terwijl hij mij belt met slecht nieuws. Wat scheelt er toch met Leo? In hem komen alle kwalen van ons volk tot bloei. Naijver. Kleingeestigheid. Het verheerlijken van alles wat scabreus is, het koesteren van kitsch, van dialect. Leo zwelgt daarin. Hij is een harde werker maar daar is dan ook alles mee gezegd.

Tegelijk voelde Herman zich volstromen met kortstondige kracht. Niemand mocht merken dat hij op het punt stond te breken, zeker zijn jongere broer niet, die parvenu van de Europese vloermat. Moest hij, Herman Deschryver, zich laten kwetsen door een tapijtboer? Door een boer in alle betekenissen van het woord? Hij, de grote Herman Deschryver die, op verzoek van een eerste minister, diens naaste medewerker was geworden? Die had gewogen op de belangrijkste regeringsbesluiten? Die zelf ontslag had genomen, tegen de smeekbeden van de premier en de partij in? De kranten noemden hem nog altijd de architect van het harde maar onontbeerlijke budgettaire beleid. Als er een monetaire rel uitbrak, vroeg het journaal eerst hem om een interview en pas dan de gouverneur van de Nationale Bank. 'Zijn woorden wogen, zijn wijsheid kalmeerde.' Dat had het enige Vlaamse politieke tijdschrift geschreven bij zijn vertrek. 'Het fenomeen Deschryver' had het partijblad getiteld. En zo iemand zou zich voor schut moeten laten zetten? Door een frustraat? Door de tenor van de tapis-plain?

De eerste ogenblikken was hij blij geweest dat Leo hem niet meteen om de oren sloeg met de onheilstijding. Hij had gevreesd in tranen te zullen uitbarsten. Nu kon hij het aan. Hij was sterker dan ooit. 'Hou op met rond de pot te draaien,' beval hij, 'en zeg mij wat er scheelt.'

Hij weet het, dacht Leo in zijn wc. Niet rond de pot draaien, zegt hij op dat ijzige toontje van hem. (Bijna vijftig jaar voetballen we niet meer, spelen geen Scrabble meer, hij de winnaar, ik de jankende verliezer. Maar nog altijd heeft hij dat toontje.) Zijn plezier was op slag vergald. De stank in zijn betegelde cockpit stond hem plots tegen. Hij wilde eerst de deur opengooien maar hij deed het niet. Waarom zou hij de deur opengooien? Had Herman hem betrapt of zo? (Met zijn eerste sigaret op zolder. Met zijn eerste seksboek in de kelder. Met de kat die hij aan het martelen was in het schuurtje.) De tijd van betrappen was voorbij. Leo zat in de stank? Hij bleef zitten in de stank. Schijten was iets menselijks. Iedereen deed het. Als het Herman niet beviel, moest hij maar ophangen.

'Vertel het, Leo. Kort en duidelijk,' drong de ijzige stem van Herman aan.

Leo gehoorzaamde knorrig. Hij vertelde het, kort en duidelijk. En was, als altijd, verbaasd over de onverstoorbaarheid waarmee zijn broer het nieuws incasseerde. Een blok beton. Door niets aan het wankelen te krijgen. Zijn rust kwam in de buurt van onverschilligheid.

'Wanneer is het gebeurd?' vroeg Herman. Alsof hij informeerde naar een aandelenkoers.

'Gisteren,' antwoordde Leo. Hij probeerde zich dezelfde toon aan te meten.

'Hoe is het gebeurd?'

'Dat begrijpt niemand.'

'Wat zegt Katrien?'

'Katrien zegt niets.'

'Heeft ze naar mij gevraagd?'

'Ze zegt geen woord.'

'Waar is ze?'

'Ze is onderweg, het lijk komt later.'

'Waarom word ik nu pas op de hoogte gebracht?'

'Godverdomme, Herman, wat is dat hier, een kruisverhoor? Waar waart gíj, dat is de vraag. Waar zat ge heel de morgen? Waarom moet ik uw secretaresse vijf keer bellen en dat kalf bijna met de dood bedreigen voor ze mij wil doorverbinden?' Aan de andere kant viel er een korte pauze, een hapering die Leo niet ontging. 'Waar waart ge!' zei hij, azend op een opening in de dekking van zijn broer. (Dertien, knokkend op de speelplaats. Op de vuist gaan. De enige manier om Herman pijn te doen.) 'Waar waart ge, broer?'

'Weg voor zaken.' Weer die toon. Leo werd er nog kregeliger van. Maar hij hield zich in. Hij mocht zich niet laten gaan. Hij moest leren zich te beheersen. Hij verloor te veel discussies. Niet omdat zijn argumenten tekortschoten maar omdat hij ze uitschreeuwde, ze ondersteunend met vuistslagen op het tafelblad. (Twaalf en verloren bij het voetbal. Uit woede zo hard op de doelpaal geschopt dat een teenkootje barstte. Op de grond gerold. Moedwillig zand gegeten.) Leo moest daarmee ophouden. Hij moest leren reageren zoals Herman, op dat punt dan toch. Beheers u en de wereld leent u haar oor, maak u kwaad en ze keert zich van u af.

'Zijn alle voorzieningen getroffen?' vroeg Herman.

'Ja,' zei Leo, zich beheersend.

'Alle papieren in orde?'

'Bijna.'

'Grensformaliteiten?'

'Zo goed als.'

'De Dienst Bevolking verwittigd?'

'Nog niet.'

'Waarom niet?'

'Niet aan gedacht.'

'Wie beheert zo lang villa *Plus est en vous?*'

'Godverdomme Herman, uw dochter heeft haar vent van dichtbij in de maag en in de kop geschoten, ze wil niet zeggen waarom, ze zegt niets, ze is veranderd in een zombie, en alles wat gij u afvraagt is of de papieren in orde zijn en of ze achter haar kont de deur van haar villa wel op slot heeft gedraaid – soms, Herman, soms begrijp ik u niet! Wat zijt gij voor een mens? Een onmens?' Hoe flauw, gruwde Leo. Onmens. Het was eruit voor ik het wist. Zo'n woord zou Herman nooit gebruiken. Aan de andere kant van de lijn bleef het stil. Wat zit hij toch te doen, dacht Leo. Hij hoorde een zwak geluid dat hij niet kon thuisbrengen. Lacht Herman mij uit? Ik wou dat ik zijn gezicht kon zien.

De stem van Herman klonk opnieuw, nauwelijks merkbaar trillend: 'In de maag? Ze heeft hem in de maag geschoten?'

Van alle vragen had Leo deze het minst verwacht. Ze werkte als een rode lap: 'In de maag, ja, in de maag, wat maakt dat uit, ik kan mij vergissen maar het was vooral het schot in zijn kop dat het hem heeft gelapt, de hersens hingen eruit. Een schot in de maag maakt dan weinig verschil.'

'Het is niet nodig om in detail te treden.'

'Ik treed niet in detail, ik geef de feiten, kort en duidelijk en wees blij, in Vereecken zijn plaats, dat Katrien hem in de kop heeft geschoten en niet alleen maar in de maag. Als ze hem alleen maar in de maag had geschoten, was hij ook gecrepeerd, maar het zou een week geduurd hebben, als het geen maand is. Niets zo pijnlijk als creperen aan uw maag. Als de maffia een Judas wil straffen, wordt hij in de maag geschoten. Een doodstrijd die ge niemand toewenst. Een wreder dood bestaat niet.'

Er viel een zeer lange stilte. Ik heb hem geraakt, dacht Leo voldaan. In de roos! Zo lang zwijgen, dat is niet normaal. Zo ken ik Herman niet.

Maar zoals altijd wanneer Leo zijn zin kreeg, verzuurde zijn voldoening ogenblikkelijk. Er viel zelfs een triestheid over hem. Dezelfde *tristesse* als na het klaarkomen op een van zijn vele hoeren. Samen met die triestheid begon de haat alweer te knagen, zoekend naar een nieuwe ontlading. Zo was Leo. Een muis in een molentje. Lopen, lopen, lopen, en nooit zijn doel bereiken. Waarom zegt hij niets, dacht Leo nukkig. Nooit meegemaakt dat Herman zo lang zijn muil hield tegen mij. Zit hij te janken? Nee, dat kan niet. Hij haatte die Vereecken misschien nog meer dan ik. Hoe dan ook, hij zwijgt, hij wankelt. Zijn dekking is gezakt. Prima. Dan zal de tweede boodschap des te harder op zijn bakkes knallen. Dat wordt een uppercut op zijn glazen kin. Niets zeggen! Laat de stilte wegen. Laat hem maar eens als eerste komen.

Plons.

TOCH WAS HET LEO die begon. Hij kon zich eenvoudigweg niet beheersen. 'Er zijn van die dagen, Herman, dat alles tegenslaat. 's Morgens branden de circuits door van uw grootste weefmachine, 's middags valt uw ploegbaas dood en 's avonds is uw bier op. Kent ge dat, Herman? Het ongeluk klopt aan de deur en het is een tweeling, of een drieling. Maakt gij nooit dat soort dagen mee?'

'Waarom vraag je dat?'

'Van alle vragen die ge hebt gesteld, zijt ge de belangrijkste vergeten.'

'En dat is?'

'Ge zijt vergeten te vragen hoe ik, als eerste, op de hoogte ben gesteld.'

'Hoe ben jij, als eerste, op de hoogte gesteld?'

'Ge moogt drie keer raden.'

'Leo, stop daarmee en zeg het mij.'

'Onderzoeksrechter De Decker.'

'Willy De Decker?'

'In persoon. Hij stond deze morgen voor de deur van mijn fabriek. Klokslag negen. Met een huiszoekingsbevel en zes man gerechtelijke politie. Hij eiste toegang tot het kantoortje van Vereecken. Ik zeg: "Ik heb de sleutel niet." Wat doet hij? Hij boort eigenhandig het slot uit die deur. Ik zeg: "Voor gij één poot binnenzet, eis ik dat ge Vereecken belt." Toen vertelde hij het. Hij had een fax bij van de gendarmerie in Frankrijk. Ge hadt de grijns op zijn gezicht moeten zien. Een gier die al danst op een stervend beest.'

'Welk dossier heeft hij in beslag genomen?'

'Hij heeft alles in beslag genomen. De computers ook. We kunnen geen factuur meer maken. En de brandkast is verzegeld. "Dat komt ook voor de erfenis van pas," zei hij, lachend naar zijn mannen. De dood van Vereecken is maar een onverwachte meevaller voor hem, hij moet dit maanden hebben voorbereid. Hoe komt het dat gij van zijn onderzoek niets afwist, gij met uw contacten?'

'En jij? Waar heb jij Dirk weer toe gedwongen dat De Decker zo tekeergaat?'

'Herinnert ge u die blocnotes uit onze schooltijd? Zo groot als de helft van een schriftje. Felblauwe voorkant, voddig papier, blaadjes die zijn vastgelijmd van boven en die ge kunt afscheuren, grijs van kleur met blauwe vierkantjes. Ziet ge ze voor u? Ons genie had er zo twintig liggen in zijn schuif. Een volwassen vent die notities maakt in blocnootjes. En wat voor notities. Heel de santenboetiek. Alles in het klad maar goed leesbaar. De Decker was er zo blij mee als een kind. Hij hield ze onder mijn neus. Ik wist niet wat ik las. Alles staat erin, Herman. Al van in de tijd dat gij nog de rechterhand waart van de eerste minister.'

'...'

'Herman? Zijt ge daar nog?'

'Jullie hadden jullie woord van eer gegeven.'

'Vereecken was nog volop bezig om oplossingen te zoeken.'

'Vijf jaar na datum?'

'Het duurt een tijdje voor een stal is uitgemest. Vooral omdat Vereecken nog een paar interessante nieuwe pistes had ontdekt.'

'Nieuwe pistes!'

'Als Vereecken niet zo stom geweest was om alles in zijn blocnotes neer te pennen, had niemand het geweten.'

'Ik ook niet, dus?'

'Ge wílde niets meer weten. Uw eigen woorden, waar of niet?'

'...'

'We hadden Vereecken er nooit bij moet betrekken. Van eerstaf heb ik dat gezegd. Hij was geen Deschryver.'

'Hij was professor in belastingrecht.'

'Een professor die kladwerk maakt in kinderblocnotes en ze in zijn schuif bewaart. Hoeveel meer bewijzen hebt ge nodig? Hij had ze alle vijf niet op een rij. Hij was geen Deschryver.'

'Hij was getrouwd met een Deschryver.'

'Ons broer, díe missen wij. Daan had geen blocnootjes nodig. Maar ja. Ook over hem heeft ons Katrientje anders beslist. Haar nonkel Daan, die jongen. Met zijn grasmachine over de stroomdraad. En hij zag haar nog zo graag. En haar eigen vent, die schíet ze dood. Ik voel mij in haar buurt nooit echt op mijn gemak.'

'Laat Katrien erbuiten, Leo.'

'En haar eigen broertje? Die tragedie?'

'Leo!'

'...'

'Laat Katrien erbuiten.'

'Met veel plezier want aan haar hebben we niets. Gij zult de kastanjes uit het vuur moeten halen, broer.'

'Ik?'

'Wij moeten die blocnotes weer in handen krijgen. Gij kunt dat arrangeren, gij met uw contacten. En zelf rijdt ge naar Luxemburg. Zegt dat het is voor zaken, iets van bank tot bank. Ge hebt nog altijd een volmacht op de rekeningen en ik heb daarjuist gebeld: de brandkasten in Luxemburg zijn niet verzegeld. De Decker weet nog lang niet alles. We hebben een voorsprong. Maar ieder uur begint te tellen.'

'Waarom ik?'

'Gij zijt de grote vis. Wat ben ik? Naast u? Een sprotje, broer. Het is geen toeval dat de huiszoeking bij mij gebeurd is. Ik word misschien al maandenlang gevolgd. Bij u durft De Decker dat niet. Nog niet.'

'Waarom zou ik zoiets nog doen?'

'Omdat het niet de eerste keer zou zijn. En als ge het niet opnieuw doet, stort alles in mekaar. Plezant zal dat niet zijn, broer, als alles in mekaar stort.'

'Ik wil er zijn als Katrien thuiskomt.'

'Doe niets en ze komt thuis in een kot dat is geconfisqueerd, ze kan fluiten naar haar erfenis en u en mij kan ze bezoeken achter tralies. Opgeofferd als we zullen zijn door uw bank en uw partij. Ik schets maar eventjes de grote lijnen. Is dat wat ge voor uw oogappel in gedachten had? Na alles wat dat kind heeft meegemaakt?'

'Ik moet er zijn om haar te steunen.'

'Haar zus is er, haar drie tantes, haar moeder, haar rosse kleine en haar broer. Wat wilt ge doen om haar te troosten, een fanfare beginnen? Ze heeft voorlopig hulp genoeg en ze zegt toch geen woord. Ge wilt uw nest behoeden voor het ergste? Dan is het nu uw plicht om naar Luxemburg te rijden. En vergeet die blocnotes niet. Ik wil ze terug. Vanavond, straks. Een uur geleden al.'

Minuten nadat Leo de verbinding had verbroken en zijn cockpit had verlaten (voldaan, verzuurd, weer kregelig), zat Herman nog steeds voor zich uit te staren in zijn kantoor. Gedurende het hele gesprek was hij erin geslaagd het zuur, dat nochtans hoog in zijn keel stond, tegen te houden. Hij was er nog steeds tegen aan het vechten, met de moed der wanhopigen. Leo heeft gelijk, probeerde hij zich sterk te maken. Ik mag niet dulden dat één man onze familie te gronde richt. Ik wil ongeschonden achterlaten wat ik heb opgebouwd.

Tegelijk dacht hij: mijn dochter heeft mij nodig en ik zal er niet zijn. Wat ik ook kies, het is de foute keuze. Hij voelde zich tekortgedaan en slap. O God, kreeg ooit een man op één dag meer slecht nieuws te horen? Werd ooit een mens meer op de proef gesteld? Hij moest slikken. Wat ben ik nog? Wat ben ik ooit geweest?

Het zuur spoot nu toch uit zijn mond. Het kwam van diep en het was veel. Het leek of zijn maag scheurde. Toch plooide Herman zijn rug niet. Hij wilde niet buigen voor de pijn. Hij had vandaag al genoeg nederlagen geleden. Hij hield zich kaarsrecht. In een flits zag hij zichzelf achter zijn bureau zitten als een stenen waterspuwer. Een van de vele gebeeldhouwde demonen met een holle mond, hoog boven op de muren van de kathedraal. Als het stortregende, spoog het water in een straal uit hun muilen. Net zo spoot een straal zuur uit zijn oude mond en klaterde neer op het dossier van de levensverzekering. Nog een geluk, schoot hem te binnen terwijl hij de kracht voelde van de straal, dat ik gekozen heb voor stifttanden en niet voor een uitneembaar kunstgebit.

Vroeger zou die gedachte hem een hoofdschuddende grijns hebben ontlokt. Nu vulde ze zijn ogen met mist. Wee mij, dacht hij. Wee mij.

2

VAN UW FAMILIE MOET GE 'T HEBBEN

AL VIEL DAAR UITERLIJK NIETS VAN TE MERKEN, Katrien was zielsgelukkig dat haar zus, Gudrun, de eerste was die ze te zien kreeg bij haar thuiskomst.

De hele terugreis waren de beelden en geluiden van de dag daarvoor door haar hoofd blijven spoken. De ruzie om niets, haar eenzaam dolen door het bos. Het smachtende knorren van het varken, de twee schoten, de geur van kruit en van gebroken takken. Het bloed, de ingewanden, de aanblik van Dirks geschonden hoofd en – het meest ontstellend nog – zijn ogen terwijl hij stierf. Ten slotte de aanklacht, die was opgestegen uit zijn laatste stuiptrekkingen en die Katrien tot in haar diepste wezen had gekwetst: dat zijn dood geen ongeluk was maar dat zij hem had vermoord.

Naarmate ze de grens met België was genaderd – de huizen werden grauwer, de muren rood van baksteen, de luchten laag, de akkers plat – was haar verwarring wat weggeëbd. De nestgeur lokte. Het meest verlangde ze naar haar onwankelbare vader, hoewel ze van kleins af zijn strengheid had gevreesd. Het was precies die vrees die haar zo innig met haar zus verbond.

Hun band was gesmeed in de nachten dat ze, beiden nog een kind, waren ingeslapen in elkaars armen. Katrien sussend, Gudrun huilend, haar billetjes onder de nachtpon gloeiend

van het pak slaag dat pa haar had gegeven. Over het hoofd gestreeld door haar oudere zus sliep Gudrun in, lief zuigend op
haar duim maar woelend en met haar beentjes trappend. Het
was zo'n roerig kind.

Als er bezoek was, viel ze joelend als een Indiaan de salon
in, ging voor de verbaasde gasten op haar hoofdje staan, viel
om op het tafeltje en brak de kristallen vaas. Daar kon ze dan
een uur lang hartverscheurend om staan huilen in de gang.
En pa Deschryver, die haar eerst geen klap voor haar broek had
willen geven om haar niet voor de bezoekers te beschamen,
gaf haar er uiteindelijk toch een, om de bezoekers bij te vallen
in hun ergernis om haar gejank.

Hinkelde ze, dan hinkelde ze tot ze van vermoeidheid viel.
Als ze kaatste, kaatste ze tot de andere kinderen al lang aan het
touwtjespringen waren. Plots gooide ze de kaatsbal aan de kant
en ging zich moeien met het touwtjespringen. Ook daar ging
ze woest mee door tot ze struikelde of het touw niet meer behoorlijk kon doen zwaaien en ze ruzie kreeg met alle kinderen.

Ze beet haar nagels af tot op het vlees en toch zat haar gezicht vaak onder de schrammen. Niet dat haar gezicht er lelijk
door werd. Integendeel. Gudrun was een allerschattigst meisje.
Was zij niet het zusje van Katrien geweest, had iedereen, bij
kennismaking met de familie Deschryver, voor haar neerge-
hurkt om haar door het ponyhaar te strelen en haar te vragen
naar haar naam. Nu hurkte men neer voor Katrien. Erg sip
ging Gudrun daar niet van kijken. Ze kon het begrijpen. Haar
zus was ook haar idool. Als iemand Katrien naar haar naam
vroeg, riep Gudrun snel: 'Ze heet Katrien, ze is mijn zus en
wie ben jij?' Bestraffend aangekeken door haar vader. Als grote
mensen spreken, houdt een kind zijn mond. Neem toch een
voorbeeld aan je zus. Die spreekt pas als ze aangesproken wordt.

Terwijl een ander meisje zich achtergesteld had gevoeld met afdragertjes, ging het bij Gudrun omgekeerd. Kleren die niet eerst waren gedragen door Katrien, bleven hangen in haar kast. Alleen kleren die om Katriens lijfje hadden geschitterd, vielen in de gratie. Gudrun trok ze aan als in een ritueel. Als ze dan in de spiegel keek, was ze ontgoocheld. De schittering was weg. Aan de kleren kon dat niet liggen. Het lag aan haar. Ze moest nog meer haar best doen. Daarom wandelde ze nooit, ze huppelde. Haar plooirok moest leuk opwippen. Niet één keer maar de hele tijd. Het tikken van haar rode schoentjes? De hele buurt moest het horen. Het dansen van de strikjes in haar vlechten, het schommelen van de boekentas op haar rug – iedereen moest het zien. De achterstand moest worden goedgemaakt, in deugd zowel als kattenkwaad. Katrien stal een koekje uit de trommel? Gudrun stal er vier. Katrien bemoederde hun broertjes? Gudrun greep één broertje zo lang en zo stevig in beide armen beet, hem kussend op zijn wang, dat de gouvernante het huilende baasje uit Gudruns wurggreep moest bevrijden. Haar tandafdrukjes stonden in zijn wang.

Al haar moeite was vergeefs. Naar de verjaardag van Katrien werd uitgekeken. Van Gudruns verjaardag werd gezegd: 'Die mogen we zeker niet vergeten.'

Toch bleef, op wat kinderlijk gekibbel na, de jaloezie afwezig tussen hen. Gudrun verafgoodde Katrien, Katrien was zeer gehecht aan Gudrun. En die liefde leed niet onder de onverwachte rampen van Katrien. Integendeel.

Het scenario was telkens hetzelfde. De catastrofe voltrok zich en Katrien viel van haar sokkel, door iedereen verketterd en beticht. Eén volgelinge bleef de gevallen engel trouw. Gudrun. Nog koppiger in haar trouw dan toen ze Katrien had moeten delen met al wie haar nu in de steek liet. Katrien zelf sprak met geen mens meer, weggezakt in een kamerjas. Haar zwijgen tegen volwassenen, ooit geprezen als een deugd, werd nu versleten voor verwaandheid en bewijs van schuld. Ze zat in een oude fauteuil voor zich uit te kijken en weigerde te eten zo lang men naar haar keek. Haar vader zag zich genoodzaakt haar te straffen. Hij was een man die geloofde in kastijding. Hij kastijdde met de blote hand. Katrien gaf geen krimp, tot verontwaardiging van haar vader die steeds harder was gaan slaan. Gudrun had hem nog nooit zo kwaad gezien. Zijn blik alleen al maakte haar bang. Moeder, een zenuwtoeval nabij, was tussenbeide moeten komen en het eindigde ermee dat pa Deschryver een banvloek uitsprak over Katrien. Zij sprak met niemand? Niemand mocht nog spreken met haar.

Eén persoon trotseerde het vaderlijk verbod. Gudrun. Ze schoof in het midden van de nacht haar bed uit, sloop naar de woonkamer en keek in het halfdonker haar slapende zus van dichtbij in het gezicht. 'Katrien?' fluisterde ze. Ze legde haar handje op Katriens voorhoofd, zoals de gouvernante altijd deed met iemand die van koorts werd verdacht. Katrien werd wakker. Gudrun glimlachte ernstig. Gestraft worden, daar wist zij alles van. Een minuut lang keken ze elkaar in de ogen, verbonden door de stilte. 'Ik kon er niets aan doen,' fluisterde Katrien. 'Dat weet ik,' zei Gudrun. Ze bevrijdde haar zus uit de kamerjas, trok haar aan de hand mee naar hun slaapkamer en kroop bij haar in bed. Pas tegen het krieken van de ochtend smokkelde ze Katrien terug naar de oude fauteuil, die als een schandpaal in het midden van de woonkamer stond. 'Tot morgen,' fluisterde ze bemoedigend, nadat ze Katrien weer in de kamerjas had gewikkeld.

Weinige dagen later, toen ook de drie tantes het verbod

aan hun laars lapten, barstte Katrien uit in haar overspannen huilbui, werd lelijk als een kobold en heroverde al snel, weer knap geworden, haar status van allemansprinses. Tot vreugde van iedereen.

Op één volgeling na. Gudrun. Voor haar had de vreugde een wrange bijsmaak. Haar hoop was bewaarheid, haar trouw beloond: haar idool was in ere hersteld. Maar de prijs die ze daarvoor betaalde was hoog. Ze zou die paar heimelijke uren in bed moeten missen waarin zij haar gestrafte zus had mogen sussen. Ze had Katrien over het hoofd mogen strelen tot die, zuigend op haar duim, in slaap was gevallen. Jammer dat geen van haar tantes of de kinderen uit de buurt Gudrun zo hadden kunnen zien. En jammer dat zíj het nu opnieuw zou zijn die 's nachts in bed over het hoofd gestreeld zou moeten worden na een kastijding van pa Deschryver.

Katrien belde aan. Achter haar stond de Peugeot van de Franse politie. De ene agent was achter het stuur blijven zitten, de andere stak, leunend tegen het portier, een sigaret op. De lauwe, druilerige regen viel niet meer maar het waaide nog steeds behoorlijk. *Enfin l'été, enfin l'été, enfin l'été-é,* neuriede de agent achter het stuur.

Terwijl ze wachtte, bekeek Katrien haar ouderlijk huis. De villa leek veel kleiner dan in haar jeugd. Hoe komt dat soort dingen? vroeg ze zich af. Verkleint de werkelijkheid omdat je zelf groter wordt of groeit het verleden in je herinnering? De deur zwaaide open. Goddank, dacht Katrien. Het is mijn zus. Waarom kijkt ze me niet aan? Wat ziet ze er nors en ouwelijk uit.

'Zo, ben je daar?' zei Gudrun. 'Kom maar binnen. Je fauteuil staat al klaar.'

'KATRIENTJE TOCH, WAT HEBT GE ONS NU WEER AANGEDAAN?'
zei tante Milou. 'Wie schiet er nu zijn man dood?' vroeg tante
Madeleine, 'te meer als ge maar op uw dertigste van de straat
zijt geraakt.' 'Madeleine,' zei tante Marja, 'zoiets zegt ge niet,
het is al erg genoeg dat het gebeurd is.' Ze trippelden gedrieën
Katrien tegemoet in de hal. Kijvend en kibbelend als vanouds.

De mannen in de familie Deschryver waren groot van stuk –
beren van kerels, bomen van venten. De vrouwen waren klein.
Dat was altijd zo geweest en niemand stond er nog bij stil. Leo
was een kolos, Herman een rijzige aristocraat. Katrien en
Gudrun waren kindvrouwen en hun drie tantes waren van
dezelfde afmetingen. In de hoogte dan toch. In de breedte, dat
was iets anders. Met het stijgen van de jaren was hun taille
verdwenen. Van schouders tot heupen bestonden ze uit een
ineenzakkende pilaar van vlees. Zelfs hun boezem begon op
te gaan in de gezellig ronde vorm die ze zo betreurden en die
ze bestreden met mislukkende diëten. 'Ieder pondje gaat door
't mondje' was de spreuk waarmee ze elkaar hoopten te waar-
schuwen tegen de valstrik van de calorieën. Van lieverlee was
hun spreuk gaan lijken op een aanvalskreet waarmee ze de
beste patisserieën van de stad binnenvielen. Ach, waarom niet?
vroegen ze zich af bij hun derde tiramisu. Mogen wij dan
niets hebben in ons leven?
   Ze scheelden onderling in jaren maar ze hadden een drieling kunnen zijn. Dezelfde permanent, hetzelfde soort *deux-
pièces*. Ze hielden alle drie van opera, van sherry en van Katrien.
Van antiek wisten ze veel en van het Belgisch koningshuis alles.
Dat laatste tot grote tegenzin van hun beide broers. Toen koning Boudewijn stierf, *le roi triste,* waren ze zijn opgebaarde
lijk een laatste groet gaan brengen. Helemaal naar het verre

en vreemde Brussel waar Boudewijn lag opgebaard met een gaas over zijn hoofd. 'Tegen de vliegen,' zei Madeleine, die de flapuit van de drie was. 'Maar nee! Die mens is na zijn attaque op zijn gezicht gevallen,' zei Marja, die de jongste was en het kleinste hartje had, 'en de ene kant was zo blauw uitgeslagen dat zelfs de maquilleur van koningin Fabiola het niet weggeretoucheerd kreeg.'

Zes uur hadden ze staan wachten in de verzengende zon, in een rij huilende mensen. Milou, de oudste en zwakste, kreeg last van draaienissen. Ze hadden toen maar gedrieën de rij verlaten om 'hun innerlijke mens' te versterken in een café. Een sherry, een koffie en elk twee croque monsieurs met goed veel ketchup. Toen ze terugkwamen mochten ze gewoon hun plaats weer innemen in de rij. Geen probleem. Die solidariteit van rouwende Belgen onder elkaar, eindelijk eendrachtig, bracht de drie zusters nog meer op de rand van de ontroering dan ze al waren. 'Er stonden zelfs negers tussen,' zeiden ze 's avonds trots. Toen ze het lijk eindelijk hadden gegroet, beslisten ze meteen de dag daarna opnieuw te komen. Het was allemaal zo snel gegaan en door hun tranen heen hadden ze het gezicht achter het gaas niet goed kunnen bekijken. 'Voor die keer dat een mens eens een koning van dichtbij kan zien? We gaan morgen terug.'

De dag daarna, in de opnieuw urenlange rij, werden ze uitgekozen voor een rechtstreeks straatinterview van een televisiezender. Milou, als oudste, begon het eerst tegen de camera te spreken. Na vijf woorden stokte haar stem, kneep haar gezicht samen en kwamen de tranen. De camera zoomde in. Milou trok een opgefrommeld zakdoekje uit haar mouw en deed haar zussen teken dat ze het woord moesten overnemen. En hoewel ze toch een Deschryver was, van de roemruchte en invloedrijke familie, zei Marja, de jongste met het gevoelige hart, tegen het oog van de camera: 'Wij, gewone mensen, missen hem het meest. Akkoord, hij was de koning van iedereen. Maar wij voelden ons het innigst met hem verbonden.' 'Ja,' knikte Madeleine die de flapuit was, 'want wij hebben ook geen kinderen.'

Een paar jaar daarvoor was Milou begonnen op te zwellen, meer dan de twee andere. 'Dat zal van de ouderdom zijn,' zei Madeleine. Milou was danig op haar teen getrapt en begon in het geheim te diëten. Maar ze mocht doen wat ze wilde, ze verdikte. Toen ze ten slotte ook nog pijn begon te voelen en last kreeg van haar blaas, gingen ze gedrieën naar hun huisarts. Zijn diagnose was rap gesteld. 'U hoeft zich geen zorgen te maken,' zalfde de dokter, een oude vrijgezel, 'het komt wel meer voor, vooral bij ongehuwde vrouwen, het is bijvoorbeeld heel courant bij nonnen. De oorzaak is onbekend. De volkswijsheid wil dat een hevig verlangen aan de oorsprong ligt. De Engelsen hebben er een prachtig woord voor: *a moon child*. Een kind dat de maan als vader heeft. Het is een operatie van niets. In een week bent u weer thuis.'

Milou was op haar teen getrapt als nooit tevoren. Het had iets met die nonnen te maken. Ze eiste dat er *cito presto* werd uitgekeken naar een nieuwe huisarts. 'Moon child,' mopperde ze, 'moon child. Ik heb een vleesboom, punt gedaan.' 'Vleesboom is geen goed Nederlands,' zei Marja, die elke dag het kruiswoordraadsel oploste in *De Standaard*. 'Wat is dan wel goed Nederlands,' vroeg Milou achterdochtig. 'Buitenbaarmoederlijk gezwel,' zei Madeleine. 'Dan heb ik liever een vleesboom,' zei Milou.

De operatie verliep slecht. Er waren complicaties en de narcose moest worden verlengd. Milou werd ijlend en kermend van de pijn op een bed binnengereden in de eersteklas kamer waar Marja en Madeleine lijkbleek op haar zaten te wachten, elk naast een reiskoffertje met propere kleren en toiletgerief voor een week. Ze waakten dag en nacht bij hun dierbare Milou, die nooit kleinzerig was geweest maar het nu uitbrulde van de pijn omdat haar maankind haar was afgenomen. Het had bestaan uit twee grote broden van dooraderd vlees en had zoveel ruimte ingenomen in haar buik, dat haar organen en haar ingewanden leken te vechten om de vrijgekomen plaats.

Milou wilde er maar niet doorkomen. Ze rukte de infuusnaald uit haar ader, krabde de naad op haar onderbuik weer open en er was één nacht, dat Marja en Madeleine dachten dat ze hun zuster zouden verliezen. Ze hielden elk een hand vast van Milou. Die zweette en brabbelde wartaal, plots haar lichaam achterovergooiend in de kussens en dierlijk luid smekend om haar dood, omdat de pijn niet meer menselijk was. Marja kuste om de minuut de hand van haar zus en liet haar tranen de vrije loop. Madeleine zweeg en kneep haar eigen vrije hand zo hard tot een vuist dat haar nagels in haar vlees drongen.

Milou kwam erdoor. 'Dankzij mijn zusters,' zei ze de volgende ochtend kribbig tegen de verpleegsters. Een week lang kibbelden de drie niet. Ze waren melancholisch. Het leven was kort en wreed. Dat hadden ze altijd al geweten maar nu beseften ze het ook. Een van hun drie kon zomaar wegvallen, hóp, met een vingerknip, de twee andere beroofd achterlatend. 'Ik zou die pijn niet kunnen verdragen,' zei Marja stil. 'Het zou zijn alsof ze een stuk uit mijn lijf sneden,' zei Madeleine fel. 'Absoluut,' zei Milou, die wist waarover ze sprak. En dat die pijn geen benaming waard werd geacht, krenkte hen alle drie. Hoe noem je iemand die een zuster verliest? Daar bestond geen woord voor. Een wees bestond, een weduwnaar, een weduwe. Voor hun toekomstig lijden bestond niets. Zelfs de Engelsen hadden er geen woord voor. Het was een schandaal.

Als aandenken aan de operatie bewaarde Milou een zwartwit fotootje van haar vleesboom. Leo bekeek het van ver en gromde: 'Precies twee reuzenpatatten op een weegschaal.' Samen wogen de patatten vijf kilo. Zelfs Madeleine durfde nooit te zeggen: 'Het ideale gewicht voor een tweeling.'

Een jaar na haar operatie toonde Madeleine – tot steeds grotere gêne van haar twee zussen – de foto nog altijd, waar ze ook op bezoek gingen. De foto ging als een vakantiekiekje in het gezelschap rond. Om de ongemakkelijke stilte die daarna viel te ontdooien, vertelde Madeleine met luide stem en veel gebaren het verhaal van hun oudtante Leonie. Die was geopereerd van een galsteen en had die galsteen mee naar huis gesmokkeld. Ze legde hem op een witte servet op een schoteltke en liet hem zien aan Jan en alleman. Op een schone dag kwam haar oude buurvrouw op de koffie. Dat menske was nog dover en nog blinder dan Leonie. Ze dacht dat haar een snoepke werd geoffreerd, een gesuikerd vioolblaadje, dus ze pakt die galsteen van dat schoteltke en eet hem op. Madeleine moest zelf om dat verhaal altijd hartelijk lachen. Maar de stilte in het gezelschap werd er nog ongemakkelijker op.

Op een avond, thuisgekomen van de bridgeclub, zegt Milou: 'Madeleine, ik heb niet graag dat ge dat verhaal vertelt als ik juist mijn foto heb laten zien.' 'En ik heb niet graag dat ge die foto laat zien vlak voor mijn verhaal,' zei Madeleine. 'Hoe durft ge,' zei Milou, 'de galsteen van tante Leonie stellen boven mijn vleesboom!' 'Milou,' zei de stille Marja, naar haar handen kijkend, 'ik heb toch ook niet graag dat ge die foto laat zien.' Milou was op haar teen getrapt. Maar ze liet de foto nooit meer aan iemand zien. Ze stak ze tussen haar persoonlijke papieren en probeerde ze te vergeten.

Toen zij er een jaar later nog eens stilletjes naar wou kijken, was de foto verdwenen. Ze wist dat de stille Marja daar voor iets tussen zat. Maar ze dacht: 'Het is misschien maar beter zo. Anders begint ons Madeleine weer over die galsteen te zagen. En ik heb altijd nog mijn litteken als souvenir.'

'Jonaske is juist in slaap gevallen,' zei Milou tegen Katrien, 'het baaske was helemaal overstuur!' Ze omstuwden gedrieën Katrien. 'Uw arme moeder slaapt ook,' zei Marja, 'ze heeft pillen genomen, het mens dacht dat ze zot zou worden van verdriet.' 'Elvire is nooit een sterke vrouw geweest,' zei Madeleine, 'ze is geen Deschryver gelijk wij.' 'Madeleine, zegt dat niet,' zei Marja. 'Tut-tut, Marja. Madeleine heeft gelijk,' zei Milou, 'maar het is nu niet het moment om gelijk te hebben.' Ze stuwden hun uit de gratie gevallen nicht naar de woonkamer. Katrien liet zich willoos meevoeren.

'Pa slaapt niet,' zei Gudrun die de vier op de voet volgde, 'hij is gewoon niet thuis.' Katrien werd beklemd door de toon in haar stem. Iets tussen triomf en wrok.

'Hij laat zich verontschuldigen,' suste de begrijpende Marja. 'Die mens moest van alles regelen,' zei de bazige Milou, 'iemand moet dat toch doen?' 'Uw nonkel Leo laat zich niet verontschuldigen,' zei de flapuit Madeleine, 'maar hij is er ook niet.' 'Typisch Leo,' zei Milou, 'hij zei dat hij ook van alles moest regelen maar ik geloof er niets van.' Ze hadden Katrien tot bij de klaarstaande fauteuil gebracht. 'Hoe is het nu toch kunnen gebeuren, Katrientje?' vroeg Marja. 'Doet geen moeite,' zei Milou, 'ze zal niets zeggen.' 'Ze wil niets zeggen,' zei Madeleine. Ze ontdeden Katrien van haar jas en sjaal.

'Je broers zijn er ook niet,' zei Gudrun triomfantelijk.

'We hebben nog zo ons best gedaan om ze alle twee te bereiken,' zei Marja. 'Maar Steven zit voor de bank in New York en hij heeft een ander hotel genomen,' zei Milou. 'Morgen komt hij al naar huis,' zei Marja. 'Bruno komt al drie jaar niet meer naar huis,' zei de flapuit, 'god mag weten waar die uithangt, ík moet het alleszins niet weten.' 'Madeleine, alstublieft,' zei Marja. 'Het is niet het geschikt moment,' zei Milou. 'Draait en keert het gelijk ge wilt, hier is niet één man om de zaak wat leiding te geven,' zei Madeleine. 'Als het eropaan komt,' beaamde Milou, 'laat het mannenvolk ons lelijk in de steek.' 'Vroeger,' zei Madeleine, 'toen kondt ge nog eens iets vragen aan Dirk maar dat is nu ook wel definitief verleden tijd.' 'Madeleine toch,' zei Marja.

Ze stonden klaar om Katrien uit te kleden en in haar kamerjas te hullen. Maar Gudrun nam tante Milou de kamerjas uit de handen. 'Laat mij dat maar doen, tanteke,' zei ze, 'er staan buiten twee agenten. Franse. Te vernikkelen van de regen. Wat moeten die niet denken van de Vlaamse gastvrijheid?'

De zussen schrokken en gaven Gudrun gelijk. Ze stoven de woonkamer uit, in allerijl een strijdplan bedisselend. Marja zou koffie zetten, Madeleine zou boterhammen smeren en Milou – de oudste en het best in Frans – zou de twee agenten uitnodigen binnen te komen. In de keuken, wel te verstaan. Want agenten, zelfs Franse, dat bleef toch een soort van personeel. En een mens moet zijn plaats kennen in de wereld.

Gudrun sloot de deur achter haar tantes en draaide zich om naar Katrien. 'Heb je nu je zin?' vroeg ze. 'Ik hoop dat je mag rotten in de hel.'

OP DE UNIVERSITEIT had Gudrun dubbel zo hard moeten studeren als Katrien om de helft te halen van haar punten. De eerste examens werden afgenomen vlak voor de kerstvakantie. Katrien slaagde met glans, zoals pa Deschryver had voorspeld aan zijn collega's. Gudrun sprong met de hakken over de sloot, zoals hij voorspeld had aan haar moeder.

Na de kerstvakantie begon Gudrun al te blokken voor de examens van juni. Katrien niet. Zij veranderde van studierichting. Dat deed ze regelmatig en iedere keer tot wanhoop van haar vader. Hij vervloekte de steeds weer nieuwe vrienden die haar ertoe brachten om, uit kalverliefde, haar toekomst op het spel te zetten. Een maand later was de kalverliefde over en had Katrien een andere vriend en een andere studierichting en nog altijd geen diploma. Er was verdomme geen cursus of ze was eraan begonnen en geen vak of ze was ermee gestopt.

Na zes jaar bezat Gudrun een diploma en Katrien de reputatie van miskend genie. Op de een of andere manier woog dat tweede zwaarder. Ook al vond iedereen in de familie Deschryver een diploma van levensbelang. 'Een diploma is een sleutel die vele deuren opent,' zei Milou. 'Op de universiteit loopt de elite rond van morgen,' beaamde Marja. 'Hadden wij mogen studeren,' zei Madeleine, 'dan waren we van de straat geraakt.'

Van de straat geraken, dat was het tweede juk op de schouders van de jeugd. Voor Katrien zagen de tantes geen probleem. Beter gezegd, haar probleem was er één van *l'embarras du choix*. 'De verlegenheid van een te grote keuze,' vertaalde pa Deschryver – nukkig omdat ze Frans gebruikten en nukkig omdat de verlegenheid om Katriens grote keuze meer bij hem lag dan bij haar. 'Wat zijn dit toch voor tijden?' vroeg hij vaak, zich ergerend aan de stoet van wisselende vrijers. Soms bleef Katrien na een zaterdagse T-dansant twee uur met zo'n melkmuil in de wagen van diens vader zitten, 's nachts, vlak voor de huisdeur. In de winter lieten ze de motor draaien. Herman lag ernaar te luisteren in zijn bed en vrat zijn hart op. 'Wij zijn te laks, wij laten te veel toe,' zei hij de volgende ochtend. 'Laat dat meiske toch betijen,' zei Milou. 'Ge moet meegaan met uw tijd,' zei Marja. 'Ge zijt jaloers op haar jonkheid,' Madeleine. En nonkel Leo dacht: 'Dat kind is een hoer gelijk een paard. Spijtig dat ze familie is, veel van die jonge poppen vallen voor een rijpe man.'

Het probleem van Gudrun was er één van *l'embarras tout court*. En zij had nochtans een diploma. Plus lidmaatschaps-kaarten van drie studentenverenigingen, een tennisclub, een ma-nege, een amateurtoneelgezelschap en de jeugdkring van de Rotary Club. Maar dat was dan ook alles wat ze had. De tantes peperden het haar dagelijks in. Zij mocht geen tijd verliezen. Straks liep ze tegen de dertig en, zelfs al was ze een Deschryver, geen vrijer hield het langer met haar vol dan een paar weken. Bij Katrien heette dat uitproberen ('Ge koopt een kat toch ook niet in een zak?') Bij Gudrun was het *un échec*. Wat scheelde er toch met haar? 'Gij zijt te druk, te zenuwachtig,' zei Milou. 'Gij maakt een man onzeker en onmannelijk,' zei Marja gegeneerd. 'Daar moet ge mee wachten tot na uw trouwdag,' Madeleine. En pa Deschryver zuchtte tegen zijn zenuwzieke vrouw, bij een van zijn weinige ontboezemingen in het donker van de slaapkamer: 'Jouw Gudrun zie ik nog thuiskomen met een pia-nist uit een cocktailbar, zoals die schele Hollandse prinses.'

Het werd geen pianist uit een cocktailbar. Het werd een slag-werker uit een rockgroep. *'Un batteur,'* zei Madeleine overdre-ven articulerend in de bridgeclub, 'en dat heeft Gudruneke aan den lijve mogen ondervinden.' Madeleine liet een beteke-nisvolle stilte vallen. Alvorens Milou van wal kon steken om

Gudruns geval van naald tot draad uit te leggen, smeekte Marja: 'Laat ons toch zwijgen over die triestige affaire.'

Anderhalf jaar was Gudruneke met haar batteur van de straat geweest. En had haar trots haar niet in de weg gestaan, had ze zelfs de eerste zes maanden niet vol gemaakt. Het was dat er geen kinderen waren of pa Deschryver had geweigerd om haar scheiding te aanvaarden. Nu duldde hij ('Ik ben te goed voor deze wereld') dat ze opnieuw in het ouderlijke huis kwam wonen. 'Eén voordeel heeft jouw huwelijk gehad,' zei hij. 'Je bent er rustig op geworden. Tegenwoordig ben ik al blij als je je mond eens opendoet.'

Gudrun gooide de kamerjas in de fauteuil en zette de breedbeeldtelevisie aan. Ze wilde niet dat de drie tantes in de keuken konden horen dat ze een gesprek voerde met haar zuster. De televisie – stereogeluid, dertig kanalen, hoge beeldresolutie – lichtte op en toonde een antiek zwart-wit filmpje. Een man met een bril en een strohoed hing aan de wijzers van een torenklok en keek naar de diepte onder hem. Autootjes reden voorbij. Er klonk gejengel van een piano. De kamer, schemerig door het regenweer buiten, werd verlicht door het flakkerende televisietoestel.

'Wel,' zei Gudrun, handen in de zij, haar korte tengere lijf rustend op één been, 'wat heb je te zeggen? Mij beduvel je niet met je komedie. Hoe heb je het geflikt?'

Katrien zweeg.

Gudrun ging bokkig op een stoel aan de tafel zitten en keek naar het brede televisiebeeld. 'Dirk had me nog zo gewaarschuwd voor je.' Er gleed een vuile grijns over haar gezicht. Sommige mensen worden mooi door verdriet. Gudrun niet. 'Hij heeft zijn eigen dood voorspeld, zonder het te weten. Jij kent je zus niet zoals ik haar ken, zei hij, ze maakt me nog eens kapot. Elke keer zei hij dat.' Gudrun keek naar het plafond. De televisie wierp flakkeringen op haar gezichtje, op haar klokkende hals. Het leek of ze een zenuwtrek had rond haar mond. 'Was ik verdomme maar meegegaan naar Frankrijk. Ik had het kunnen verhinderen. Ik had de schuld op mij kunnen nemen. Het wás mijn schuld. Ik was ermee begonnen.'

Katrien stond nog steeds bij de fauteuil. Ze begreep Gudrun niet. Zij was blij dat ze met Gudrun alleen was, hier. Met haar zus kon ze praten. Zij zou het begrijpen. Net als vroeger, na de vorige catastrofes. Tegen haar zus kon ze, in deze kamer, die ene zin zeggen. Het zou haar veel moeite en pijn kosten, zoals steeds. Maar ze moest het doen. Ook al legde Gudrun geen hand op haar voorhoofd, ook al keken ze elkaar niet in de ogen in de geborgenheid van een doodstille nacht. Met een uiterste krachtsinspanning fluisterde ze: 'Ik kon er niets aan doen.'

Gudrun keek haar aan. Meewarig, spottend, kwaad. 'Er niets aan doen? Je hebt de trekker overgehaald. Twee keer. Van dichtbij.' Ze pauzeerde even om iets weg te slikken. 'Hij stond verdomme met zijn gezicht naar je toe. Wat had hij gezegd?' Weer pauzeerde ze even. 'Had hij het verteld? Over mij?'

Katrien zweeg. Ze stond daar maar. Uit niets bleek dat ze Gudrun zelfs maar hoorde, laat staan dat haar woorden iets losweekten.

'WIL JE GELOVEN dat hij en ik niet één keer naar bed zijn geweest,' vroeg Gudrun bitter. 'Dat kan ik Katrien niet aandoen, zei hij altijd. Dat mag niet, dat wil ik niet. Terwijl jij nota bene ging rollebollen met de eerste de beste. Met collega's van hem, met kelners, met mannen die je vader hadden kunnen zijn. Niet één volledige nacht hebben hij en ik ooit samen doorgebracht. Jij kwam per week twee nachten niet naar huis. Alleen als hij erop aandrong, gaf jij 's anderendaags tekst en uitleg. Maar dan met opzet zo gedetailleerd dat hij je moest smeken om hem niet langer te sarren en je mond te houden.' Ze keek weer weg van Katrien. 'Hij heeft mij alles verteld. Zijn leven was een hel. Door jou. Of wil je dat ontkennen, misschien?'

Katrien ontkende niets. Ze zweeg.

Er zijn mensen die, op momenten van grote emotie, gedachteloos bierviltjes versnipperen of met hun vingers op het tafelblad tokkelen. Gudrun speelde met de afstandsbediening van de televisie. De man met de strohoed hing niet meer aan de wijzers van de torenklok. Een tornado trok nu in kleur door een maïsveld, begeleid door een Amerikaanse commentaarstem. Een chirurg maakte in het Duits ruzie met een glamoureuze vrouw, naast een bed met een patiënt in coma. Een paard draafde een einder tegemoet.

'Er zijn mensen,' zei Gudrun, 'die worden samengebracht door geilheid, of door een familiefortuin. Dirk en ik vonden elkaar door ons verlies. Het enige wat Dirk zocht bij mij was een beetje troost. Dat vond ik ook bij hem.' Gudrun beet op haar onderlip. 'Hij verzachtte de pijn van mijn drummer.' Op de televisie floepten pinguïns als stukken zeep het water uit en landden perfect op een drijvende schots in Antarctica. De stem van Gudrun klonk steeds zachter: 'Het was iets belachelijk onschuldigs voor mensen van onze leeftijd. Veel meer dan hem in mijn armen nemen deed ik niet. Af en toe een kus. Maar wat stelt een kus nog voor als je de veertig nadert? Daar schuilt geen vuur meer in of geen geheim. Het is een verlengstuk van de vriendschap. Meer niet.' Er bleven maar pinguïns uit het water floepen. 'Het was zo weinig, Katrien. Maar voor ons was het genoeg. En uitgerekend jij, die alles had, moest dat weinige kapotmaken. Jij, altijd en overal de eerste, de beste, de knapste. Jij moest in jaloezie ook de wreedste zijn.'

Gudrun zweeg. Katrien liet zich eindelijk neerzakken in de fauteuil. Samen keken ze naar de televisie. Een playbackend meisje viel, begeleid door een lachband, achterover van een podium. Een Franse zanger stond op de voorplecht van een cruiseboot. Het zwijgen woog.

Het was Gudrun die plooide onder het gewicht. 'Mijn hele leven heb jij kapotgemaakt. Alles wat ik deed of naliet te doen, stond in het teken van heilige Katrien. Ik moest naar jou opkijken, in alles moest ik lijken op jou. En ik, dom kalf, ik deed het.' Gudrun begon te huilen. 'Die arme Dirk heb je als een overschotje van je bord afgeschraapt en weggegooid, op de grond. Een man met zijn kwaliteiten. Pas nu ik mij over hem ontferm, zet jij je voet op hem. Om hem te pletten en mij voor altijd van hem te beroven.' Ze zocht naar een zakdoek maar vond er geen. Ze greep de onderkant van haar korte witte blouse en tilde de rand omhoog om er haar ogen mee te drogen. Even was haar kleine, kanten bh te zien. Toen ze merkte dat haar mascara dreigde af te geven op haar blouse, gebruikte ze een punt van het tafellaken.

Dat deed ze vroeger ook al, dacht Katrien. Ze had nooit een zakdoek bij zich. Op een keer snoot ze haar neus in een gordijn. Ma kreeg bijna een toeval.

'Nooit mocht ik tegen Dirk iets kwaads over je zeggen,' zei

Gudrun. 'Ook niet om hem te sterken of te troosten. Hij was de enige die op jou mocht schelden. Gaf ik hem gelijk, dan zwakte hij zijn eigen beschuldigingen af. Hij hield nog steeds van jou. Hij hield zoveel van jou.' Haar hoofdje zakte naar één kant. Ze legde een hand op haar mond en keek Katrien aan. Die keek onbewogen terug. Gudrun liet haar hand zakken tot op haar borst. 'Maar ik ook, Katrien, ik ook. En jij toch ook van mij?' Ze schoof de stoel naar achter en kwam op de fauteuil toegesneld. Ze knielde voor Katrien neer, greep haar handen en keek haar in de ogen. 'Alsjeblieft,' smeekte ze, 'zeg me dat je het niet hebt gedaan.'

Katrien zweeg.

Gudrun sprak zo zacht dat haar stem bijna verdween in het gejengel van de tv. 'Voor Dirk betekende het niet eens zoveel. Hij dacht de hele tijd aan jou. Daar werd ik soms razend om. Ik wilde niet opnieuw een afgezwakte versie zijn van jou. Vroeger wel. Toen wilde ik jou zijn.' Ze streelde haar zus over het hoofd. 'Gisteren zaten we hier als kinderen en zie mij nu eens zitten. Nog geen veertig en mijn leven is voorbij. En zie jou hier zitten, weer in je ouwe zetel.' Ze streelde haar zus in de nek en over haar hals en over de lippen. 'Mensen als pa en nonkel Leo, die hebben gemakkelijk praten. Zelfs de tantes. Zij kennen geen twijfels. Zij kennen hun plaats.' Ze legde haar hand op het voorhoofd van Katrien. De hand was verhitter dan het voorhoofd. 'Wij moesten leven in twee, drie werelden tegelijk. Wie houdt zoiets vol?' Ze kuste haar zus op de wang. 'We hadden moeten kiezen. Een wereld per keer, niet alles door elkaar.' Op de televisie liet een man alle ingrediënten zien van de Gentse waterzooi die hij ging maken. 'En wat hebben wij nu nog, wat blijft er over? Elkaar. Meer niet. Dus alsjeblieft. Leg mij uit wat er is gebeurd.' Ze kuste Katriens andere wang. 'Zeg me dat jij hem niet hebt vermoord. Zo ben je niet. Zo wreed kun jij niet zijn.'

Katrien stond op het punt om nogmaals, met veel horten en stoten, te zeggen 'Ik kon er niets aan doen'. Maar de deur ging langzaam open.

'Tante Gudrun?'

Het was Jonaske.

'JIJ ZULT VAN MIJ EEN KIND DRAGEN, TEEF,' zei de verwekker van Jonas in het oor van Katrien, terwijl hij langs achter in haar tekeerging. 'Ik schop je met jong. Ik stamp je vol. Ik ram hem erin. Voel je hem? Zo diep heb je 'm nog nooit gehad. Geef het maar toe. Ik pomp je vol.'

Zijn broek lag op zijn enkels. Katriens rok was opgeschort, haar slip half naar beneden gerukt. Ze stonden in een geblokkeerde lift, hij met zijn buik tegen haar rug, zij met haar voorzijde tegen een wand gedrukt. Hij gooide zijn volle gewicht in de strijd. De lift schommelde zachtjes mee. Katrien had haar handen en haar ene wang plat op het koele metaal gelegd. Uit haar opzijgedrukte mond liep een straaltje speeksel. Ze kreunde, half van pijn, half van genot. Precies zoals hij had gehoopt toen hij een uur daarvoor, kwansuis onverschillig, in de cafetaria gevraagd had of de stoel naast haar bezet was.

Katrien was altijd verbaasd over de gedaanteverwisseling waartoe mannen in staat waren. Het ene moment hielpen ze je vriendelijk met je bagage, ze hielden de deur voor je open, ze knipoogden, ze maakten komische opmerkingen of vroegen wat je wou drinken, op hun kosten. Zelfs als ze naar je floten of schunnige opmerkingen maakten hadden ze iets jongensachtigs dat je hun maar moeilijk kwalijk kon nemen.

Het volgende moment, onder vier ogen en zonder kleren, waren het andere wezens. Er waren bouwvakkers die weenden en boekhouders die gedichten zongen. Er waren rechters die luiers wilden dragen en truckers bij wie je niets mocht doen behalve kijken en je laten bekijken. De meesten echter kregen een rare kwaadheid over zich. Het werd hun menens met de liefde. Alsof ze zich, beledigd door hun verlangen naar de zachtheid van een vrouw, moesten revancheren. Met hardheid, met gejaagdheid. Met alles wat ze onvrouwelijk vonden maar waarvan ze tegelijk dachten dat een vrouw ervan droomde. De liefde kon opeens niet ruig genoeg zijn. Er waren er die beten. Er waren er die in je nek zogen tot er bijna bloed uitkwam. Er waren er die sloegen. Er waren er die sneller copuleerden dan een konijn en na een recordorgasme hun kleren aantrokken en zonder één woord de deur uit stapten.

En er waren er die ervan hielden je tijdens de daad vuile praat in het oor te blazen. Ze dachten dat het je opwond omdat ze er zelf opgewonden van werden. Zo iemand was de verwekker van Jonas geweest.

'Zou je niet liever aan mijn leuter zuigen?' zei de man in Katriens oor. Hij trok haar hoofdje bij het haar achteruit. Ze keek hem aan van opzij terwijl haar hoofd naar voor en naar achter bewoog op het ritme van zijn stoten. Hij had zijn ogen halfdicht. Zijn stijve, rosse haar stond om zijn hoofd als een aureool van koper. 'Dan spuit ik in je bek,' zei de man, 'en daarna ram ik hem in je hol.'

Terwijl ze hijgde en kreunde zoals de man had gedroomd dat ze zou doen, dacht Katrien: Wie zegt nu zoiets? Ik ram hem in je hol. Hoe zou het komen dat sommige mensen genot kunnen puren uit het zeggen van deze woorden? Anderen krijgen ze dan weer, uit afschuw, niet over hun lippen. Precies dezelfde woorden. Ik ram hem in je hol. Mij doen ze niets. Ik vind het een beetje zielig. Het zegt veel over zo'n man. Zou hij eenzaam zijn? Leeft hij in een flatje in de binnenstad, of op het platteland, in een groot vervallen huis waar hij zijn oude moeder verzorgt? Het lijkt Dirk wel, met zijn goesting in schunnigheden. Eigenlijk is het om treurig van te worden. Ik ram hem in je hol.

'En ik steek er mijn vingers bij,' zei de man, 'dat zou je graag hebben, is het niet? Teef! Dat vind je wel lekker, is het niet? Dat ik je teef noem? Teef. Ik stamp je vol, teef. Ik spuit zo diep, dat krijg je er nooit meer uit. Ik ram hem in je spleet tot je van mij een jong zult dragen. Teef! Ik spuit jou hier een kleine aap. Zomaar, in de lift.'

De negen maanden waren een lijdensweg. Wat door haar tantes het wonder der natuur was genoemd, bleek een aaneenschakeling van overgeven, vreetaanvallen, buikkrampen en depressies. Haar borsten deden pijn, haar rug ook, haar buik ook, haar benen ook. De helft van de tijd lag ze plat op haar bed. 'Het zijn geen vrouwen meer als vroeger,' zei pa Deschryver, bijgevallen door de tantes. Nonkel Leo dacht: 'Lui zweet is rap gereed.'

Ze had niet het gevoel dat zij in haar eentje zwanger was. Iedereen deed mee, op Leo na. De tantes overtroefden elkaar met raad uit de oude doos. Gudrun kocht boeken over pijnloos bevallen met kleurenfoto's waar Katrien misselijk van werd. Pa reserveerde het beste ziekenhuis en de duurste verloskundige. Dirk deed – met zijn lange lijf – op de grond meer bevallingsgymnastiek dan zij. Ma bleef in haar slaapkamer en zat onder de kalmeringsmiddelen. Maar desondanks droomde ze elke nacht van miskramen die al een beetje konden bewegen, of dat Katrien het niet zou overleven. Plus nog meer nachtmerries waarover Elvire alleen wou spreken met haar psychiater. 'Jullie moeder heeft bij elke bevalling onnoemelijk afgezien,' zei pa Deschryver tegen zijn kinderen. Zijn verwijtende toon ontging hun niet.

De bevalling van Jonas duurde zesentwintig uur. Zonder verdoving. Dat had pa Deschryver erdoor gekregen na een discussie waaraan iedereen had deelgenomen behalve Katrien en haar moeder. 'Laat de natuur haar werk doen,' had pa Deschryver de discussie beslecht. De natuur deed haar werk. Ze scheurde na zesentwintig uur Katrien open en schonk haar een zoon die gehaat wilde worden. Gudrun praatte haar boeken na en noemde het een postnatale depressie waaraan Katrien leed. De tantes meenden dat zij niet genoeg ijzer in haar bloed had en hielden vol dat een spinaziekuur wonderen zou doen. Wat ook de oorzaak was, Katrien en haar kind lagen elkaar niet vanaf het eerste ogenblik. Zijn gekrijs dwong haar tot weerzin, zijn rosse haar smeekte om walg. Toen de vroedvrouwen hem direct na de geboorte op haar lichaam wilden leggen, vroeg ze om hem eerst te wassen en een paar uur in een couveuse te leggen en dan nog eens terug te komen. Ze had nog nooit zo'n lelijk kind gezien.

Hij nam een paar dagen later wraak door haar te treiteren bij de borstvoeding. Haar borsten stonden gespannen van het zog. Ze duwde Jonas met zijn mond op haar tepel maar de kleine bastaard wilde niet zuigen. Alleen als er uit haar overvolle borsten een druppel liep, likte hij die op. Meteen vertrok hij zijn gezichtje alsof haar melk naar verschaald bier smaakte. Hij kneep zijn vuistjes samen en zette het op een krijsen dat horen en zien verging. Zij duwde hem telkens opnieuw tegen een tepel, hij draaide telkens zijn kopje krijsend weg. Hij deed het erom. Ze stond voor schut. Wat voor een moeder was zij, dat zij haar zuigeling niet eens de weg kon laten vinden naar een van haar tepels? Milou en Madeleine keerden zich misprijzend af, Marja zocht iets onvindbaars in haar handtas, haar moeder begon te huilen, haar zus zocht in haar boeken naar een verklaring en keek niet op. Katrien moest zich inhouden om haar kleine aap niet van razernij tegen de grond te gooien.

De bastaard bleef haar sarren tot zijn honger hem dwong om toch te eten. Plots beet hij zo hard in haar tepels dat de tranen haar in de ogen schoten. Halverwege het zuigen hield hij op, wendde voor dat hij in slaap was gevallen en braakte opeens haar melk over haar nachtpon uit. Meteen begon hij weer te krijsen. Hij had opnieuw honger. Het circus begon van voren af aan.

Na een paar weken had ze kloven en een abces. En een volledig tot bloei gekomen haat jegens haar kleine aap. Ze droomde van wiegendood. Ze rekende op kinkhoest. Ze liet het niet merken maar al zijn kinderziekten deden haar genoegen. Dat de hele familie dol was op hem, vergrootte haar afgrijzen. Het enige voordeel was dat ze zich weinig van hem hoefde aan te trekken. De taak van moeder werd haar uit handen genomen door vrouwen die niets liever wilden. Met Jonas op de schoot leefde Gudrun weer op. De drie tantes zagen een nieuw doel in hun leven. Zelfs bij ma Deschryver toverde de kleine baviaan een glimlach om de mond. Verwonderlijk was dat niet. Bij hen gedroeg Jonas zich voorbeeldig. Het was een schatje, met zijn sproetjes en zijn grappige rosse pijpenkrullen. Het zonnetje in huis. En Jonas was zo welopgevoed en bij de pinken! Hij kon al rekenen en schrijven. Hoe kon het ook anders? Het kind had vijf moeders. Met Katrien erbij, zes.

Jonaske sloot de deur achter zich en liep naar zijn tante Gudrun. Zij was opgestaan. Hij verborg zijn hoofdje in haar schoot. 'Hela, hela,' zei Gudrun terwijl ze zijn hoofdje optilde, 'moet jij je mama geen goeiedag zeggen? Geef haar eens een kus!' Jonas ging op zijn ene been staan, zijn rugje hol, zijn hoofdje zo schuin dat het bijna op zijn schouder rustte. Hij had een pruillip en keek zijn moeder aan met koude ogen. Op de televisie had de man zijn waterzooi klaar. Hij toonde die trots aan de kijkers thuis.

'Toe, Jonas. Geef mama eens een kusje,' pleitte Gudrun. Jonas schudde van nee en verborg zijn hoofd opnieuw in haar schoot. Ze probeerde hem weer los te maken. Terwijl ze dat deed, klonk zijn stemmetje gedempt op: 'Ze heeft mijn papa doodgemaakt. Je hebt het zelf gezegd.'

TEN LANGEN LESTE KREEG KATRIEN TOCH EEN KUS. Haar zoon liep na het geven van het zuinige zoentje naar zijn tante terug, met de rug van zijn hand over zijn mond wrijvend. 'Waarom zegt ze niets?' vroeg hij.

'Mama is wat overstuur,' suste Gudrun, 'ze zou graag een beetje alleen zijn. Waarom ga jij niet naar de keuken? Er zijn twee politieagenten uit Frankrijk!'

'Tof,' zei Jonas.

'Ik kom direct,' zei Gudrun, 'vraag al een boterham aan tante Milou.'

'Tante Milou is een zaag,' zei Jonas, 'ze wil niet dat ik op mijn blote voeten loop.'

'Vraag dan een boterham aan tante Madeleine.'

'Die lacht altijd met mijn sproeten.'

Gudrun hurkte bij hem neer. 'Vraag er dan een aan tante Marja.'

'Dat is een oud mens.'

Gudrun streelde hem vertederd door de pijpenkrullen. 'En ik ben geen oud mens?'

Katrien keek naar het tafereel van haar zoon en haar zus. Moeder en kind. Indien ze talent voor jaloezie had gehad, had ze nu haar gal moeten voelen vloeien. Maar ze voelde geen gal vloeien. Ze voelde plaatsvervangend plezier. Haar zus leek jonger te worden als Jonas in de buurt was. Ze veranderde in de Gudrun van vroeger. Mijn spontane, drukke, lieve zus, dacht Katrien. Nooit zal zij nog opgewekt en onstuimig zijn naast mij, zoals zij het nu is naast mijn kleine aap. *A la bonne heure.* Het is dan toch een kind uit mijn schoot. Dat zet de lijn van onze zusterliefde toch enigszins voort.

'Wacht maar tot ik ook in de keuken ben,' lachte Gudrun tegen het kind, 'dan smeren we samen een boterham.'

'Met hagelslag?'

'Met hagelslag.'

Jonas gaf haar een klapzoen op de wang en huppelde de deur uit zonder zijn moeder nog een blik waardig te achten. Gudrun keek hem na. 'Het is zo'n lief jongetje,' zei ze. Ze draaide haar gezicht naar Katrien toe. Haar vrolijkheid was verdwenen. Ze keek haar zus gepijnigd aan. 'Neem hem niet van me af, Katrien. Alsjeblieft. Straf mij niet voor wat er tussen mij en Dirk is gebeurd. Als je Jonas van mij afpakt, dan...' Ze moest weer op haar onderlip bijten. 'Dan verlies ik Dirk een tweede keer. Dat overleef ik niet. Jonas is het enige wat me van Dirk overblijft. Het enige.' Met die woorden snelde ze de kamer uit.

Katrien voelde de gal nu toch vloeien. Zo zat het dus? Gudrun hield van Jonas maar dat had niets te maken met haar – de moeder, de zus. Het was Dirk waar alles om draaide, de zogenaamde vader van het kleine mormel. En zij dan? Had zij niets in de pap te brokken? Had zij geen recht op medeleven? Had zij, zijn echte moeder, ondanks alles opeens geen recht meer op een aandeel in de kleine aap? Of op een aandenken aan Dirk? Waarom ging iedereen er zomaar van uit dat zij niets meer voelde voor hem? Zíj was te beklagen, niet Gudrun. Zij bezat van Dirk helemaal niets meer. Niet eens de illusie van een kind dat door hem verwekt zou zijn.

En intussen pakten anderen haar kind opnieuw van haar af, zoals ze dat ook na zijn geboorte al hadden gedaan. Want welke kans had zij, zijn echte moeder, ooit gehad om van haar kind te leren houden? Men had haar een bevalling opgedrongen die een marteling was geweest en iedereen had haar vanaf het eerste uur op de vingers zitten kijken. Afgunstig, haar aanmoedigend in haar haat. Met als enige bedoeling het kind zelf in te palmen. Opeens werd het haar duidelijk: ze had nooit anders gekund dan haar weerzin te cultiveren. Ze had gewoon gehoorzaamd aan wat haar was opgedragen door de verdroogde vrouwen die jaloers waren op haar. Zelfs haar eigen moeder had meegewerkt. Ze had zich niet geroerd. Elvire had haar dochter in de steek gelaten als altijd, Temesta slikkend, Xanax, Valium, appelflauwtes veinzend, vluchtend. Katrien zag het allemaal zonneklaar. Zo was het altijd gegaan. Zo ging het met alles en iedereen. Ze stookten haar op, ze zetten hun vallen voor haar uit en als Katrientje erin tuinde, kreeg zij niet alleen de schuld maar ook de schande erbovenop. Er werd met de vinger naar haar gewezen voor de opspraak die was verwekt door wie stonden te wijzen. Zij was een speelbal, een eeuwige zondebok. Het was walgelijk en oneerlijk.

Ze had haar onrecht willen uitschreeuwen maar ze kon het niet. Waar blijven mijn brave tantes nu, had ze willen roepen, met hun verafgoding en hun gedaas? Waar is mijn vader, met zijn grote woorden en zijn grote principes en zijn grote mond? Moet ik geen pak slaag krijgen, moet mij niet de les worden gelezen? Weet hij dan niet dat ik mijn wettelijke echtgenoot heb neergeschoten, of staat het neerschieten van je wederhelft tegenwoordig zo hoog in zijn vaandel geschreven dat hij er niet meer van opkijkt? En nonkel Leo, waar blijft die bullebak om mij uit te lachen? En mijn broers, die zijn hier ook al niet. Niemand is er. Wat moet ik nog meer doen om hun aandacht te verdienen? Het hele gezin uitroeien of zo?

Hoe talrijker de woorden waren die ze niet uit haar keel kreeg, hoe meer ze erin leek te zullen stikken. Ze zat te schuimbekken in haar oude fauteuil. Ze klemde de gordel van die stomme kamerjas in haar handen vast alsof het een touw was waarmee ze iemand zou mogen wurgen. Ze voelde hoe haar tanden over elkaar knarsten. Toen zag ze hem. Op de televisie. Het was jaren geleden. De eendagskoning. Een van de Gilles uit het carnavalsstadje Binche. Hij kwam uit de garagepoort gedanst van een varkenshouderij.

Na het kookprogramma was het journaal begonnen met een verslag over de varkenspest. Een bulldozer schepte een lading kadavers op en reed ermee naar een wachtende vrachtwagen. De varkens – de poten wijd uiteenstaand, gezwollen buiken, roze met zwarte vlekken – werden omhooggeheven en uitgekiept boven de oplegger van de vrachtwagen. Eén varken viel ernaast. Zijn buik barstte open. Twee beulen van het vilbeluik, met een doek over neus en mond, namen het varken bij de poten en zwaaiden het heen en weer. Op 'Drie!' zweefde het varken door de lucht en belandde alsnog op de oplegger, lekkend en wel.

Langs de bulldozer, de vrachtwagen en een hoop kadavers werden de nog levende varkens naar hun slachters gedreven. Het was seriewerk. De dieren kregen achter het oor een schot met een soort elektrisch pistool, vielen om en werden in de graaf-arm van een tweede bulldozer gegooid. De slachters droegen witte plastic broeken en rubberlaarzen die ze om de haver-klap ontsmetten door in een voetbadje met een chemische op-lossing te stappen. 'Zodat de stapel van de houderij volledig moest worden vernietigd...' zei een commentaarstem.

De wachtende varkens krijsten angstig. De goeiige dikkerds botsten op elkaar, snuit tegen kont. Hun beweeglijke neuzen snuffelden, hun menselijke ogen schoten alle kanten op, van hun vlezige oren stond er één overeind, het andere hing slap neer. Sommige dieren klauterden op de ruggen van hun voor-gangers, omhoog spartelend als uit een branding van vlees, na enkele seconden alweer kopje onder duikend. Andere dieren waren reeds verzwakt door de pest en werden vertrapt voor ze konden worden doodgemaakt. Als een varken zich uit de groep wist los te maken, werd het teruggedreven met stokslagen. De stok kletste op het bolle achterwerk of de overrijpe, zwaar neerhangende buik van het zwijn, dat zich krijsend en met zijn krulstaart geheven weer bij zijn lotgenoten voegde.

Zodra de Gille in de garagepoort verschenen was, viel alle andere beweging stil. Een slachter verstijfde in een stokslag, een vluchtend varken bevroor in zijn loop, de zee van vlees hield op met golven, de lege bulldozer stokte in zijn zwaai naar de berg kadavers. Alle geluid verstomde – het krijsen, het roepen, het ronken van motoren. Ook de commentaarstem zweeg in het midden van een zin. De Gille had alles stilgelegd. Niets was nog hoorbaar behalve het rinkelen van de negen bellen aan zijn gordel en de ene grote op zijn borst, het steeds naderbij komende geklepper van zijn sierklompen en het roffelen van een onzichtbare trom. Andere trommels vielen in, steeds luider naarmate de Gille dichterbij kwam, woedend, ophitsend, in een uitheems ritme dat deed denken aan indianen uit het regenwoud. Als ondertoon klonk een diep gebrom dat alles aan het trillen bracht, zoals bij een naderende vloedgolf. De Gille danste steeds wilder. Zijn buisvormige hoofdtooi was een meter hoog, bekleed met witte strobloempjes en sterretjes en bovenaan versierd met terugkrullende struisvogelveren, die de hoed deden openplooien als de kelk van een reuzenlelie. Hij had een bult en een dikke buik gemaakt van stro maar dat deed geen afbreuk aan de pracht van zijn kostuum. Geel en wit, versierd met vilten leeuwen in sabel en keel, en met sterren en kronen in geel, rood en zwart.

Bij elke stap die hij dichter naar de camera toe zette, werd de rest van het beeld roder. Een fel rood als van Bengaals vuur.

Het televisiescherm gloeide als een lampion, de hele woonkamer in een helse gloed zettend. Katrien zat naar het scherm te kijken, uiterlijk onbewogen. Haar gezicht, haar hele voorkant, weerkaatste het Bengaalse rood. Steeds dichter kwam de Gille naar de camera toe gehuppeld, steeds bezetener ging hij tekeer, een geel-witte danser in het rode landschap. In zijn ene hand hield hij een mandje met sinaasappelen, in zijn andere een bezempje gemaakt van gedroogd stro, waarmee hij onder het dansen veegbewegingen maakte. Hij was nu maar een paar meter meer van de camera verwijderd. De trommels roffelden oorverdovend, zijn klompen klonken er maar nauwelijks meer bovenuit. Ook het gedonder van de vloedgolf was zozeer in kracht toegenomen dat de varkenshouderij op het punt leek te staan van de aardbodem te worden weggeslagen, met bulldozers en vrachtwagens erbij. De ramen van de villa van de Deschryvers trilden, de luchters rinkelden. De woonkamer zag rood.

Plots verscheen het gezicht van de Gille in close-up. Hij was stokoud geworden en sterk vermagerd. Zijn gezicht was wit geschminkt, zijn ogen waren koolzwart aangezet als die van een medicijnman. Om zijn hoofd zinderde het Bengaalse vuur. De trommels roffelden in crescendo. De Gille haalde een apparaat te voorschijn en zette het op zijn keel. Het leek op een scheerapparaat. Hij begon te spreken met de expressie van iemand die schreeuwt. Maar het scheerapparaat vertaalde zijn noodkreten in een metalige, effen stem: 'Verloren zonder gloren is ons land.'

Zonder met zijn ogen te knipperen begon de Gille te huilen. Zwarte tranen. Maar ze liepen niet over zijn echte wangen. Ze drongen door het glas van de beeldscherm heen en liepen zo naar beneden. Traag, kronkelig, als Chinese inkt. 'Dit oord van peis en vree zal plagen kennen, moord en verval, en rampen zonder tal.'

Zijn stem klonk nog steeds metalig boven het tromgeroffel uit. Zijn tranen bleven maar door het glas heen wellen en van het beeldscherm biggelen. Een paar druppels hingen reeds aan de onderkant van het toestel te trillen en vielen op het beige, hoogpolige kamerbreed tapijt. 'En 't noodlot dat ik voor de mens voorzie, is wrok en gruwel. Chaos. Anarchie.'

'Mijnheer! Mijnheer, dat is een privé-vertrek!' zei tante Madeleine. Een man met een stoppelbaard en een voddig pak kwam de woonkamer binnengestapt met in zijn spoor de drie tantes, Gudrun en de twee Franse agenten. De Gille was verdwenen, het Bengaalse rood eveneens, de trommels zwegen. Het journaal bracht een verslag over het arresteren van een kindermoordenaar. Katrien zat voor zich uit te kijken met de kamerjas in haar handen.

De man kwam voor haar staan. 'Mevrouw Vereecken?'

'Mijnheer, ons nichtje heeft rust nodig,' smeekte Marja. 'Met welk recht valt gij hier binnen?' vroeg Gudrun. 'En niet één man in huis om het hem te beletten,' zei tante Milou.

De man diepte uit zijn binnenzak een document op. Zijn glimlach deed Katrien denken aan die van de rosse verwekker van Jonas. Dezelfde zin om te besmeuren, dezelfde lust om kapot te maken. Het genot van het botvieren van de macht. Het liefst op iemand die zwakker is.

'Ik ben onderzoeksrechter Willy De Decker,' zei de man, het document overhandigend. 'U wordt beschuldigd van moord. Met voorbedachten rade.'

4

ELDERS

1

SCHOON LELIJK IS OOK NIET MOTTIG

DIRK VEREECKEN HAD REUZENLOL. Indien hij bij leven en welzijn had geweten hoe plezierig het was om op deze manier te reizen, had hij nooit anders gedaan. Hij zat op het dak van de Franse lijkwagen, vooraan op een hoek, en hield zich vast aan de lantaarn die tussen zijn benen uit het grijze koetswerk omhoogstak – een verchroomde fakkel met een lamp in de vorm van een vlam. Onder hem, in de wagen, lagen zijn stoffelijke resten in hun gevoerde kist.

'Jippie-ahé!' juichte Dirk, elke keer als ze onder een viaduct door reden. Ze waren de grens met België net gepasseerd.

Eerst had het hem teleurgesteld dat Leo Deschryver en zijn paladijnen erin geslaagd waren de repatriëring van zijn lijk zo vlot en zo vlug te organiseren. Hij had zich een veel onmisbaardere schakel geacht in de organisatorische ketting van die tapijtboer. Maar blijkbaar stond Leo niet toevallig aan de top in Europa, ook al ging het maar om de top van de tapis-plain. De ouwe kolos wist van wanten. Het kon niet anders of hij had zijn medewerkers uitgescholden en overuren laten maken tot ze alle betrokken overheidsdiensten onder hoogspanning hadden gezet. Ambtenaren die tegenpruttelden had Leo ongetwijfeld zelf gebeld, hen overbluffend met zijn reputatie en – als het niet anders kon – die van zijn broer. Het zou hem

zelfs plezier hebben gedaan om in zijn koeterwaals de dwars-
liggende Fransen te mogen uitkafferen. En het offensief had
gewerkt, Dirk moest het toegeven. Overal waar hij zijn lijk had
vergezeld – de gendarmerie, het mortuarium voor de autopsie,
de douanen – had hij met ontzag tot regelrechte vrees horen
spreken van Leo Deschryver, de Vlaamse Belg met de scherpe
tong en de hoge connecties. Je moest het Leo nageven: als hij iets
gearrangeerd wilde krijgen, kreeg hij het ook gearrangeerd.

Dirk had zijn teleurstelling echter snel verwerkt. Ze was opgegaan in de mayonaise der verzoening die hij nooit had gekend
toen zijn hart nog klopte maar waarop hij zich nu ongegeneerd
liet voortdrijven. Hij genoot. Zijn dood was een feest.

Tot nog toe had zijn vette extase zich vooral geopenbaard in
schakeringen als vertedering, jolijt, slappe lach. Ditmaal echter, bij het binnenrijden van zijn land van herkomst, koos ze
als overheersend timbre voor de melancholie. Vanaf het dak
van de voortglijdende lijkwagen keek Dirk aangedaan naar het
land waarin hij bijna veertig jaar had gewoond. Links en rechts
trokken de bewolkte landschappen aan hem voorbij. Soms leek
het of zijn lijkwagen stilstond, samen met andere auto's en
trucks. Niet zij rolden voort, het was de autostrade onder hen
die achteruit rolde. Trots omdat zij haar Belgische panorama's
mocht ontvouwen voor zoveel bezoekers tegelijkertijd.

Er waren mensen – Dirk had hen op de campus vaak genoeg
ontmoet – die hielden van discipline in ruimtelijke ordening,
van tucht in verkeersplanologie. Ze hokten multidisciplinair
samen in academische sekten, socioloog naast psycholoog, ur-
banist naast architect. Uit onvrede met het heden verminkten
ze de toekomst. Op hun tekentafels ontwierpen ze nieuwbouw-
wijken met meer verkeersdrempels dan vuilnisbakken, plein-

tjes met zes hoeken en drie niveaus, lijnrechte busbanen en tramlijnen op huizenhoge steunpilaren, alles volgens het abracadabra van de ratio. Ze hadden zelfs hem, een fiscalist godbetert, willen bekeren tot hun stedenbouwkundig eldorado. Maar Dirk Vereecken wist wel beter. Wat leefbaar is op tekentafels, zet aan tot waanzin in het echt. In zijn vak was dat ook zo. Natuurlijk was een fiscalist gebaat bij een econometrisch model. Maar in de werkelijk bestaande economie leverde dat geen precieze instrumenten op. In het beste geval kon je de zichtbare geldstromen in kaart brengen. Nooit de onderstromen, laat staan de vissen erin.

Zo leverde ook de studie van steden geen onfeilbare instrumenten op. Dirk had ze gezien, gebouwd en wel, de verantwoord aangelegde wijken van de academische sekten. De zogenaamd mensvriendelijk multifunctionele straten met honderd keer hetzelfde huis. Hij had ze kunnen keuren, in tv-documentaires over Nederland en Scandinavië. Wel: ze mochten ze houden, hun wijken en hun straten. Een echte straat ontstond niet op een tekentafel. Een straat ontstond vanzelf, door de lukrake verkoop van percelen en het bouwen van een eigenzinnig huis per perceel. Bleken een paar van die straten haaks op elkaar te liggen, of in elkaars verlengde, dan had je een nieuwe wijk voor je het wist. Zo gaat het bij ons, dacht Dirk, en daar is niets mis mee. Zo groeit in België een gehucht, een dorp, een stad. Gemoedelijk, organisch, op mensenmaat. En zo hoort het ook.

De huizen in een Belgische straat leken wel op elkaar maar er waren er geen twee identiek. Dat ging als volgt in zijn werk. Een Belg trouwde en kocht grond. De dag daarna maakte hij een schets van zijn toekomstige woonst, zich inspirerend op het huis van de buren. Iets met veel bakstenen, een puntdak met pannen, een achterdeur, een garagepoort en voor elk raam een rolluik. Een bevriende architect zette die schets om in een blauwdruk – tegen een schappelijk ereloon want per slot van rekening was het ontwerp niet eens van hem. Was het huis eenmaal gebouwd, legde de Belg reeds na één zomer een stenen vloertje tegen zijn achtergevel, zijn gazon met de helft verkleinend. De lente daarna bouwde hij boven dat vloertje een afdak. Twee herfsten later plaatste hij tussen dakgoot en vloer schuiframen van rood merantihout en met dubbel glas. Zo bezat zijn huis een gloednieuwe ruimte: de veranda. Officieel bestond deze veranda niet. In geen enkel document stond zij geboekstaafd. Toch was zij de populairste ruimte van het huis. Desalniettemin verving de Belg twee zomers later een van de drie glazen wanden door een houten schot met een deurtje dat toegang verschafte tot een nieuw schuurtje voor het vele bouwgereedschap. In de tuin verrezen kort daarna een tuinhuisje voor de kinderen, een hok voor de hond en een garage voor de tweede auto. Van het gazon schoot inmiddels weinig meer over. Maar het huis was twee keer zo groot geworden.

Grosso modo kon je van heel België hetzelfde zeggen. Van het gazon schoot niet veel over maar er stonden verdraaid veel gebouwen. Fabrieken, pompstations, meubelzaken, grootwarenhuizen – allemaal waren ze ontstaan volgens hetzelfde procédé als de privé-woonst. Een om zich heen grijpende zwam van annexen, schuurtjes, koterijen, luifels, loggia's, terrassen, aangebouwde prefab-magazijnen en duivenhokken. 'We beginnen in het klein en we zien wel hoe het loopt.'

Vroeger had Dirk gelachen om zo veel lelijkheid. Hoe groot zijn afkeer ook was van de steriele oplossingen der academische sekten, hij was hen wel bijgevallen in hun kritiek op de lichtzinnigheid van de bouwzuchtige Belgen.

Nu niet meer. Vanaf zijn lijkwagen kijkend naar het land van zijn jeugd en zijn leven, voelde hij zijn ergernis en zijn spot opgaan in begrip en liefde. Kijk toch naar die rondborstig lelijke Belgische straten! En naar die heerlijk rommelige vergezichten met, zover het oog reikt, spoorwegen, autostraden, lintbebouwing, villawijken en kanalen met versleten bruggen! Die schaarse weiden, met onveranderlijk een hoogspanningsmast waaronder een koe lag te herkauwen. Aanschouw langsheen de hoofdwegen die platte betonnen snelbouwloodsen in schreeuwerige kleuren, die van alles konden zijn: meubelwinkel, fabriek, overslagbedrijf, en niet zelden de drie tegelijk. Zo zie je ze toch nergens? Was het niet geweldig?

Kijk toch naar die eindeloze breukband van roestende vangrails. Dat woud van straatlantaarns. Die lichtbakken achter elke richtingaanwijzer, vier keer groter en dikker dan nodig, hangende aan een heuse stelling die de weg overspant... En daar dan: die imposante klaverbladen – alsof asfalt geen geld kost! En, vertrekkend vanaf die knooppunten, al die lanen, straatjes, dreven, weggetjes en kasseiwegen, leidend naar overal en nergens in het bijzonder. Het dichtste wegennet ter wereld. Met – akkoord! – de slechtste bewegwijzering en met nog altijd overal files. Maar waarom zou het anders moeten zijn? Verander het en België is België niet meer.

De mensheid viel uiteen in twee groepen, mijmerde Dirk op zijn lijkwagen, om zich heen kijkend en genietend. Zij die hielden van perken en plantsoenen, en zij die hielden van de vrijheid. Wij Belgen behoorden tot de laatste groep. Wij gunden alles de vrije loop en gaven iedereen het recht zijn goesting te doen. Toegegeven: dat liep niet altijd goed af. Er waren huizen zat die, bedoeld als halfopen bebouwing, nooit hun Siamese tweelingwoonst kregen. Eén buitenzijde van het huis bestond bijgevolg van fundering tot dak uit een blinde muur bekleed met grijze schaliën. Schoon was anders. Er waren viaducten die, afgewerkt en wel, eenzaam in het landschap prijkten, er leidde geen weg heen en geen weg vandaan – betwiste contracten, politieke sabotage, frauduleus failliet. Er lagen voor miljarden aan tunnels en ondergrondse tramlijnen te wachten op aansluitingen die nooit zouden komen. Elders hielden driebaanswegen op als in een tekenfilm: in het midden van een bos met een bordje 'Einde snelweg'. Er waren culturele centra die daags na de oplevering moesten worden afgebroken wegens instortingsgevaar, zwembaden die lekten als een vergiet, rechtbanken die werden gesloten omdat er meer asbest werd ingeademd dan zuurstof... Er waren voorbeelden te over. Dirk kende ze. Hij had er zich vaak genoeg om bescheurd. Nu niet meer. Nu hield hij zelfs van deze miskramen der burgerlijke bouwkunde. Want voor ieder gedrocht wist hij meer dan één juweeltje te staan dat zonder ons bestuurlijk gevoel voor eigenwijsheid níet tot stand zou zijn gekomen.

Maar ook de gedrochten zelf hadden hun waarde. Ze waren monumenten van het irreële, het ondenkbare. Odes aan de improvisatie als kunstvorm tot op het hoogste niveau. Het was als in de vrije natuur: hier heerste bloemenpracht, daar stonk verrotting. Je kon dat schandalig vinden als je dat wilde, of slordig, of ongeciviliseerd, en misschien was het dat ook. Maar wat dan nog? Het was tenminste echt. En het schaamde zich niet voor die authenticiteit. 'Als je een houten been hebt, laat het dan zien en doe niet alsof je een ballerina bent.' Plus daarbij: was leven in een plantsoen dan zoveel plezanter misschien? Het was maar wat je lelijk wilde vinden.

'Ik wist niet dat België zo schoon was,' oordeelde Dirk – donzig, rozig, met een krop in de keel. Kijk! Daar had je weer zo'n mooi wanstaltig viaduct, met betonrot en een verroeste reling. Schitterend.

'De wereld is goed zoals zij bestaat,' dacht hij verrukt. Hij zwaaide naar de twee piepjonge meisjes die, hun hoofdje tussen de stijlen van de reling, op de brug naar het voorbijrazende verkeer stonden te wuiven. 'Jippie-ahé!' Niemand van de chauffeurs in de andere voertuigen merkte de twee kinderen op. Laat staan dat iemand de moeite nam om naar hen terug te zwaaien of te claxonneren.

DE DONKERE KAMER VAN BRUNO

BRUNO DESCHRYVER WALGDE VAN SAUNA CORYDON maar hij kwam er minstens één keer per week. Het meest werd hij aangelokt door de *dark-room*. Daar bevond hij zich ook toen zijn zus van moord werd beschuldigd en het lijk van zijn zwager werd gerepatrieerd.

Onwetend van de nieuwe ramp die Katrien had uitgelokt, schuifelde hij zijdelings en met alleen een handdoek om zijn lenden door het labyrintische stoombad, steeds verder het donker in, zijn handen achter zijn rug houdend, zijn vingertoppen glijdend over de bewasemde tegels. Hij kon nog altijd schimmen zien. Een van de schimmen kwam op hem af. Hij hoorde het slurpende geluid van voetstappen op de natte vloer. De voetstappen stopten, de schim stond voor hem. Wat voor soort kop zou deze kerel hebben, dacht Bruno. Kaal? Een staartje? Oorringen en een boksersneus?

Dat was het stimulerende aan een dark-room. Je kon je verbeelding vrij spel geven en toch gebeurde er van alles dat je niet zelf hoefde te verzinnen. Een interactieve seksfantasie. Al bood het repertoire van de interactiviteit weinig variatie: de hand van de schim streelde over Bruno's borst, kneep in zijn ene tepel, gleed over zijn buik, aarzelde bij de rand van de handdoek (wie hield er nu zijn handdoek om in het stoombad?), greep onder de klamme handdoek naar Bruno's lul en begon te masseren. Het was een harde hand. Vierkante vingers vol eelt. Gestaald door, hoogstwaarschijnlijk ongeschoolde, arbeid. Bruno zag voor zijn geestesoog meteen een kop opdoemen die bij deze hand paste. Wijkende haarlijn, getaande huid, veel rimpels. En een snor. Zonder enige twijfel. Bij deze vingers hoorde een snor.

Hij duwde de hand voorzichtig maar gedecideerd weg. Het was te vroeg. Hij was nog niet diep genoeg in het duister doorgedrongen. Hij wilde niets meer kunnen zien, geen schimmen, geen zwakke stralen die zich door de wasem boorden iedere keer als de rubberen klapdeur van het stoombad zich opende om een schim binnen of buiten te laten. Hij wilde zich een weg banen tot in het hart van de dark-room, waar de doolhof van gangen ophield en het lichtloze kluwen van vlees begon. Een blind en zinnelijk bad van ledematen en zweet, van gehijg en zacht gevloek, en met de geur van zaad, de stank van stoom en oksels en poppers en, sporadisch, een vleug parfum van zoetelijke stront. Daar had hij zijn beste seks. Of beter gezegd: daar had hij zijn vrijwel enige seks met anderen dan zichzelf.

Naast de dark-room lokten hem ook de douches van Sauna Corydon. Maar daar durfde hij nooit langer dan een paar minuten te verblijven.

Sauna Corydon werd door al zijn bezoekers Sauna Corridor genoemd, of korter nog: De Corridor. Enerzijds omdat het etablissement wijd en zijd bekendstond om zijn cirkelvormige en dus eindeloos lijkende gang, met aan weerskanten de stemmigste relaxhokjes uit het internationale circuit. Anderzijds omdat het ras der kunstnichten – dat klassieke studies had gedaan en dus bekend was met Corydon, herder der Antieken

– nagenoeg was uitgestorven. Zeker na de slachtpartij die aids had aangericht. Dat was nu eenmaal de doem der kunstnichten. Ze hadden geld, ze hielden van luxe en van reizen, en ze wilden de eerste zijn met elke trend. Meer had je aan het begin van de jaren tachtig niet nodig gehad om het virus op te scharrelen, van San Francisco tot Kinshasa.

Mijnheer Dieudonné, consul in ruste en een bijna dagelijkse klant, had de slachting overleefd. Hij was in de zeventig, klein, gezet en abonnee van twee operahuizen. Hij bezat levervlekken tot op zijn gemillimeterde kop. Maar hij bezat ook levendige oogjes, een aanstekelijke lach, een goedgevulde portefeuille en bijgevolg een waaier van mignons. Na zijn zevende whisky begon hij tegen de mignon-van-de-dag de vrienden op te sommen die hij was verloren, alleen al aan De Pest, zoals hij aids noemde. Kanker noemde hij De Kwaal en het huwelijk noemde hij De Plaag. 'Aan De Plaag ben ik er in heel mijn leven maar twee kwijtgeraakt,' zei hij, zijn afgezakte handdoek weer boven zijn bolle buikje trekkend, 'maar De Pest hakte er op vijf jaar tijd een dozijn weg.' Hij somde de namen op, triest proevend van de lettergrepen. 'De besten gaan het snelst. Daarom ben ik er nog. Zo zie je maar, voyeurisme heeft één voordeel. Het is nog safer dan een condoom.' Mijnheer Dieudonné liet zich van zijn barkruk afglijden en volgde twee van zijn mignons naar een relaxhokje.

Als hun aanstellerige liefdesspel hem begon te vervelen, ging hij een kijkje nemen in de videokamer. Daar keek hij als enige niet naar de porno op het scherm, hij keek naar de kerels die keken naar het scherm. Ze zaten op een miniatuurtribune van brede treden met kunstlederen kussens. De meesten zaten wijdbeens. Sommigen trokken zich af, anderen trokken elkaar af. Een enkeling ergerde zich aan de blikken van Dieudonné en verborg zijn lul en kloten achter een handdoek. Mijnheer Dieudonné wist niet hoe het kwam, maar de laatste tijd vond hij uitgerekend die enkeling het geilst.

(Die enkeling was meestal Bruno Deschryver. Hij hield het in de videokamer nooit langer vol dan een kwartier. Uitgerekend in die vijftien minuten van wellust en walg kwam dezelfde ouwe rukker telkens weer naar hem staan staren. Bruno wachtte tot de ouwe wegging en sloop dan ook weg. Naar de dark-room. Daar was hij veilig. Want wat kon Dieudonné, duidelijk een beoefenaar van de kijklust, komen zoeken in het absolute donker?)

'Ik word oud,' zuchtte mijnheer Dieudonné, na zijn bezoek aan de videokamer en een plons in het zwembadje. Hij hees zich weer op zijn barkruk. 'Zelfs zwemmen gaat me niet meer af.' Hij plaatste de vingertoppen van één hand op zijn borst en zong: 'Ik sta op de loopbrug van leven naar dood; mijn laatste corridor, mijn la-aatste boot.' De barman keek hem verbouwereerd aan, niet wetend of hij verondersteld werd te lachen of juist niet. Daar hield Dieudonné wel van, onzekerheid bij jonge mannen. 'Waarom noemen we het hier niet Sauna De Styx?' vroeg hij. Hij wist wat hij met de Styx bedoelde. Hij wel, kunstnicht van de oude stempel.

Tot aan het einde van de oorlog – hij was toen twintig – had mijnheer Dieudonné in zijn Kempisch geboortedorp gedacht de enige flikker te zijn van de wereld. Zijn porno had bestaan uit een catalogus van de hellenistische beeldhouwschatten van het Vaticaan. Daarom was hij in diplomatieke dienst gegaan: hij wilde Rome zien. Daar en in Oostenrijk had hij het getto leren kennen van de jaren vijftig. Een leuke tijd om op terug te zien, een hel om in te leven. Iedere gigolo kon een spion zijn van de Russen of een verklikker voor de Geallieerden. Van een Chinees hield je helemaal je poten af. De late jaren zestig had hij mogen beleven in Londen, een paradijs van bevrijding. Het begin van de jaren zeventig in New York – een roes, één groot bacchanaal. Teruggekomen had hij ook hier de opkomst meegemaakt van de openlijke bars en de sauna's. Hij was persoonlijk bevriend geweest met de Waalse professor die in Brussel de eerste sauna was begonnen en die nog door de rijkswacht en de staatsveiligheid was gepest en gebroodroofd en geruïneerd tot hij gecrepeerd was aan De Beproeving – zo noemde Dieudonné een dodelijke hartaanval.

Nu was één op de tien snorren in De Corridor zelf een rijkswachter of een paracommando. Aardige knullen, daar niet van. Ze geneerden zich nergens voor, al stond je een uur te gluren terwijl ze elkaar afrukten onder de douche. Maar als Dieudonné een whisky te veel op had, kon hij ouderwets vals worden. Dan was hij uit op wraak voor het complot jegens zijn Waalse vriend en professor. Geen van de slachtoffers van Dieudonné was oud genoeg om zich de affaire te herinneren, laat staan de naam van de Waalse professor. Maar dat was Dieudonné een rotzorg. Hij had het ook niet over zijn professor. Hij was gewoon vals. Verrukkelijk, onverbiddelijk vals. Geen van de snorren had dan zo'n grote bek als hij. En na de snorren moest iedereen het ontgelden. Zelfs de mignons. Zelfs de barman. Zelfs de patron – een piepjonge yup die de tent had overgenomen van een andere vriend van Dieudonné (gestorven aan De Kwaal en De Pest tegelijk).

'Op ons en op De Styx!' riep ex-consul Dieudonné, zijn glas whisky heffend. Zijn twee teruggekeerde zonnebankgodjes dachten dat hij hockeysticks bedoelde. Ze lachten. Zoals iedereen in De Corridor lachte bij de minste fallische toespeling.

Eén schuin mopje volstond om het hele scala van de lach te doen losbarsten, van gekir tot *coole* grijns. Aan de toog, tenminste. Want in de videokamer, de dark-room en de douches, daar werd niet gepraat en zeker niet gelachen. Dat zou even storend en oneerbiedig zijn geweest als lachen in de kerk. Er schuilt iets in humor waar seks noch religie zich mee laten mengen.

Bruno wist het ook. Wat De Styx was. Wie Corydon was. Dat laatste had hij nog nagekeken voor hij de eerste keer Sauna Corydon betrad. Vergilius, twee en zeven van de *Bucolica*. Theokritos, vierde idylle. Maar hij had het niet hoeven na te kijken. Hij wist het. En hij haatte zijn vader voor die kennis. Zoals hij hem ook haatte omdat hij werd aangetrokken door de douches en er toch niet langer durfde te verblijven dan een paar minuten. Door de schuld van pa Deschryver was hij een anomalie. Want al was hij geen zeventig zoals mijnheer Dieudonné, hij was net zo goed een kunstnicht van de oude stempel. Hij had alles ter wereld gegeven om het niet te zijn. Zoals hij ook alles ter wereld had gegeven om niets te zijn van al het andere dat hij was – graatmager, boomlang, een nicht tout court en een Deschryver.

Daarom kwam hij, ondanks zijn degout, zo vaak naar De Corridor. In de dark-room kon hij zijn wie hij wilde zijn. Om het even wie of wat, zo lang het maar niet zichzelf was. Voetje voor voetje schoof hij zijdelings het absolute duister in. Hij kon het gekreun al horen, en het gesop van bloot vlees op bloot vlees.

OM ZIJN ZOONS VAN KLEINS AF KLAAR TE STOMEN voor een carrière in de veeleisende haute finance, had pa Deschryver ze van hun twaalfde tot hun achttiende naar kostschool gestuurd. Het harde regime. Geen bezoek en maar om de veertien dagen naar huis. De basisvorming die hem zelf had gestaald, en die zijn broer Leo ondanks alles aan de top van de tapis-plain had gebracht – die zou ook Bruno en Steven harden. En opdat hun toekomst nog rooskleuriger zou worden, had hij zijn jongens zelfs naar een verschillend internaat gestuurd. Een man kon niet vroeg genoeg op eigen benen leren staan. Je vastklampen aan je broer was daar niet bij. Later kwam dat er ook niet van. Investeren in broederliefde was tijdverlies en zelfbedrog. Bijgevolg zond hij Steven naar de jezuïeten, Bruno naar Don Bosco. Honderd kilometer van elkaar, met ergens daartussenin de ouderlijke villa. En dan maar leuteren over het gezin, dacht Bruno vaak. Er waren leraren die ik beter kende dan hem of dan mijn zotte moeder.

Niet dat er veel leraren rondliepen op het internaat. Al even weinig als leerlingen. Het eens zo rijke Vlaamse internaatsleven was, met de komst van de gezinswagen en de autostraden, ineen gestuikt. Alleen ouders als pa Deschryver stuurden hun kroost nog naar kostschool. Omdat ze, oordeelde Bruno, zich simpelweg niet konden voorstellen dat iemand op een andere manier zou opgroeien dan zijzelf. In essentie kwam dat neer op angst voor het vreemde. Of nee, het was hoogmoed. Het was een pluim steken in je eigen reet. Iedereen moest worden zoals jij, anders was er iets fouts met die mensen.

Als Bruno per humaniorajaar twintig lotgenoten had gehad, was het veel geweest. Van de leraren – intussen bijna allemaal leken – waren maar twee soorten overgebleven. De idealisten en de pederasten. De scheidingslijn tussen de twee was niet altijd duidelijk. De ene soort bleef niet van je lijf af, de andere soort bleef niet van je geest af. En dat zeurde maar door, over moderne christenen en Caesars *De Bello Gallico,* over Xenophon en Praxiteles, Michelangelo en Mozart, de sonnetten van Shakespeare plus zijn klaagzang van *King Lear...* Bij Bruno als enige was het er ingegaan als koek. Hij studeerde zich te pletter, kende de kopstukken van de bevrijdingstheologie uit zijn hoofd, idem dito de canon van de westerse kunst. Zo werd hij de lieveling van de leraren, ook de niet-pederasten. Op de speelplaats werd hij navenant gepest.

Als hij daar nu, jaren later, aan dacht, kon hij nog altijd kwaad worden. Niet omdat hij gepest werd maar omdat het zo'n verdomd cliché was. De pubernicht, slijmend naar zijn superieuren, gesard door zijn gelijken. De gemeenplaats van de puistjesflikker die met tranen in de ogen denkt: Ik ben zo anders dan de anderen. Wat hem stoorde was het onbeduidende ervan, het ordinaire, de klinkklare kitsch: portret van de jonge reetkever als huilende zigeunerknaap.

Pa Deschryver vond het maar niets dat zijn veertienjarige Bruno alles afwist van De Wagenmenner en Molière en bisschop Romero. Zijn cijfers voor wiskunde en economie bleven ondermaats en daar kon geen Wagenmenner tegenop. Begreep Bruno het dan niet? Hij die de finesses kon ontcijferen van tweeduizend jaar oude fabels en liefdesgedichten? Het was niet de bedoeling dat hij zich in het internaat liet cultiveren. Het was de bedoeling dat men van hem kon zeggen dát hij er was gecultiveerd. Hij moest leren voor te wenden een man van de wereld te zijn. Opgaan in die rol was een aberratie.

Niet dat zijn vader dat met zo veel woorden zei. Zijn vader

zei niets met veel woorden. Niemand zei wat met veel woorden. Bruno kwam na twee weken thuis en iedereen zweeg. Zijn vader, zijn moeder, Katrien en Gudrun, zijn broer Steven van wie hij was vervreemd – ze zwegen. De drie trollen niet, die kwekten erop los. Van hen hoopte Bruno juist dat ze zouden zwijgen. Want zij zetten de toon. Als de anderen na lang zwijgen dan toch ingingen op iets wat de tantes uitkraamden, ontaardde het vanzelf in kletskoek. Opeens kon men het wel, praten. Honderduit. Door elkaar. Over het weer, over het nieuwe vriendje van Katrien, over een verre oom die failliet was of dood. Vooral Katrien kwekte mee. Hoe die aanstelster kon zitten kletsen met haar drie tantes? Je werd er misselijk van. Over alle onheil dat ze had verwekt werd met geen woord gerept. Nonkel Daan. Hun broertje. Het had nooit plaatsgevonden. Daarin was de familie Deschryver ijzersterk. In uitwissen, in 'wees wijs en zwijg erover'.

Op een goeie dag was het Bruno te veel geworden. Aan de ontbijttafel begon hij met vuur zijn standpunt uiteen te zetten over de vervolgde Kerk in Venezuela. Iedereen keek elkaar aan en schoot in de lach. Vooral Gudrun en Katrien giechelden. Maar ook de drie trollen proestten het uit, met hun kogelronde wijvenlijven.

Als hij nu mee aan die tafel zou zitten en zichzelf zou horen oreren, zou hij ook lachen. Dat voorspelbaar pedante geraaskal van pubers! Het redden van de wereld, Directe Actie, kunst als eeuwige waarde... Hij mocht er niet aan denken. Als er een knop had bestaan waarmee hij zijn jeugd had kunnen uitwissen, had Bruno hem direct ingedrukt. Maar zo'n knop bestond niet. Er viel niets in te drukken. Hij was wie hij was. Een anomalie en een kunstnicht.

Echte kunstnichten, zoals Dieudonné, haatte hij, bijna nog meer dan zichzelf. Ze herinnerden hem eraan dat hij eigenlijk al zeventig had moeten zijn. Maar andere nichten nam hij helemaal niet au sérieux. 'Kapper, blijf bij je krulspelden,' dacht hij – voor één keer mijnheer Dieudonné met instemming citerend – als hij weer eens twee van die iele poedels hoorde lameren over snit en naad en de laatste hit van Madonna. Op dat laatste na, leek het wel een gesprek van zijn tantes.

Zo was hij voor het ene te jong en voor het andere te gecultiveerd. Veel vrienden houdt een mens daar niet aan over. Zelfs niet in De Corridor. Maar wie heeft er vrienden nodig, wanneer er zoiets als een dark-room bestaat?

DE DOUCHES WAREN NOG ZO'N ONDERDEEL van de sjabloon van de jonge reetkever. In alle tranerige zelfbekentenissen van de bruinwerkers die zich de laatste tijd op de schone letteren wierpen zoals maden op een biefstuk, vond je ze terug. De douches, gemeenschappelijk of in cellen, als betegelde herinneringsmachines, als halfverlichte altaren van de geilheid, als balsem na de marteling van amper één uurtje Lichamelijke Opvoeding. Niets bleef de lezer bespaard – het smachten, het gluren, de compulsieve onanie.

Zagen de schrijvende bruinwerkers het dan niet? Hun dooddoeners, hun gemakzucht. Hun platte rekenen op gevoelens van herkenning. Zelfs al had je het aan den lijve meegemaakt, dan schreef je er niet over. Het beperkte je. Het vernielde je authenticiteit. Je bekende dat alles al eens eerder was gedaan, al eens eerder was geleefd door honderdduizend anderen. Jeugdsentiment, dat was het, en bijgevolg verwerpelijk.

Toch zwichtte Bruno bij ieder bezoek aan De Corridor voor de werking van zijn eigen sentiment. Hij ergerde zich aan zijn capitulatie maar ging niettemin een kijkje nemen in de ruime douchekamer. Glurend naar de snorren en de nimfen en de poedels en de zonnebankgodjes, in hun diverse stadia van verstrengeling. Ze voerden uit wat hij vroeger alleen maar had durven verzinnen.

Zelf nam hij niet deel. Hij bleef hooguit een paar minuten onder een sproeiende douchekop staan, om zich heen spiedend. En met zijn rug naar iedereen toe. Minder omdat hij walgde van zijn sentiment dan omdat hij zich schaamde voor zijn lelijke lijf. Hij mocht er niet aan denken dat iemand op hem af zou komen. Had iemand het gedaan, hij was beledigd weggelopen. Hij was estheet genoeg om te weten dat iemand maar op hem af kon komen om met hem te spotten. Hij zou als knappe vent althans nooit op zichzelf zijn afgekomen. Tenzij om te lachen met zo'n scharminkel.

De schoonheid van onze familie, dacht hij vaak, komt alleen in de vrouwen tot bloei. In Gudrun een beetje, in Katrien vol-op. Voor de mannen blijft er weinig over. Al doe ik evenveel aan sport als mijn broer of als nonkel Leo vroeger, het wordt niets, die twee zijn het beste bewijs. Het is hopeloos. Het zit hem in de genen. Ik ben en blijf een hark.

Het groeiende besef dat hij een nicht was, viel nog op kost-school samen met zijn groeiende revolte tegen pa Deschryver en alle autoriteit. Maar als om Bruno te tarten had Moeder Na-tuur hem net in die periode zijn laatste groeistuip bezorgd. Ze rekte zijn lijf uit. Hij werd een slungel op sloffen. Niet zo-maar een slungel. Twee druppels water de slungel op de ver-geelde foto's van zijn vader. Zelfs zijn kop leek op de jeugdpor-tretten van die ouwe zak.

Toentertijd, nog niet gewend aan zijn metamorfose en nog drijvend op zijn algehele hang naar revolte, was Bruno in op-stand gekomen. Hij wilde zich tegen zijn lijf te weer stellen. Het moest zich maar opnieuw metamorfoseren. Een logische stap ware geweest dat hij probeerde te verdikken, door spie-ren te kweken, atletisch te worden, zwaarlijvig desnoods. Maar zijn afkeer zat dieper. Hij wilde dit lichaam ongedaan maken. Dus koos hij, dwangmatig, voor precies het tegenovergestelde van verdikken. Anorexia. Na elke maaltijd je vinger in je keel en braken maar. Niet eens zo vergezocht voor een kunstnicht. De Romeinen hadden het ook gedaan. Al vond je bij Tacitus noch Juvenalis voorbeelden van Romeinen die met het braken doorgingen tot ze wegens chronische ondervoeding moesten worden opgenomen in het Academisch Ziekenhuis. Liggend aan een infuus en kijkend in een handspiegel, mocht Bruno dan toch één genoegen smaken. Zijn doodskop leek eindelijk wat minder op de jeugdportretten van zijn pa.

Amper uit het Academisch Ziekenhuis ontslagen, herviel hij. Eerst stak hij maar één keer per week een vinger in zijn keel. Dra weer elke dag. Zijn magerzucht werd nog aangescherpt door het zien van zijn drie kogelronde tantes naast de rankheid van zijn twee zusjes. Dit was dus wat Broeder Tijd kon aanvangen met het menselijke lichaam. Een grashalm werd een ballon, een hinde werd een olifant op afgezaagde poten. En corpulentie verfoeide hij zo mogelijk nog meer dan het leptosome van zijn vader. Zeker bij vrouwen. Moest je die tantes van hem eens goed bekijken. Zeugen waren het. Hij haatte hen. Ze stonken.

Dat was één van de weinige trekken waarvan hij niet betreurde ze gemeen te hebben met mijnheer Dieudonné. Een gezonde dosis misogynie. Als je de flikkers van tegenwoordig bezig zag met vrouwen, vroeg je je af waarom ze zich eigenlijk nog flikkers noemden. In Groot-Brittannië was de nieuwste mode dat ze elk gingen samenwonen met een lesbienne en een huishouden vormden, met kunstmatig geïnsemineerde jankers op de koop toe. Bevrijding heette dat. Waarom kropen ze niet gelijk met elkaar in het nest? Een flikker, in zijn kont geneukt door een pot met een dildo. Leuk. Bevrijding moest zowat het meest misbruikte woord zijn in de geschiedenis van de mensheid.

Ondanks psychologische begeleiding herviel Bruno nog een paar keer in zijn magerzucht, tot de grootste stormen van de puberteit waren uitgewoed. Toen stak hij nooit meer een vinger in zijn keel. Hij was wie hij was. Een bonenstaak. Niet dat

hij zich ermee had verzoend. Maar hij vocht er niet meer tegen. Hij wist dat de strijd hopeloos was.

De enige plek waar hij niet hoefde te strijden, was het labyrintische stoombad zonder licht. Daar was hij niet wie hij
was. Daar was hij alle mannen tegelijk.

BRUNO WAS HET HART VAN DE DARK-ROOM nu dicht genoeg genaderd om zich van zijn handdoek te ontdoen. Hij kon geen schimmen meer onderscheiden, dus kon hij ook zelf niet meer worden gezien. Hij hing de zwaar geworden handdoek om zijn hals en schoof in het aardedonker weer wat dichter naar het gehijg toe, dat hem lokte uit verschillende mannenkelen tegelijk.

De melange van aroma's was bedwelmend, op die ene knoflookmond na. Bruno's hand raakte een dij aan. Een stevige dij, bezweet, behaard. Bruno streelde ze, kneep erin. Zijn hart bonsde van opwinding. Het was alsof er, door zijn streling, een signaal door de groep lijven ging: een nieuweling had zich aangesloten. Men kwam hem in de duisternis verkennen. Voetstappen slurpten om hem heen. Een hand raakte zijn borst aan. Een andere gleed over zijn rug. Hij voelde hoe iemand weer in zijn ene tepel kneep, en hoe een mond behoedzaam beet in de andere. Een andere hand greep onomwonden naar zijn lul. Even moest Bruno naar adem happen. Hij trilde van geilheid. Een hand greep de zijne en trok ze naar het kruis dat hoorde bij die dij die hij net gestreeld had. Dit is het, dacht Bruno opgetogen. Eindelijk verlost. Dit is lichamelijkheid, zuiver en puur, het naakte feit zonder gedoe. Zonder de laag vernis genaamd cultuur. Al het andere is begoocheling. Liefde is voor mietjes. Echte mannen hebben seks.

Wat hem bovenal in een roes bracht, was de volstrekte woordeloosheid van het gebeuren. Handen grepen, vingers knepen, in een vanzelfsprekend ritueel, een improvisatorische dans, zo trefzeker als het instinct waardoor een zwaluw een nest kan bouwen zonder er ooit een te hebben gezien. Het was een soort zwijgen waarbij woorden overbodig waren geworden. Niet het soort zwijgen waarbij woorden werden onderdrukt, zoals dat altijd ten huize van de Deschryvers was gebeurd.

Over seks en spijsvertering werd bij de Deschryvers niet gepraat. Een toespeling, tot daaraan toe. Die vielen vooral wanneer nonkel Leo op bezoek kwam en de tantes en zijn moeder een stevig glas wijn meedronken. De kinderen moesten opeens vroeg naar bed. Alleen pa Deschryver was niet tuk op toespelingen. 'Het wordt zo gauw vulgair,' maande hij altijd, een derde glas wijn weigerend. 'Daar is ons volk helaas nu eenmaal toe geneigd.'

De enige keer dat Bruno met zijn vader had gepraat over seks, was meteen de laatste keer geweest dat hij überhaupt gepraat had met de ouwe zak. Die had er zelf om gevraagd, anders was Bruno er nooit over begonnen. Maar als pa Deschryver erom vroeg, dan kon hij het krijgen. Bruno had lang genoeg op zijn tong moeten bijten. Gevoel voor theater kon de ouwe niet worden ontzegd. Hij koos het avondfeest van Stevens bruiloft uit om Bruno te provoceren. Alsof de ouwe ineens alles geregeld wou zien op één dag.

De hand die Bruno's hand naar het kruis had getrokken was die van een jonge, krachtige kerel, zo te voelen. Hij was voor Bruno komen staan en begon ook hem af te rukken. Voor alle zekerheid streelde Bruno kwansuis toevallig over het gezicht van de knul. Goed zo. Geen snor. Een lichte stoppelbaard, maar dat werkte juist erotiserend. Bruno streelde over de rest van het lijf vóór hem, terwijl hijzelf nog volop gestreeld werd door tal van andere handen, over zijn hele lijf. Dit moest zo ongeveer zijn wat de Ouden een orgie zouden hebben genoemd. Een beker harswijn had niet misstaan.

Het donker dikte Bruno's tastzin aan. Zijn vingers modelleerden als het ware een reeds bestaande sculptuur. Wat hij vóór zich voelde, had een vleesgeworden Grieks beeld kunnen zijn.

Het was bijna even lang als Bruno, maar breder in de schouders. Niet ongespierd, met een gespannen kont en een lul die
als altijd verrassend vertrouwd aanvoelde, maar deze keer
ook behoorlijk fors uitviel. Zou het een neger kunnen zijn?
Negers met dunne lippen en een stoppelbaard, bestond dat?

Bruno begon de lul te masseren, met alle geraffineerdheid die
hij had opgestoken van zijn vele bezoeken aan de dark-room.
Met stijgende overgave kweet hij zich van zijn zelfgekozen
taak. Het lijf weerde hem niet af. Integendeel. Hoe meer Bruno
het tempo opvoerde, hoe meer het lijf tegenover hem kreunde. Het gekreun wond Bruno dan weer op. Het maakte hem
zelfs trots. Hij voelde zich beloond voor zijn inzet. Prompt
liet hij zijn pompende vuist nog meer gebald en sneller op en
neer gaan. Het resultaat was verbazend. Het lijf wierp zich verlustigd voorover. In de armen van Bruno. Hem krachtig kussend op de mond.

Bruno was te verrast om het lijf weg te duwen. Het gebeurde maar zelden dat er gekust werd in de dark-room, en dan al
helemaal niet zo gulzig als deze hengst deed. Er was toch niets
fouts met die jongen? Afzuigen, akkoord. Als het maar niet te
fanatiek gebeurde. Maar kussen? Waarschijnlijk was die kerel
hier voor het eerst. De wetten stonden nergens neergeschreven.
Het was dat hij niet besneden was, anders had je kunnen denken dat het om een Marokkaan ging. Zou hij een gebruind vel
hebben? Aan zijn zijdeachtige huid te merken wel. Bruno liet
de kussen eerst wat terughoudend toe. Maar toen ze bleven
komen en aan gulzigheid niets inboetten, begon hij van lieverlee even gretig terug te kussen.

Dit had hij nog nooit meegemaakt in de dark-room. En
wat nog merkwaardiger was, het verbrak zijn routine. Anders
dan anders sloeg zijn verbeelding niet op hol, ze toomde zich

juist in. Normaal verzon Bruno, bij de lijven die zich aandienden, een gezicht plus een kleur van ogen en haar. Een houding, een uitstraling. Dat had hij nodig om te kunnen komen. Maar ook voor zichzelf verzon hij een ander voorkomen, geholpen door de mantel der duisternis en zijn goed geoefende geest. Hij kon alle denkbare lichamen en types aannemen, zijn climax intenser makend omdat hij zich niet hoefde te generen voor de hark die hij in werkelijkheid was.

Nu echter verzon hij niets. Nu stond hij hier als Bruno Deschryver. In het donker vrijend met een onbekende jonge hengst die hem kuste alsof zijn leven ervan afhing.

Op dat bruiloftsfeest had Bruno zijn vader voor het eerst dronken gezien. Halfdronken, dan toch. Van de dansvloer komend – zijn zus Gudrun had hem gedwongen met haar te swingen – stond hij oog in oog met zijn ouwe. Die keek alsof hij Bruno al een hele tijd in de gaten had gehouden. Hij, pa Deschryver, de etiquette in persoon, had zowaar zijn boord losgemaakt en zijn vlinderdas was weg, hij had zijn mouwen opgerold en hij had een halfvol glas pils in de hand. Nu pas kon je zien dat hij en nonkel Leo broers waren. Alleen werd hij, pa Deschryver, niet vrolijk als hij dronken werd. Als je hem niet kende, zou je zelfs denken dat hij triest was in plaats van woedend. Hij wees met zijn glas pils naar het bruidspaar, dat stond te lachen aan de andere kant van de feestzaal, en zei: 'Wanneer jij, Bruno? Wanneer heb jij eens een vriendin?' De toon maakte de vraag overbodig. Hij wist het. Maar Bruno zei het hem toch maar even. Recht voor de raap en met een grijns er gratis bovenop. Ze hadden elkaar aangekeken, niet eens zo lang. Zijn vader was naar de wc gegaan en hij naar buiten.

's Anderendaags had zijn moeder hem gebeld. Onder de pillen en toch over haar toeren. 'Dit is het ergste wat een moeder kan overkomen.' Een kwartier had het geduurd voor ze die ene zin had gezegd. Bruno had intussen de krant zitten te lezen. 'Het is allemaal mijn schuld,' voegde Elvire er nog lallend aan toe. 'Daar heb je groot gelijk in, ma,' zuchtte Bruno en legde, verder lezend, de hoorn op de haak.

Vlak daarna belde een van de trollen. Marja, met het kleine hart. Ze huilde. 'Wij zullen altijd van je houden, jongen,' zei ze, aanzienlijk gemakkelijker formulerend dan zijn gedrogeerde moeder, 'je mag het ons niet kwalijk nemen, wij zijn van een andere tijd. Leid jij gerust jouw leven, wij leiden toch ook het onze? Kom gerust eens langs, als je vader er niet is.' Bruno had lachend opgehangen.

Gudrun kwam zelf langs bij hem. Ze was verontwaardigd. Ze schold op iedereen behalve op Bruno. Ze had toen al verkering met haar drummer. 'In muziekkringen is het iets heel gewoons, nobody cares.' Misschien moest Bruno maar optrekken met haar en haar vrijer, zei ze. Hij. Bruno Deschryver. Met een rockband op pad. 'Het is eens wat anders dan Sibelius,' zei hij. 'Wie?' vroeg Gudrun. 'Sibelius,' antwoordde Bruno, 'je weet wel, die Romeinse dichter.' Hij was met haar blijven spotten tot ze kwaad was geworden. 'Je wilt het zelf,' zei ze, voor ze de deur achter zich dichtgooide, 'jij zoekt de breuk. Niet ik. Niet wij.' Ze was weg voor hij haar gelijk kon geven.

Opnieuw gebeurde er in de dark-room iets wat hij daarvoor nog nooit had meegemaakt. Hij ging zozeer op in het blinde vrijen met het onbekende lijf dat de anderen hen met rust begonnen te laten. De tastende en graaiende klauwen over zijn rug en zijn billen vielen weg, en wat overbleef bestond alleen uit hij en hem. Kussend en rukkend als gekken. Niet alleen de tastzin van Bruno werkte beter. Ook zijn gehoor, zijn reukzin, zijn vermogen om te proeven. Nooit eerder had hij zo'n mond mogen kussen. Bruno zonk op zijn knieën neer, hij stootte ze aan de bedauwde tegels maar dat kon hem niet schelen. Hij trok de onbesneden lul naar zich toe en begon te zuigen. Lang duurde het niet. De kerel trok hem weer overeind en ging zelf op zijn knieën zitten.

En terwijl die gast zo in de weer was, gebeurde het. Het onvoorstelbare. Het grensverleggende. Bruno Deschryver kreeg het er even benauwd van. Hoe kon dat nu? Hij verlangde naar licht.

Stel je voor, dacht hij, dat ik hier en nu een aansteker kon doen ontbranden. Of gewoon, doodleuk, de lichten kon aanfloepen. Ondanks zijn naderende climax kon hij een lach niet onderdrukken. Hij zag het al voor zich. Al die ruigpoten. Geschrokken, betrapt in de meest bizarre en belachelijke standjes. Hoge kreetjes, ruige vloeken. Maar hij zag ook het gezicht voor zich, van de prachtige kerel die voor hem op zijn knieën zat, nu nog zuigend en smakkend. De kerel zou daarmee ophouden en verwonderd naar Bruno opkijken. Hoe zou hij eruitzien? Waren zijn korte krullen zwart of blond? Bruno wilde het weten. Hij wilde het zien. Maar een aansteker had hij niet bij zich, en de schakelaar van het licht wist hij niet eens te zitten. Waarschijnlijk ergens achter de bar.

Even later stonden hij en de kerel in het donker alweer voorhoofd tegen voorhoofd, zwetend, zwoegend met de lul van de ander in de hand. Het ging crescendo. Ze kwamen gelijktijdig. Bruno voelde de lauwe melk over zijn dansende vuist sproeien. Hij kon druppels voelen spatten tot op zijn voeten. Al kon het ook om zijn eigen geil gaan, natuurlijk. De geur van een veldboeket verspreidde zich, de stoom en het zweet heel even verdringend.

Toen, nahijgend, verbrak Bruno pas goed de ongeschreven code. Hij verbrak de woordeloosheid. Hij sprak. Zij het nauwelijks hoorbaar. Hij boog zich voorover en fluisterde in de willige oorschelp die zijn lippen streelde: 'Zullen we... Ik bedoel... Kan ik je iets te drinken aanbieden of zo?' Het hoofd waaraan de oorschelp zat knikte van ja.

Na de breuk met de Deschryvers had Bruno in zijn eentje zijn weg in de bancaire wereld gezocht. De haute finance bleef veraf. Hij werkte voor een van de kleinste verschaffers van land-bouwkredieten. Gezien de toekomst van de Vlaamse landbouw waren er beroepen met meer garantie op werk. Hij moest nu al verzekeringen verkopen om rond te komen.

Zijn naam diende hem tot niets. Dat deed hem genoegen. Hij wenste er geen gebruik van te maken. Dat liet hij maar wat graag over aan zijn vader, zijn nonkel, zijn broer, zijn zussen, de hele bende. Via omwegen kwam hij erachter dat ze hem ont-erfd hadden. Officieel kon dat niet, officieus was het een kin-derspel. Het familiekapitaal werd ondergebracht in schaduw-bedrijven en façade-ondernemingen, alles met aandelen aan toonder, alles in zes brandkasten op telkens een andere naam, in de kluis van een en hetzelfde bankgebouw. Een waterdicht systeem, ook tegen de fiscus. Pa Deschryver was allang van plan geweest om het patrimonium op deze manier veilig te stellen. De gang van zaken was alleen maar versneld door de aandoening van Bruno. 'Zo is er met deze familie dan toch één zaak in orde,' besloot hij, die ene keer dat hij erover sprak. In het volslagen donker van de echtelijke slaapkamer.

Zenuwachtig stapte Bruno op de rubberen deur van de dark-room af. Achter hem slurpten voetstappen, in bijna gelijke tred met hem. Hij kon het niet geloven. Die kerel volgde hem. Hoe zou hij eruitzien? En wat zou hij vinden van Bruno? Zou hij zich wel iets te drinken willen laten aanbieden, als hij zag wat voor schlemiel Bruno in het volle licht was?

De duisternis veranderde steeds meer in schemer. Bruno durfde niet achterom te kijken. Hij was bang dat, als hij achteromkeek, er iets onherstelbaars zou geschieden. Maak je niet zenuwachtig, dacht hij, wat kan er fout gaan? Hij kon de muziek reeds horen, die overal speelde in De Corridor behalve in de dark-room. Ergerlijk repetitieve zeurdeuntjes, met Engelse teksten vol fouten en gemeenplaatsen. De wereld ging aan achtergrondmuziek ten onder. Aan alle vormen van kitsch. Rond het zwembad stond een dozijn gipsen replica's (slecht gegoten, reeds beschadigd) van beroemde beelden uit de oudheid en de renaissance. Altijd mannen, schaars geklede. De tuinkabouters van het flikkerfront. Twee ervan hadden in de Vaticaanse catalogus gestaan, het rukboekje van de jonge mijnheer Dieudonné. Die vond dat de replica's zo lelijk waren dat ze, op een grappige manier, weer aantrekkelijk werden. Bruno vond dat niet. Hij verachtte de normvervaging die tijdloze schoonheid reduceerde tot een plaasteren Chippendale. Wat deze beschaving nodig had, was zijn eigen beeldenstorm. Een grondige selectie, dacht Bruno, de rubberen klapdeur openduwend. Wat echt was mocht voortbestaan. Wat vals was werd vernietigd. Benieuwd hoeveel er zou overblijven.

Hij hield de klapdeur open voor de ander. De muziek weerklonk, *You gotta get off.* Bruno's ogen moesten eerst nog wennen aan het schijnsel van de felle halogeenspotjes, verwerkt in het plastic plafond. Toen zag hij het. De kerel die hij uit het donker had meegelokt naar het licht, was niet onaardig, maar toch minder knap dan hij had verwacht. Hij leek op hemzelf, in een wat sportievere versie. Het was dan ook zijn broer Steven.

3

BROEDERDIENSTEN

HERMAN DESCHRYVER ZAT, VERSTEEND, met een rechte rug op
een bank van rood pluche, aan een tafeltje in een tempel van
de renteniers. Een grand café, genoemd naar de Oude Brug van
Luxemburg – *La Passerelle*. Slechts twee bewegingen stond de
versteende aristocraat zichzelf toe. Roeren in zijn steeds kou-
der wordende thee en kijken op zijn horloge. Wanneer belt die
onverlaat mij op? dacht hij.

La Passerelle was een voormalig generaalspaleisje, slordig
gerestaureerd, met stucwerk aan het plafond en spiegels aan
de muur. Een pralinedoos van pleisterkalk, met appetijtelijk personeel en een uitgebreide dessertwagen, met een menukaart
in het Frans en het Nederlands en met een gunstige ligging in
de hoofdstad van het Groothertogdom – een land zo groot als
een washandje, dat ook de parel der Ardennen werd genoemd.
Het café deelde zijn parking met de bank waar Herman kort
daarvoor in de kluis vier brandkasten had leeggehaald. Daarom
stonden, links en rechts van hem en half onder zijn ronde tafeltje geschoven, twee reiskoffers op de antieke parketvloer. Verdorie nog aan toe, wanneer belt die boef mij op?

De sfeer in *La Passerelle* was niet die van een gewoon café.
Er heerste een tintelende opwinding, een collectieve huivering
van welbehagen, een zinderende ambiance van gulheid en trots.
Het was dan ook couponnetjesdag.

Met duizenden waren de Belgische renteniers en spaarders neer-
gestreken in het Groothertogdom, spreeuwen na de winter-
trek. De meesten werden in BMW's en Mercedessen hierheen
gevoerd door serviele zonen of dochters, nichten of neven,
allen gekleed op hun paasbest. Een familie-uitstap ter ere van
een toekomstige erfenis, buiten het bereik van de vaderlandse
fiscus. Anderen arriveerden aan de arm van een nieuwe vlam
en maakten er een vierdaags liefdesreisje van naar de wijngaar-
den van de Moezel. Wie romantiek vermeed of zijn kroost niet
vertrouwde, kocht een retourbiljet voor de couponnetjestrein.
Van Oostende tot Arlon kon je opstappen, ouden van dagen
zelfs tegen een gereduceerd tarief, en zonder overstap spoor-
de je naar het hart van Luxemburg. Amper buiten het station
gekomen, botste je al op de bankgebouwen. Negentiende-eeuw-
se burgermanstaarten in Franse steen of moderne blokken-
dozen met getint glas en trappen in roze marmer.

In elke bank werd je met open armen ontvangen en ge-
zwind naar het loket van de kasbons geleid. Of eerst naar de
kern van de financiële bijenkorf, de ondergrondse kluis. De muren daar bestonden van vloer tot zoldering uit een raat met
stalen deurtjes, elk met een sleutelgat en drie wieltjes voor de
lettercombinatie. Achter ieder deurtje ging het smeer schuil
dat de bezitters uit hun eigen leven en uit dat van anderen
hadden weten te persen. Het enige dat zich, behalve een lad-
dertje op wielen, in de kluis bevond, was een lezenaar met daarop een schaar en een vulpen. Voor het overige heerste er die
merkwaardige combinatie van leegte en stilte die discretie wordt
genoemd.

Na het knippen en verzilveren van de coupons gingen de
renteniers een hapje eten of op zijn minst een glas drinken.
De één voldaan als na gedane arbeid, de ander uitgelaten als

na het winnen van een loterij. En de ouderdom komt misschien met zijn gebreken maar hij komt ook met een stijgende waardering voor de kleinste geneugten van het leven. Als in een processie, een defilé van kruk en rolstoel, kunstgebit en pacemaker, schreden de renteniers – behangen met goud en diamant, gekleed in maatpak en haute couture – naar de cafés en de restaurants van Luxemburg, waarvan *La Passerelle* het beroemdste was. En de hap die ze aten was exquis, en de wijn die ze dronken was zeldzaam, en de roddels die ze opdisten gingen over de tegenslag van anderen.

Te midden van dit feestgemurmel zat Herman Deschryver nu al een uur en veertien minuten te wachten, met op het tafeltje voor hem zijn koude thee met melk en met aan zijn voeten de twee koffers. Wanneer belt die rotzak mij?

Naast de kop thee op het tafeltje lag, als een schildpad op zijn rug, een zaktelefoontje. Leo had het achter Herman aan gestuurd met een snelkoerier. Het was zelfs vóór hem op de bank gearriveerd, vergezeld van een handgeschreven boodschap van Leo. Uit de hanenpoten had Herman opgemaakt dat Leo niet zelf gebeld wilde worden. Dat was te riskant. De Decker liet misschien de lijnen aftappen. Hij, Herman, mocht ook niet zomaar opnieuw België komen binnenrijden. Er waren verwikkelingen. Hij moest in Luxemburg een plek opzoeken waar zijn aanwezigheid niet zou opvallen of kon worden geregistreerd. 'Geen hotel,' had Leo geschreven, met drie uitroeptekens. Vanuit een openbare telefooncel zou Leo hem dan bellen. Zo snel mogelijk. Op dit telefoontje. Pas gekocht, cash betaald, niemand kon het nummer kennen. En in een postscriptum vroeg Leo zowaar om zijn boodschap te 'vernietigen'. Zo stond het er. 'Vernietigen'.

Herman had het papiertje verfrommeld en op de straatstenen gegooid. Wat had hij anders moeten doen? Erop kauwen en het doorslikken? Hij gruwde als hij dacht aan alles wat die tapijtboer hem dwong te doen. Waarin figureerden ze – een gangsterfilm? Die snob vond het waarschijnlijk nog spannend ook. Wat stond er nog meer op zijn programma? Opnieuw cowboy en indiaantje, op hun leeftijd, en op een paar honderd kilometer van elkaar?

Een uur en zestien minuten had hij nu al gewacht. Hij zat daar maar. Hij hield niet van niksen. Wat schaars is, wordt duur. Zijn tijd was onbetaalbaar. Drie maanden had hij nog. Meer niet. Hij wilde naar huis. Hij wilde zijn dochter terzijde staan. Zijn gunsteling, zijn troetelkind van jongs af aan. Ze had weer een ramp veroorzaakt. Ze had hem nodig. Zijn Katrien. Al leek, na zulke catastrofes, niemand met haar in contact te kunnen treden, toch wist hij: ze heeft haar vader nodig. Nu. Wanneer belt die boer mij op?

Hij zag haar voor zich zitten, in de woonkamer op de fauteuil, in haar kamerjas. Versteend net als haar vader hier, in dit café. Ze was onbereikbaar als altijd. Je mocht zeggen wat je wou, smeken wat je wilde: zijn Katrien gaf geen gehoor.

Vroeger had hij haar proberen te straffen. Niet om het veroorzaken van de ramp maar om haar hovaardij. Wie zwijgt op het verkeerde moment, die daagt de hemel uit. Ootmoed is de hoogste deugd. Hij had haar gestraft zoals het een goede vader betaamt. Al het andere had hij reeds geprobeerd. Er komt een punt waarop de harde hand zich opdringt.

Eerst had hij zijn stille dochter een laatste kans gegeven om te zeggen dat het haar speet. Daarna, met tegenzin, begon hij aan haar straf. Ze moest staan, hij hield haar bij de schouder vast en gaf haar een paar tikken op haar billen. Spreek. Zeg dat het je spijt. Katrien keek hem aan en gaf geen kik.

Hij sloeg haar harder. Vraag vergeving, spreek. Opnieuw weerstond ze zijn vraag met een onverschilligheid die hem beledigde. Het ondergaan van een terechte straf maakte het kind volwassen en de mens nederig. Zo luidde zijn adagium. Hij wist waarover hij sprak, het had hem ook groot gemaakt. En nu weigerde uitgerekend zijn oogappel te huilen onder zijn klappen. Met haar gezichtje van porselein en haar kijkers van graniet keek ze hem spottend aan, erger nog: bestraffend. Nooit was hij meer gekleineerd dan door de wrange glimlach van zijn kind.

Dat maakte een vreemde woede in hem wakker. Hij, die minzaam sprak als hij niet kwaad was en afgemeten als hij het wel was, verhief zijn stem. Niet gewend aan kwaadheid, sloeg ze over. Dat vernederde hem nog meer. Spreek! zeg ik je. Hij ging zitten in de fauteuil en trok haar over zich heen, met haar buik dwars op zijn dijen. Hij sloeg haar nachtpon omhoog en ontblootte haar billen. Haar onderbroekje bleef hangen om haar knietjes, haar pezig rugje was naakt tot aan haar schouderbladen. Hij sloeg haar harder dan daarvoor. Zijn vingers stonden in haar witte vlees. Bij iedere klap ontsnapte hem een grauw. Haar moeder begon steeds luider te gillen, Madeleine en Milou riepen dat het welletjes was, Gudrun huilde in de armen van Marja, die met natte ogen wegkeek, haar hand voor de oogjes van Gudrun. Maar hij bleef blind en doof. Katrien had het zelf gezocht. Ze woog in zijn kruis maar nog steeds gaf ze geen kik.

Na de klappen moest hij haar zelf weer op de grond zetten, op haar beide voeten. Ze bewoog niet. Ze stond wijdbeens. Hij moest, op zijn knieën, zelf haar onderbroekje weer optrekken, tot onder haar naar beneden gevallen pon. Hun gezichten op een handbreedte van elkaar. Haar blik daagde hem uit. Zo krachtig was de minachting die ze uitstraalde, dat geen der vrouwen bij hen tweeën durfde neer te knielen. Katrien had niemand nodig. Ze was alleen. Ze was niet eens hier, behalve om haar vader te tarten met haar kijkers. Hij greep haar bij de schouders beet en schudde haar dooreen. Spreek, zeg ik! Spreek!

Tot zijn afschuw voelde hij hoe de plicht om zijn dochter te slaan omsloeg in het verlangen haar te slaan. Meer nog. Het verlangen haar te kwetsen voor altijd. Zeg iets! Hij haalde uit met het vlak van zijn hand. Naar haar gezicht, haar billen, haar buik, haar dijen. Ze ging niet eens lopen voor hem. Ze stond als in een storm te wachten op het stoten van de wind. Ze ontving de klappen onverschillig, in een draaikolk van snikken en gesmeek van de vrouwen om haar heen. Er verscheen een druppel bloed onder haar neus, waar zo vaak een snotpegel had gehangen toen ze jonger was. De tantes jammerden. Hij, haar vader, balde zijn vuist.

Hij was opgelucht dat haar moeder, een toeval nabij, zich tussenbeide gooide en hem smeekte op te houden voor hij helemaal buiten zichzelf zou zijn. Zo had hij een reden om, zonder zijn gezicht te verliezen, met slaan te stoppen en – met nog steeds niet helemaal bedwongen stem – te beslissen dat niemand met haar mocht praten zonder zijn toestemming. Daarna beende hij de kamer uit. Beschaamd en gekwetst tot in het diepst van zijn wezen.

Tussen het roeren in zijn thee en het spieken op zijn horloge door, staarde Herman naar het telefoontje. Twee uur negentien. Ga toch over. Bel mij! Nu!

'HERMAN HIER! WAT SCHEELT ER?' siste Herman in de rentenierstempel te Luxemburg. Het zaktelefoontje had amper de tijd gekregen om één keer over te gaan. Toch was die ene serie bliepjes genoeg geweest om menige paarse haarspoeling en gefacelifte tronie naar Herman te doen omkijken, met opgeheven wenkbrauwen of trillende gouden oorbellen. Een kruisvuur van blikken. Een jury van renteniers. Ze bleven maar kijken. Er klonk beduidend minder geroezemoes dan daarvoor.

Herman zag zichzelf door hun ogen. Niet opvallen, had Leo gezegd? Lieve hemel. Kon het opvallender? In deze omgeving: een man alleen, op van de zenuwen en met twee koffers aan zijn voeten. Een man die urenlang niets had gedaan dan op zijn horloge kijken en die nu geheimzinnig in een zaktelefoon zat te fezelen.

'Wat scheelt er? Zeg het mij.'

'Ik heb goed nieuws en ik heb slecht nieuws,' antwoordde de stem van Leo. Hij verkneukelde zich hoorbaar omdat zijn slechte nieuws zoveel slechter was dan het goede goed. 'Ik zal beginnen met het goede. De blocnootjes van Dirk zijn terug in mijn bezit. De Decker heeft ze maar een paar uur in zijn poten gehad, waarvoor mijn complimenten. Uw pionnen weten nog altijd wie ze moeten gehoorzamen. Al vraag ik mij af of dat de reden was waarom ze zo snel gehoorzaamden. Ik heb er wat in zitten bladeren, in die blocnootjes, en de meeste van uw pionnen komen erin voor, met naam en toenaam, en zij niet alleen. Want ge moogt zeggen wat ge wilt, Herman, maar gij en ik? Wij hebben niet stilgezeten, de afgelopen jaren. Wij hebben *gezwoegd*. Een beter bewijs dan de blocnootjes van Dirk is daar niet voor te vinden.'

'Hou op met rond de pot te draaien,' beet Herman in Luxemburg, 'wat is het slechte nieuws? Zeg op.' Hij keek streng om zich heen tot de renteniers hem niet meer durfden aan te staren.

Leo stond in Brussel op het voetpad van de drukste straat van zijn favoriete hoerenbuurt, vlak bij het Noordstation. Hij grijnsde. Hij hield ervan de spanning te doen stijgen.

Achter zijn rug raasde en claxonneerde het verkeer, ergens boven hem denderde een trein over de spoordijk het station binnen. De publieke telefoon stond op een stang en was omgeven door een groen polyester ei waarin een opening was uitgespaard. De stang was te kort voor kolos Leo. Hij moest wat door zijn knieën zakken en vooroverbuigen om met zijn bovenlijf in het krappe ei schuil te kunnen gaan. Een ongemakkelijke houding maar dat kon hem geen kloten schelen. Een publieke telefoon, het was eens wat anders dan zo'n fragiel zaktelefoontje waarvan je moest uitkijken dat je het niet kapot duwde als je nog maar een nummer intoetste. Leuk voor één dag, daarna begon het je de keel uit te hangen. Met de afstandsbediening van zijn nieuwe videorecorder was dat ook zo geweest. 'Wat is dat toch tegenwoordig,' was hij uitgevlogen tegen de verkoper, 'alles lijkt hoe langer hoe meer gemaakt voor mannequins zonder tetten en zo smal dat ge ze door een sleutelgat kunt trekken. Voor melkmuilen, vel over been, in hun bloot bovenlijf en met een onderbroek die boven hun broeksband uitkomt. Moet dat de elite van morgen voorstellen? Hier, ge moet eens zien! Mijn vingertoppen zijn zo breed dat ik, willen of niet, elke keer twee knopkes tegelijk induw. De wereld houdt geen rekening meer met volwassen venten. Dat loopt slecht af, let op mijn woorden.'

'Leo!' drong Herman aan in Luxemburg. 'Vertel mij je slechte nieuws!' Het feestgemurmel in *La Passerelle* was weer tot volle sterkte aangezwollen. Niemand keek nog naar hem om.

Wat ben ik hier in vredesnaam toch komen zoeken, dacht

Herman, te midden van deze weldoorvoede kadavers met hun rimpels en pillen en goed werkende gehoorapparaten? Ze waren stuitend. Hij was niet een van hen. Nooit zou hij weten wat het was om tachtig te zijn en blij. Blij met een crêpe Suzette en een Irish coffee. Verguld met het gezelschap van dankbare kinderen. Hij was ze vanuit de bank hierheen gevolgd, in het kielzog van hun euforie. Dat had toen de meest logische daad geleken. Eenmaal gezeten, had hij zijn vergissing ingezien. Hier zou hij rust noch privacy genieten. Maar hij had niet durven opstaan. Deels vanwege de etiquette ('Zoiets doe je niet'), deels om niet nog meer de aandacht op hem te trekken. Wie komt nu een café binnen met twee koffers en gaat onmiddellijk weer weg? Dus was hij maar blijven zitten. Gevangen tussen stucwerk en parketvloer, omgeven door spiegels en feestvierende wrakken en vrekken. Hij had het zichzelf aangedaan.

Maar al had Leo hem in de hanenpoten allerminst opgedragen zich naar dit plaasteren voorgeborchte te begeven, toch begon Herman ook kwade opzet van zijn broer te vermoeden. Van bij de eerste zinnen van Leo drong die gedachte zich aan hem op. De spot in Leo's stem, het genieten dat er weer in doorklonk, het uitmelken van het teruggeven van de blocnootjes... Alsof het allemaal maar een spel was. Alsof er geen reputaties, zelfs levens, van afhingen. Leo moet het geweten hebben, dacht Herman. Hij kent mij en hij kent deze plek. Hij rekende er vast op dat ik hier verzeild zou raken. Alsof hij mij wilde zeggen: Daar hoor jij thuis, broer, tussen die levende doden met hun kromme vingers. Weet hij iets? Bevroedt hij het? Kan hij het horen aan mijn stem? Als hij het weet, waarom tergt hij mij dan zo? Waarom zegt hij mij niet op de man of wat er scheelt? Dit zet ik hem betaald.

'Zeg het, Leo! Ik ben tegen slecht nieuws bestand,' beet Herman, driftig in zijn thee roerend. Strijdlustig, bits, op alles voorbereid.

Leo, verscholen in zijn groene polyester ei te Brussel, slaakte een zucht, als kostte het hem moeite om de jobstijding over zijn lippen te krijgen. 'Het is niet plezant, Herman,' kreunde hij, 'waarom moet ik altijd verslag uitbrengen van uw tegenslagen?' Zou ik straks om de hoek zo'n goedkope hoer meepakken? dacht hij. Dat heeft wel iets. Van bil gaan achter alleen maar een ruit en een gordijn. Iets bruins, daar heb ik wel zin in. Desnoods iets zwarts, iets illegaals uit Ghana. Als ge vraagt naar hun papieren, pijpen ze voor niets.

(Luxemburg:) 'Leo!'

(Brussel:) 'De Decker heeft dan wel de blocnootjes teruggegeven maar in ruil daarvoor heeft hij zijn klauw gelegd op iets anders dat met Dirk te maken heeft. Moest het niet zo'n klootzak zijn – die De Decker bedoel ik – een mens zou nog sympathie voor hem krijgen ook, dat is nu eens echt een vechter naar mijn hart. Als alle ambtenaren waren lijk hem, ons landje zou er heel wat beter voorstaan.'

(Luxemburg:) 'Zeg het mij! Kort en duidelijk!'

(Brussel:) 'De Decker heeft Katrientje gearresteerd voor moord. Met voorbedachten rade.'

Te midden van het feestgemurmel in *La Passerelle*, wist Herman niets meer te zeggen. Zijn hand wilde het lepeltje niet meer doen roeren in de thee. Ze zeeg neer op het tafelblad. Het zuur schoot hem in de keel. Hij voelde de eenzaamheid knagen aan zijn maag. Hij keek om zich heen. Niemand keek naar hem. Hij was geen steen, hij was lucht.

Van alle klanten in *La Passerelle* was hij de enige die in z'n eentje aan een tafel zat. Hij had geen verweer tegen de tranerigheid die door deze observatie werd gewekt. Zie mij hier zitten, dacht hij, het wenen even na als het overgeven. Moet ik daarvoor mijn hele leven hebben opgeofferd aan plichten en principes, om in Luxemburg in een café te zitten met een koude thee voor me, op het moment dat mijn familie mij het meeste nodig heeft? Om mijn broer te haten die het ook niet kan helpen dat hij zo gefrustreerd is, aan wiens frustraties ik misschien zelfs deelheb? En Katrien – mijn God, hoe kan het dat ik mijn dochter in de steek laat wanneer het lieve kind godbetert wordt gearresteerd? Gearresteerd! Zij zit achter tralies, ik zit hier! Hij hield zijn hand over het spreekgedeelte van het telefoontje. Een luide snik ontsnapte hem.

Met een ruk draaiden de paarse haarspoelingen en de faceliften zich weer naar hem toe. Het gemurmel verstilde, oren spitsten zich, wenkbrauwen rezen. Geëpileerd, geschminkt, gezonnebankt, genietend van sorbet gemaakt van passievruchten: de renteniers keken met hun oude koppen naar de man met het diep gebogen hoofd. Die kerel voelde zich duidelijk onwel. Was het liefdesverdriet of een astma-aanval? Zo hadden ze al eens eerder iemand de geest zien geven.

Herman keek op en zag hun onbeschaamde ogen, nat van ouderdom. Hij zag hun gezichten, in nieuwsgierigheid verstard. Elke tronie een spottend mombakkes, een masker met gouden tanden en brillen, een kop van papier-maché, met de uitvergrote neuzen en oren die zo eigen waren aan de oude dag.

Hij vermande zich. Dit mag ik hun niet gunnen, dacht hij, en Leo al zeker niet. Wat denken ze wel? Laat je niet gaan. Wees krachtig en streng. Wees jezelf.

'Bel mijn advocaat,' beet hij in het toestelletje, opnieuw ijzig, 'laat hem verzet aantekenen, híj weet welke magistraten hun benoeming aan ons te danken hebben. Bel jij ze ook, zet ze onder druk, allemaal! Ik wil dat Katrien vrij is als ik terugkom!'

(Brussel:) 'Ik hoop dat ze eerder vrijkomt. Want gij moet eerst naar Zwitserland. Misschien zelfs naar Liberia en Liechtenstein.'

(HERMAN:) 'NAAR ZWITSERLAND? Je hebt je blocnootjes toch terug, wat kan er nu nog fout gaan?'

(Leo:) 'Ik heb ze eens gelezen, die blocnootjes. Hebt gij de brandkasten al leeggehaald? Tussen de paperassen zit misschien een uitgewerkte versie. Leest ze ook eens, maar zorgt dat ge op een stevige stoel zit. Hij heeft ons erin geluisd, die schone schoonzoon van u. De combines en de constructies die die smeerlap heeft opgezet? Proper is anders.'

(Herman:) 'Van de doden niets dan kwaads, dat is gemakkelijk. Ik heb hier niets mee te maken.'

(Leo:) 'Springt dan in uw BMW en komt terug, met vier brandkasten zwart geld en bewijsmateriaal op uw achterbank. Voert ze ineens naar De Decker, die zal het u haarfijn uitleggen. De Europese subsidie voor mijn fabriek? Die kan ik terugbetalen, met boetes en een proces erbovenop. En gij denkt dat we de kas van uw partij hebben gespekt? Leest de papieren. Het is juist andersom. Uw bank? Van hetzelfde laken een broek. Straffe gast, zeg ik, ons Dirkske. U én mij beduvelen, en in één moeite door een kloot aftrekken van uw partij en van uw bank.'

(Herman:) 'Jij en niemand anders zit hier achter.'

(Leo:) 'Zelfs als dat waar was – wie gaat ge bereid vinden om het te geloven? Gij, de Einstein van de budgetcontrole, beroemd van Luik tot Lier, gevierd van Leuven tot Lint. En zo iemand zou zich in de doeken laten doen door zijn schoonzoon en zijn broer? Niet alle mensen zijn achterlijk. We gaan dit niet uit de pers kunnen houden. De eerste telefoons lopen al binnen. Ze weten van de huiszoeking, ze vragen naar Katrien. De Decker heeft gelekt naar de rioolbladen. Als díe ratten eens beginnen te knabbelen aan uw reputatie? Ze zullen eindelijk een reden vinden waarom gij het, van de ene op de andere dag, bij uw eerste minister zijt afgestapt...'

Herman luisterde al niet meer. Hij had het ratelende telefoontje laten zakken en keek naar zichzelf in een van de wandspiegels van *La Passerelle*. Hij schrok. Hij zag een schim van zijn vroegere trotse zelf. Hij werd levend opgevreten, hier en nu. Hij mocht rijden waarheen hij wilde, Luxemburg, Liechtenstein... Vluchten kon hij niet. Hij was bang. Stomweg bang. Waterlanders stonden hem in de ogen. Van zelfbeklag, en schaamte om dat zelfbeklag. Bezie het wrak dat in de spiegel mij beziet. Arme ik. Wee mij.

Nee, dacht hij, zich herstellend, zijn spiegelbeeld in de ogen kijkend. Leo heeft geen gelijk. Een slecht mens ben ik niet. Ik ben juist uit de politiek gestapt omdat ik het cynisme en de corruptie niet meer aan kon zien. Natuurlijk, er worden al eens zaken geregeld achter de schermen. Uiteraard belanden heilige beginselen daarbij met hun twee voeten op de grond, eerder dan in het luchtledige te blijven zweven. Zo gaat het overal, in elk beroep. Wie eerlijk is, zal dat bekennen. Een theorie is zuiver en beheersbaar maar van theorieën alleen kan de mens niet leven. Voedsel wordt verbouwd op een veld en als het regent ligt dat voedsel in de modder. Belet dat ons om honger te hebben? Nee. Het voedsel wordt geoogst, modder of geen modder. Zo is het altijd al gegaan, in alle eeuwen, in alle beschavingen. Wie het tegendeel beweert, liegt.

Herman kon daar zelf goed genoeg over meepraten. Hij was niet de geestdrijver voor wie hij door zijn vijanden werd versleten. Ook hij had afspraken gemaakt op semi-officiële canapés, achter de schermen, in geheime conclaves. In de oppositiekranten zouden die afspraken gesjoemel zijn genoemd, toonbeelden van de arrangementscultuur. Maar als puntje bij paaltje kwam, was de hele gemeenschap ermee gebaat, ook de oppositie. Herman zou die afspraken nu opnieuw maken, ze najagend met evenveel vuur. Waarom niet? Een leven van consequentie zonder compromissen was onleefbaar. Dictators, die waren consequent. Was dat dan zoveel beter?

Maar in de modder lag ook een krijtlijn. Misschien was ze niet altijd even duidelijk getrokken. Maar achter die lijn werd de hoeveelheid voedsel steeds kleiner en de hoop modder steeds groter. Het was deze krijtlijn die zijn premier had overschreden.

De premier was een jeugdvriend geweest. Zelfde internaat in Mechelen, zelfde studies in Leuven. Een telg uit het geslacht Waterschoot. Vader Waterschoot was nog minister geweest van Koloniale Zaken, in de tijd dat Congo nog Belgisch was. Van deze vader had premier Waterschoot de kleine gestalte geerfd, het hooghartige mondje en het acteertalent. Een Waterschoot, zo leek het wel, werd eerste minister om op de radio of de televisie te komen met zelfbedachte en goed getimede *bons mots.*

Het was Waterschoot die Herman had overtuigd om, op betrekkelijk hoge leeftijd, in de politiek te stappen: 'Uw budgettaire kwaliteiten tegen de kwalen van mijn budget.' Nooit verlegen om een spel met woorden. Toen zijn eerste regering viel, over een aandelenschandaal en een affaire met Algerijns aardgas, had hij de malaise een week laten aanslepen tot op de eerste dag van de herfst. 'Dames en heren,' monkelde hij – voor de verzamelde pers en de geschiedenisboeken waarin hij zichzelf al geciteerd zag staan – 'het is vandaag het begin van de herfst. Het vallen van het blad. Welnu: mijn regering is ook gevallen!' Waterschoot had geglunderd alsof hij applaus verwachtte. Dat sommige journalisten niet eens opschreven wat hij zei, had hem zeer misnoegd.

Na de installatie van zijn nieuwe kabinet en het bijbehorende feestje, had Waterschoot – flink beschonken en dan brallend in het dialect dat hij anders zo verafschuwde – iedereen afgeblaft als waren het lakeien. Hij leek plots op een Leo-in-het-klein. Zelfs jeugdvriend Herman bleef niet gespaard. 'Deschryver! Belt naar mijn wijf dat we de hele nacht vergaderen, belt naar mijn oude maîtresse dat ik ziek ben en belt naar mijn nieuwe maîtresse dat ik haar binnen een halfuur verwacht in de *Comme chez soi*. En vergeet niet een tafel te reserveren. Voor haar en mij, natuurlijk. Niet voor u en mij, kalf. Een pilaarbijter als gij moet zich maar gaan aftrekken naast zijn zenuwziek wijf.' Een pekelzonde kon men een dronken mens nog vergeven. Dit niet. Die avond wist Herman dat hij zou vertrekken. Hij haatte dronkenschap en zedelijk verval in leidinggevende personen.

Nog een paar maanden had hij de aftakeling van zijn ex-vriend aangekeken. Die ging steeds driester tekeer. Een premier die plezier scheen te scheppen in tegenkanting. De omkoopaffaires en onopgeloste schandalen stapelden zich op, pers en oppositie schreeuwden om zijn vel. Premier Waterschoot haalde op ministerraden zijn schouders op, lachte in het parlement alle vragen weg en gaf alleen nog interviews aan buitenlandse kranten, pronkend met zijn nieuwste trouvaille: 'In een normaal land zou ik allang afgetreden zijn. In een apenland als het mijne niet.' Als hij gedronken had, wilde hij daar graag zijn succesnummer aan toevoegen terwijl de bandrecorder nog liep: 'Het is met principes zoals met een scheet. Ge houdt ze zo lang mogelijk op. Daarna lost ge ze, hopend dat de mensen rond u doof zijn. Als ge met hen in een gesloten lift staat, hoopt ge dat de sukkelaars ook een snotvalling hebben. Zodat ze niet moeten ruiken in welke staat uw principes zich al bevonden vóór ge ze begont te lossen.'

Pure hybris was het geweest, die Herman had zien opbloeien. Macht die in overmoed veranderde naarmate ze minder weerstand ondervond. Absolute vrijheid maakt uitzinnig. Premier Waterschoot liep over het politieke toneel rond als iemand die een muur zocht om zijn hoofd erop stuk te slaan en die steeds kwader werd omdat hij zo'n muur niet vond. Gezond kon dat niet zijn, voor een land noch voor zijn leiders. Het cynisme van Waterschoot werd met de dag bijtender, zijn machtsmisbruik manifester. Van vader Waterschoot had hij niet alleen de gestalte en het mondje geërfd, maar ook relaties in de vaderlandse industrie en contacten in de voormalige kolonie. Op een dag kreeg Herman, bij een begrotingscontrole, de dossiers onder ogen van het departement Ontwikkelingssamenwerking, waar Waterschoot soms meer tijd doorbracht dan in zijn ambtswoning. Herman las de orderboeken en de balansen, las ze een tweede keer, sloeg de dossiers dicht en begon metterdaad te solliciteren naar een andere baan. Het kostte hem nog geen week. Welke bank droomde er niet van om Herman Deschryver op haar loonlijst te mogen zetten?

In zijn afscheidsinterviews verklaarde Herman dat zijn privéleven te veel had geleden onder de talrijke vergaderingen in de politiek. 'Men moet leren kiezen, of het bestaan bestaat niet meer,' verklaarde hij, aangestoken door de *bon mot*-drift van zijn voormalige baas. Wetende hoeveel de familie betekende voor een Deschryver, hechtte men geloof aan Hermans beslissing.

Leo deed dat niet. Die lachte zijn broer uit. En ook de drie zussen, de twee dochters en de echtgenote wisten dat hun Herman als bankier misschien meer afwezig was geweest dan als politicus. Maar ze zeiden er niets van. Ze vroegen ook niets. Herman was laat in de politiek gestapt en hij stapte er vroeg weer uit. Meer moest een mens daar niet achter zoeken. Herman zal zijn redenen wel hebben.

Herman had zijn redenen. Alleen hij kende ze. Hij was geschokt. Hij voelde zich gerevolteerd. Er was te veel modder en te weinig voedsel. De schuld daarvan, vond hij, lag niet eens bij zijn ex-vriend, de premier. Ze lag bij hen die zijn hybris tolereerden. Zij waren het, die zijn overmoed hadden gevoed door er niet tegen in te gaan. Daarom verliet Herman een van de machtigste posities in het land. Hij wilde zijn apenland recht doen. Door opnieuw een krijtstreep te trekken. Door een signaal te geven aan Waterschoot, premier, partijgenoot en vriend van weleer. Iemand moest toch signalen geven? En wie anders dan een Deschryver?

Maar omdat het ging om een premier, een partijgenoot en een vriend van weleer, moest men Waterschoot de eer gunnen een stille wenk te krijgen, geen openlijke kaakslag. Noblesse oblige. Een Deschryver kende de waarde van saamhorigheid, hij stak vrienden van vroeger geen mes in de rug. Hij keerde hun zelf de rug toe en hoopte dat zij het begrepen. En wanneer zij het niet begrepen, of niet wensten te begrijpen, dan was dat misschien spijtig, maar toch vooral hun eigen zaak. Daar had een Deschryver niets meer mee te maken. Hij had zijn plicht gedaan. De rest lag in de hand van anderen.

(Leo:) 'Broer? Zijt ge daar nog? Zegt iets, broer. Antwoordt mij!'

LEO KON IN HET GROENE EI ZIJN PLEZIER NIET OP. Al een minuut was zijn broer sprakeloos. Een minuut! Hij had hem geraakt, Leo was er zeker van. Maar hij moest zich beheersen. De overwinning mocht niet doorklinken in zijn stem. Ergens boven hem denderde opnieuw een trein het station binnen. 'Herman, er scheelt toch niets met u?' vroeg hij, zo bezorgd mogelijk. Om zijn stem warmer te doen klinken, hield Leo de hoorn dicht bij zijn mond. Zijn lippen kwamen ermee in contact. De hoorn voelde koel aan.

In het televisiejournaal had hij eens een reportage gezien over mensen die ziek waren geworden van een publieke telefoon. Sommigen lagen zelfs in het ziekenhuis terwijl ze werden geïnterviewd, zwakjes pratend, met naast hun bed een zak serum aan zo'n kapstok op wieltjes. Een vrouwelijke nieuwslezer had na dit beeld de kijkers ernstig aangekeken. De toestand van onze publieke telefoons is bedroevend, zei het mens. Als om haar woorden te bevestigen versprong het beeld en toonde een officieel ogend busje dat stopte voor een batterij telefooncellen. Een medisch inspectieteam had lukraak vijf telefoons uitgekozen en onderzocht, zei de nieuwslezeres buiten beeld. De resultaten waren niet bemoedigend. Over het inspectieteam heen geprojecteerd, verscheen een lijstje van aandoeningen. Leo had ervan staan kijken hoeveel kiemen en kwalen één telefooncel kon doorgeven. Van banale verkoudheden tot tropische oorschimmels. Het televisiebeeld had zich daarna gevuld met een uitvergroot kijkje door het oog van een microscoop. Het had geleken op een kruispunt tijdens het spitsuur, gezien vanuit een wolkenkrabber.

De reportage had Leo er echter nooit van weerhouden om, wanneer dat hem zo uitkwam, te bellen vanuit een telefooncel. Zijn mond kwam waar de mond van anderen was geweest? Daar zag hij geen been in. Zo was het leven. We waren allemaal mensen ondereen. Als je ziek werd, werd je ziek. En wat dan nog? Het bestaan was een strijd en dat was maar goed ook. Waarom zouden de besten er niet boven uit mogen steken? En waarom zouden de zwakken niet mogen afvallen? Vroeg of laat werden we allemaal zwak. Een beetje selectie kon geen kwaad. Plus daarbij, voor elke klacht bestond een paardenmiddel. De vooruitgang liet zich niet stoppen. Je moest het je wel kunnen veroorloven, natuurlijk. Sommige van die medicamenten kostten stukken van mensen. Maar ook dat was een vorm van selectie. De sterkste won. De sterkste was in dit geval degene die zich het best had voorbereid. Bijvoorbeeld door zijn leven te verkloten met het leiden van een stomme tapis-plainfabriek. Leo had zich die moeite nu eenmaal getroost. Hij wel. De grootste hoop van de mensheid daarentegen was te lui om te helpen donderen.

Maar er kwam een moment dat die smeerlappen één voor één de rekening gepresenteerd zouden krijgen. Als dat moment kwam, zouden ze Leo gewaarworden in hun rug. Hij zou, met een schuin hoofd en over hun schouder heen, het briefke van hun rekening meelezen. Hij zou de sukkel in kwestie een klopke op de schouder geven en zeggen: 'Het spijt mij, maat. Dopt uw eigen bonen. Ge hadt ook maar met een fabriek moeten beginnen.'

Laat het zwijgen nog maar even wegen, dacht Leo in zijn ei, van dichtbij ademend in de koele hoorn. Laat Herman maar als eerste komen. Ik houd de teugels strak in handen.

Maar nog geen minuut later was het toch weer Leo die – voldaan, verzuurd, weer kregelig – het zwijgen verbrak. 'Herman,' drong hij aan, 'er schort toch niets met u?' 'Wat wil jij in 's hemelsnaam dat ik in Zwitserland ga doen,' hoorde hij Herman zeggen. IJskoud als altijd. Was die dan nooit eens uit zijn lood te slaan? Hij wist dat Herman niet gediend was van vulgariteiten en zei dus: 'Wat kan een mens in Zwitserland gaan doen, behalve koekoeksklokken vogelen?'

'Hou op met je puberaal gezwets, spreek op!'

'Ge gaat naar het soort bank waar ze geen namen vragen en waar een brandkast alleen een nummer en een sleutel heeft. Wacht niet om te vertrekken, ik vertrouw De Decker voor geen haar, hij is in staat de Europese buitengrenzen te laten controleren. Ik zorg er hier intussen voor dat ons Katrientje vrijkomt en dat de persmuskieten hun manieren houden. Gemakkelijk zal dat niet zijn. Maar ook daar valt goed nieuws te rapen en slecht nieuws. Hebt gij voor uw vertrek de gazetten nog gelezen?'

'De kranten interesseren mij niet meer.'

'Naar uw autoradio geluisterd, dan?'

'Ik luister enkel nog naar *Die Kunst der Fuge* van Bach.'

'Wat is er opeens verkeerd met liederen van Benoit?'

'Op dit moment heb ik meer aan *Die Kunst der Fuge*.'

'Als gij er nog eens naar luistert, gaat dan op uw blote knieen zitten en dankt de hemel voor het goede nieuws. Er is een Waalse klootzak opgepakt die, samen met zijn vrouw, een serie kinderen misbruikt heeft en vermoord. Op video gezet en alles. Meiskes van een jaar of zeven, acht.'

'En dat is goed nieuws?'

'Hun verhaal zal weken in het lang en in het breed op het eerste blad van iedere gazet staan. En de lezers zullen morgen, puur van het snotteren, niet eens tot aan de vijf geraken, waar uw dochter haar man neerschiet en voor verhoor wordt opgepakt. Goddank zonder foto van haar of Dirk, of van die twee op hun trouwdag. Althans niet in de drie gazetten die ons goedgezind zijn. Gelukkig zijn dat ook de grootste. Maar goedgezind of niet, het heeft veel spraakwater gekost om de hoofdredacteurs te overtuigen. En maar een van de drie ging akkoord om, behalve de foto, ook het woordje moord weg te laten. Uit de kop van zijn artikel dan toch.'

'...'

'Herman?' (Heerlijk vond Leo het, om in zijn ei te staan en eens temeer een stilte te horen vallen in het verre Luxemburg. Heerlijk, om de auto's te tellen die achter zijn rug voorbij stoven. Heerlijk, om in gedachten de claxonstoten te turven. Een bokser telt de slagen die hij geeft. Niet de slagen die hij krijgt.) 'Broer? Er scheelt toch niets met u?'

'Jij hebt onze kwaliteitskranten onder druk gezet?'

'Ik heb ze alleen maar herinnerd aan het kaliber van uw connecties. En aan de omvang van mijn advertentiebudget. Daarna heb ik gesmeekt om fair te blijven in de berichtgeving. Om geen onschuldigen bij voorbaat te veroordelen door ze aan de schandpaal van de openbaarheid te nagelen.'

'Als de andere kranten dat zien, brengen ze het verhaal van Katrien twee keer zo groot.'

'Dan ontmaskeren we die als de spreekbuis van de oppositie, die de tragedie van een jonge vrouw misbruikt om een politieke rekening met haar pa te vereffenen. Wat ze daarna ook schrijven, het zal een leugen lijken.'

'Als dat je goede nieuws is, wil ik het slechte niet eens horen.'

'De magistraten schijten bagger, Herman. Die Waalse klootzak was niet aan zijn proefstuk. Hij was vervroegd vrijgelaten, hij is nooit fatsoenlijk gevolgd, er is met zijn dossier gefoefeld. Ge ziet toch zó voor u, hoe het er bij die Walen aan toe gaat? Alles hangt daar van de maffia aaneen. Er zouden hoge piefen tussen zitten, er wordt gesproken van bescherming, tot en met protectie uit kringen rond het Hof. Het politiebureau waar die gast gevangen zit, is bestormd. De grootste heethoofden hadden een koord bij om het monster op te knopen. In Luik is er met eieren gesmeten naar de rechtbank, de brandweer staakt, de mannen van de vuilkar betogen mee, er wordt op straat geroepen om de kop van de minister van Justitie... Het worden moeilijke tijden, broer, om op een redelijke basis nog iets uit te werken met het gerecht. Iedereen zit iedereen op de vingers te kijken. Opeens moet alles volgens de letter van de wet gaan. Ik heb daarjuist nog een paar van uw pionnen proberen bellen. Om ze te bedanken voor hun inspanningen voor de blocnootjes. Ze zaten in vergadering. De ene die wel aan de lijn kwam, beweerde dat hij zich mij niet herinnerde. Ik begon nog over Katrien maar hij onderbrak mij. Hij zou later terugbellen. En hij hing op.'

'Ik kom naar huis.'

'Gij gaat naar Zwitserland. Ge helpt Katrien niet door die papieren terug te brengen. Waar gaat ge ze bewaren? Niet bij mij. Niet bij u. Waar? Het zou zelfs goed zijn als ge ze nog verder weg zoudt brengen. Hoe zit het met uw vliegangst? Zo ver is Liberia toch niet?'

'Mijn dochter zit in de gevangenis en mijn broer vraagt mij om de halve wereld rond te reizen?'

'We zijn er nu mee begonnen, broer. We moeten het wel afwerken. En het is niet slecht dat gij voorlopig het brandpunt van de aandacht mijdt. De verhalen die rond u gebrouwen kunnen worden, zijn te smeuïg. Laat mij de slagen maar incasseren. Ik scherm u wel af. Ik zal zeggen dat ge een depressie hebt en dat ge niemand wilt horen of wilt zien.'

'Ik moet verdwijnen van de bodem van de aarde? Is dat wat mijn broer van mij verlangt?'

'Gebruikt uw kredietkaart niet, trekt geen geld uit de muur, telefoneert naar niemand. Als ge in een hotel geen valse naam wilt gebruiken, slaapt dan in uw BMW in een parkeergarage. Anders is alle moeite voor niets. Er mag van u geen spoor te vinden zijn.'

'Alleen jij en ik hebben contact?'

'Voilà.'

'Via dit onding?'

'Zoals uw Steventje zou zeggen: don't call us, we'll call you.'

'Ik haat gadgets als dit.'

'En ik dan! Zegt nu nog eens dat gij en ik niet op mekaar gelijken.'

'Het biepen alleen al maakt mij gek.'

'Mij ook! Weet ge waaraan het mij altijd doet denken?'

'Een elektronisch horloge.'

'Een parkiet die scheten laat met een blokfluit in zijn kont.'

IK DOE HET NIET, dacht Herman terwijl hij het telefoontje uitschakelde. Ik laat me niet commanderen. Niet door hem. Niet om naar de Alpen te rijden. Niet om weg te vluchten van het land waar mijn plicht mij roept. Ik ga nu naar buiten, ik leg de koffers in mijn wagen en ik rijd naar mijn gezin.

Maar hij stond niet op. Hij bleef met waterige ogen zitten aan zijn ronde tafeltje, een soepoog van eenzaamheid in het feestgemurmel van *La Passerelle*. Het zuur stond hem weer hoog in de keel. Eén bruuske beweging kon voldoende zijn om hem, overgevend, te veranderen in een gebeeldhouwde demon, een waterspuwer op de kathedraal. Door boertjes te laten probeerde hij die vernedering te vermijden. Met gebogen hoofd concentreerde hij zich op het kalmeren van zijn ingewanden. Om hem heen bleef het een drukte van jewelste. Kelners stormden de keuken in en uit, groepjes verzadigde klanten maakten plaats voor hongerige binnenkomers, oude vrienden vielen elkaar ontroerd in de armen, matrones stelden hun kleindochters voor aan de kleinzonen van andere matrones. Aan één tafeltje werd whist gespeeld. Uit verdoken geluidsboxen klonk muziek die ook op handelsbeurzen niet had misstaan.

Ik doe het wel, dacht Herman. Hij verborg zijn hoofd in zijn handen. Leo heeft gelijk. Als deze documenten in handen vallen van wie mij schade wil berokkenen, maak ik geen schijn van kans. Katrien evenmin. Alleen ik kan haar die ellende besparen. De documenten moeten verdwijnen en ik moet onzichtbaar worden, opgeslokt door het Oude Continent. Ik heb geen kredietkaarten nodig, er steekt genoeg baar geld in de koffers. Ik ga nu naar buiten, ik leg ze in mijn wagen en ik rijd ermee naar de Alpen. Liberia, daar pas ik voor. Zwitserland en Liechtenstein moeten maar volstaan. Zou ik naar binnenwegen zoeken of de autostrade volgen? Wat kan ik het beste nemen als ik geen sporen na wil laten?

'Mijnheer Deschryver?'

Herman hief zijn hoofd langzaam op. Voor hem stond een vrouw. Op haar gezicht de glimlach der herkenning.

Zelden had Herman een zo oude vrouw gezien vervuld van zo veel gratie. Hij schatte haar minstens tachtig. Haar rug nog ongebogen, haar hoofd nog zonder beven. Ze leek te stralen, de vele rimpels in haar gezicht ten spijt. Haar ogen, discreet geschminkt, gloeiden onder hoekige wenkbrauwen. Haar kortgeknipte witte haar kwam nog net onder de randen van haar hoed uit, een tulband van purperen pailletten. Ze droeg een jurk van zwarte zijde, om haar hals een snoer van parels, aan haar pols een beursje van wit bont. Al haar juwelen waren van zilver. Alleen in haar mond prijkte goud: een flitsende hoektand deed afbreuk aan haar voor de rest opmerkelijk intacte gebit. Herman hield niet van gouden tanden. Te opzichtig, te mondain. In feite getuigde alles aan zijn onverwachte bezoekster van een extravaganza die hij in meisjes berispte, in moeders afkeurde en in vrouwen na de menopauze bespottelijk achtte. Maar haar verschijning betoverde hem.

Hoe mooi moet deze rijzige vrouw niet zijn geweest in de fleur van haar leven, dacht hij – met direct weer die mist in zijn ogen. En hoe wreed moest het zijn, om haar goede smaak te bezitten en een lijf dat elke dag meer op een karkas geleek. Waarom de kerk nog opsmukken die morgen in zal storten? Hij bewonderde haar strijdlust, was jaloers op haar moed. Hij stak zijn hand naar haar uit. Hij wist zelf niet wat hij daarmee bedoelde. Wilde hij haar beleefd de hand schudden, of haar voorzichtig aanraken als om zich van haar bestaan te vergewissen? Hij zag hoe zijn hand stuurloos boven het tafeltje hing en hoe ze trilde. Hij durfde niet te kijken naar de spiegels om zich heen. Hij wilde niet zien hoe deze vrouw afwachtend voor hem stond, en hoe hij besluiteloos alleen maar een koude klauw uitstak.

De vrouw greep zijn klauw met haar beide handen beet. 'Herman Deschryver,' concludeerde ze vertederd en tevreden. 'Ik wist het wel, dat u het was.' Ondanks de warmte van haar smalle handen, trok een rilling door Herman heen. Zo zacht waren haar handen, dat hij moest denken aan het onderbuikje van een pasgeboren lam. Zo lenigend, dat hij dacht aan jonge verpleegsters in een oorlogskliniek. Wie was deze vrouw? Waar kwam zij vandaan? Ze verspreidde een geur van seringen.

'Ik zat het de hele tijd te denken,' zei de vrouw. 'Herman Deschryver, helemaal in zijn eentje aan een tafeltje.' Haar stem klonk dieper dan de zeeën zijn. Ze keek hem in de ogen, Herman keek terug als een kind. Maar zijns ondanks dacht hij terzelfder tijd, de mist in zijn ogen wegknipperend: Mijn God, hoe moeten de borsten er niet uitzien van een honderdjarige vrouw? Het idee vervulde hem met gêne maar hij kon zijn gedachtegang niet stoppen. Hoe voelen zulke borsten aan, voor wie ze strelen moet? Hoe voelt dat strelen aan, voor de vrouw die zich nog strelen laat? Wat is de zin van tepels als lust en moederschap ze in de steek hebben gelaten? Stop mijn gedachten, Heer, breng dat brein van mij toch tot bedaren.

'Ik ben zo blij dat ik u mag ontmoeten, mijnheer Deschryver,' fluisterde de vrouw. Ze schoof naast hem neer op de bank. Hij was verloren. Ze hield nog steeds zijn klauw beet. Hij voelde zelf hoe koud en stijf die was. De vrouw masseerde ze als ging het om een stilgevallen hart. 'Ik ken u maar u kent mij niet,' fluisterde ze, om zich heen spiedend. Ze wilde hem voor zich alleen. 'Ik heb u gevolgd. Al die jaren. Uw carrière in de politiek. Ik heb altijd voor u gestemd.' Ze trok zijn hand naar haar mond toe en drukte er een vluchtige kus op, met gesloten ogen. Waar zij hem had gekust leek het of zijn huid in brand stond. 'Wij missen mensen zoals u,' fluisterde ze, hem weer aankijkend. 'U vertrouwde ik. U geloofde ik. Door u kreeg alles een betekenis. De dag dat u eruit gestapt bent, was een sombere dag.' Tot ontzetting van Herman vulden haar ogen zich met tranen. Hij werd besprongen door een medeleven dat te groot voor woorden was.

'Zo belangrijk was ik niet,' zei hij, op zijn beurt fluisterend. Hij voegde zijn vrije hand bij de hand die zij gekust had. Twee paar handen verstrengelden zich nu. 'Mijn rol was uitgespeeld. Het was tijd om te gaan.'

'Zeg dat niet,' fluisterde ze, hem met haar ogen vastnagelend. 'Het klinkt zo wreed en onherroepelijk. Niet alles is onherroepelijk. Laat mij toch op zijn minst die begoocheling.' Weer bracht ze zijn klauw naar haar gezicht toe en legde ze, met gesloten ogen, tegen haar wang. Gloeiend als in koorts. 'Mag ik u iets verklappen? Ik heb het nog niemand verteld. Zelfs mijn kinderen niet.' Ze keek hem weer aan. Twee spijkers. Twee wonden in zijn borst, weldadig bloedend. 'Ik smeek u. Het weegt als lood. Ik moet het iemand zeggen. Alstublieft?'

Herman knikte haar toe, geruststellend zijn ogen even sluitend. Zijn stem had hem in de steek gelaten. Zijn lichaam moest maar tolken. Zegt u het maar, mevrouw. Op mij kunt u bouwen.

'Ik wil u niet bezwaren, mijnheer Deschryver. U hebt het vast heel druk en moeilijk, reeds zonder mij en mijn problemen.'

Herman schudde, droef glimlachend, het hoofd. Nee, u bezwaart mij niet. Zegt u het maar. Gooi het er maar uit.

Ze haalde diep adem, als nam ze een laatste trek van een laatste sigaret. Haar oude ogen lieten hem geen moment los.

Haar stem klonk nog stiller dan daarnet. 'Ik heb geen half jaar meer. Eerder vijf maanden dan zes.'

Herman knikte ernstig van ja. Ja, dat begrijp ik. Ja, natuurlijk. Dat vormt een ernstig probleem. Zes maanden. Misschien vijf. Zoiets weegt als lood.

Toen brak hij, eindelijk ongeremd. Hij trok de vrouw in zijn armen, om zijn hoofd achter dat van haar te verbergen. Niemand mocht zijn zwakte zien. Niemand mocht zijn laffe waterlanders merken. Hij zag ze neervallen op haar schouder, op haar zwarte zijden jurk. Zijn mond drukte een kus op haar oor en fluisterde: 'Ik drie. Misschien niet eens. Niet meer dan drie! Een schamele, armzalige drie.' Hij voelde hoe de vrouw hem steviger in haar armen klemde. Hij was haar dankbaar voor die omarming. 'U hebt gelijk, het weegt als lood,' snotterde hij zachtjes, zijn lippen bijna op haar oor, 'ik weet niet wat ik doen moet.' Hij voelde hoe haar oude mond een kus drukte op de zijkant van zijn hals, dicht bij zijn eigen oor.

Maar liggend in haar armen voelde hij ook de schraalheid van haar boezem. Zijn borst drukte ertegen. Hij werd erdoor benauwd. Het was een leegte die hem kwelde. Mijn God, verdoof mijn denken, dacht hij. De vrouw klemde hem nog steviger tegen haar leegte aan. Meteen voelde hij het zuur opnieuw stijgen.

Voorzichtig maakte hij zich uit haar omhelzing los. Ze keken elkaar bedremmeld aan. 'Het spijt me,' kuchte Herman. 'Ik liet me gaan.'

'Ik ook,' zei de vrouw, met een korte glimlach.

'We moeten sterk zijn. Allebei,' zei Herman, roerend in zijn koude thee.

Ze wendde haar blik af, knikkend. 'Juist.' Ze snoot haar neus met een zakdoekje uit het beursje van wit bont. 'We moeten sterk zijn.' Ze borg het zakdoekje weer weg en keek hem aan. 'Het was een voorrecht u te mogen ontmoeten, mijnheer Deschryver.'

'Insgelijks.'

'Ik dank u. Voor alles wat u hebt gedaan.'

'Nee, ik dank u, mevrouw. Voor uw compliment.'

'U bent exact zoals ik mij u had voorgesteld, mijnheer Deschryver.' Ze boog zich toch weer naar hem toe en gaf hem een kuise kus op de wang. Haar lippen brandden. 'Weet dat mijn hart het uwe vergezelt. Het ga u goed.' Met die woorden stond ze op en stapte kaarsrecht weg, zonder om te kijken.

Herman keek haar na tot ze verdween in de drukte van *La Passerelle*. Ik weet niet eens haar naam, dacht hij. Zo veel mensen hier, en niemand die ik ken bij de naam.

Hij bekeek ze nog eens, de klanten van *La Passerelle*. Ze zagen er opeens anders uit. Hij had zich in hen vergist. Die vrouw had hem dat geopenbaard. Zijn hoogmoed had hem ertoe gebracht op deze mensen neer te kijken. Hen te verachten, alleen maar omdat ze renteniers waren. Dankzij de vrouw zag hij de waarheid. Het waren ook maar mensen. En hij was een van hen.

Als ik hun nu eens uitleg wat er is gebeurd? dacht hij. Ik verhef mijn stem, ik vraag om stilte, ik laat de muziek afzetten. Ik open mijn koffers en doe mijn verhaal. Zij zullen het begrijpen. Ik heb dit gewild noch gezocht. Het is mij overkomen. Ik vraag geen witwassing. Ik vraag begrip voor de grote lijn in mijn leven en vergeving voor de kleine misstappen erin – zo slecht kan de mens toch niet zijn, dat hij niet vergeven wil?

Maar vergeving was een beginsel dat hij zelf nooit had gehuldigd. Nee, betrapte hij zichzelf, nee. Dit is een onzinnig plan. Laat die mensen met rust. Er is geen vergeving zonder straf. Zuiverheid verwerf je niet met woorden. Je móet naar Zwitserland. Je moet je vuil maken om je gezin te redden. Leer je straf te dragen met geheven hoofd. Jij bent Herman Deschryver. Gedraag je navenant.

'Mijnheer Deschryver?'

Door zijn getob had Herman niet gemerkt dat er iemand voor zijn tafeltje was komen staan. Het was de vrouw van daarnet. Maar zij was geheel veranderd. Herman zag het op slag. Alle gratie was uit haar verdwenen. Ze was lelijk van opgewondenheid. Een parvenu op sensatiejacht. Kon het, dat ze in zo'n korte tijd dronken was geworden? Was ze dement misschien, of labiel? Of had hij zich daarnet dan toch zo vergist?

Ze keek hem aan met een monkelgrijns om haar rimpelige mond. Haar gouden tand flitste, ze kwijlde zelfs een beetje. Ze deponeerde voor hem op het tafeltje een servet en een balpen. 'Mijn vriendinnen willen mij niet geloven.' Ze giechelde als een bakvis van tachtig. 'Dus kom ik om een handtekening. Kunt u er de datum en de plaats bijschrijven? Dan kan ik het later ook aan mijn buren bewijzen. Ik heb Deschryver nog gezien in Luxemburg. Vlak voor die arme man de pijp uitging.'

Het duurde tien minuten voor een kelner merkte dat het tafeltje weer beschikbaar was waaraan die magere idioot urenlang in zijn eentje had zitten bellen en huilen en zelfs potelen met een oud wijf. Een liefdesaffaire, gegarandeerd. Uit zijn huis getrapt, aan die reiskoffers te zien. Thuis een jonge snol die hem getrouwd is om zijn geld, hier een ouwe snol die hem doet bloeden voor die misstap. Het zal je maar overkomen.

De stakker heeft zelfs niet de kans gekregen om van zijn thee te drinken, dacht de kelner, het koude kopje op zijn dienblad zettend. Toen pas zag hij de grote vlek op het pluche van de bank. Een witachtig vocht, een beetje slijmig. Het was al wat in de rode stof gedrongen. Wat kon het zijn – sorbet? Dan had een andere kelner een bestelling ingepikt die hem toekwam! Een sorbet leverde vijf keer meer commissie op dan een thee met melk. Hij zou die onderkruiper weten te vinden. Maar was het wel sorbet? De kelner keek om zich heen, doopte twee vingertoppen in het vocht en rook er steels aan.

Jakkes. En weggelopen zonder iets te zeggen! Met die bejaarden was het ook altijd wat.

4

GEEN STIL VERHOOR

'ZEG HET. WAAROM HEB JE HET GEDAAN?' zei onderzoeksrechter De Decker. Katrien keek voor zich uit alsof ze zich niet in zijn kantoor bevond. 'Zeg het!' Ze zweeg. Ze zat op een krukje voor zijn metalen bureau. Hij zat naast haar, achterstevoren op een stoel, met zijn armen rustend op de leuning. Behalve hij en zij was er niemand in de kamer aanwezig. Het hele gebouw leek uitgestorven. Het was nacht.

De Decker had al van alles geprobeerd. Roepen, dreigen, haar uitlachen. Ze weigerde door te slaan. Nog nooit meegemaakt. Wat dacht ze? Dat ze hem voor de gek kon houden? Hij bracht zijn ongeschoren gezicht dicht bij haar wang. 'Waarom heb jij je vent kapotgemaakt?' Beeldde hij zich nu wat in, of rilde ze? Fronste ze haar voorhoofd? Ze stond op het punt te breken, hij was er zeker van. Hij veranderde van toon, zette zijn meest vaderlijke stem op. 'Komaan. Zeg het me. Dan ben je het kwijt. Laat me je toch helpen.'

Alleen de bureaulamp brandde. De strakke bundel licht viel op de vele dossiers die geopend en in de grootste wanorde op het bureaublad lagen. Daar vandaan leek het licht alle kanten op te klateren, weerkaatsend op muren en plafond. De grotesk grote schaduw van de bureaulamp was een aantal keer te zien, evenals de bewegende schaduw van De Deckers hand, telkens als hij de askegel van zijn sigaret tikte. Niet alleen op het bureau maar overal in de kamer stonden asbakken met uitgedrukte peuken. Overal lagen ook restjes as, op het meubilair, op de vensterbank. Op het tapijt, als roos op de schouders van een zwart kostuum. De Decker zwoer bij filterloze Gitanes. Hij drukte er net een uit. De kamer zag blauw van de rook. 'Ik heb tijd zat, schat. De nacht is jong. Waarom zeg je het niet gewoon?'

Achter het bureau stond een metalen archiefkast tegen de muur. Een torentje van staal met drie grote brede laden boven elkaar. In elke lade konden tientallen dossiermappen rechtop staan. De bovenste lade hing helemaal naar buiten, leeg. Toch wees ze door haar eigen gewicht wat naar beneden. Vooraan op het bureaublad, naast een volle asbak en een lege mok, stond een stemgevoelig recordertje. Als er een stilte viel, stopte het apparaatje met registreren. Er vielen weinig stiltes. De Decker had al drie bandjes volgeluld. 'Katrien Deschryver,' zei hij nu, op haar naam zuigend als op een zuurtje. 'Katrien, Katrien. Het kuiken van Deschryver.' Het bandje liep.

De Decker keek naar Katriens rechteroortje, naar haar wang, haar jukbeenderen, het profiel van haar fijngesneden neus. Was dat een zenuwtrek, die daar om haar mondhoek speelde? Maar waarom slikte ze dan zo weinig? Andere verdachten die weigerden te spreken, slikten de hele tijd. Of ze hoestten, na zijn twintigste Gitane. Deze niet. Bikkelhard. Niet voor niets een Deschryver. Al urenlang geen woord. Was ze werkelijk zo sterk of verkeerde het kind in shock? De eerste zin eruit persen, dat was altijd het moeilijkste. De rest volgde vanzelf. 'Vond je het lekker?' fluisterde hij. 'Zeg 's eerlijk, schat. Vond je het lekker toen je geweer afging? Het zijn luide knallen, niet? Deed dat geen pijn aan je oortje?'

Er viel een stilte. Het recordertje stopte. Je mag zeggen wat je wilt, dacht De Decker, maar ze is verduveld knap. Nog nooit zo'n knappe vrouw van zo dichtbij gezien. Nou ja, vrouw. In de dertig en nog steeds een kind. Zo knap en zo van goeden huize. En dat zou zomaar zonder reden zijn getrouwd met een lul als Dirk Vereecken, een lelijke *loser* zonder kapitaal of connecties. Maar toevallig wel met de juiste vakkennis. De Decker tuitte zijn lippen, vlak bij Katriens oor. 'Boem, boem.' Het recordertje liep weer. 'Maar dan honderd keer zo luid, natuurlijk. Dat moet toch pijn doen, schat. Of ben je er doof van geworden? Mijn God. Dat ik daar niet eerder op ben gekomen. Je bent er doof van geworden!'

Hij stond op, verplaatste de keukenstoel en ging aan Katriens linkerzijde zitten. Hij boog zich naar haar oortje toe: 'Test, test. Eén, twee, één, twee.' Hij grinnikte, laag, hees. Ze moest zijn adem kunnen voelen op haar wang. 'We mogen toch al eens lachen, nietwaar, Katrien?' Hij stak een Gitane op en bekeek haar van dichtbij. 'En je sleutelbeentje, deed dat geen pijn? Wat een klap, hè. De terugslag van zo'n rotgeweer.' Hij blies rook tegen de zijkant van haar gezicht. Katrien gaf geen kik. De Decker wachtte tot het recordertje afsloeg. Toen bracht hij zijn mond tot vlak bij haar oor. Hij sprak zo stil dat het apparaatje niet opnieuw aansloeg. 'Wat zou je ervan denken als ik mijn vuist eens in je kut stak?'

KATRIEN WAS BLIJ dat ze niet hoefde te gehoorzamen aan de wilskracht van deze man. Wat hij van haar verlangde maakte haar bang. Zelden had ze iemand meegemaakt die zoveel van haar vroeg, en zoveel tegenstrijdigs tegelijk. Hij stonk naar oude tabak en de oksels van kloosterlingen. Zijn kostuum zat onder de vlekken. Waar haalde hij het recht vandaan haar zo te behandelen? Ze was uitgeput, haar rug deed pijn. Ze was blij dat ze niet kon praten. Wat deze man van haar vroeg, was zoveel groter en sardonischer dan zij was. Het bestond slechts in zijn hoofd. En er was iets in dat hoofd dat knarste. Een mespunt, krassend over het binnenste van een mosselschelp. Vijf vingernagels die over een schoolbord schraapten, onophoudelijk.

Hier wil ik niet zijn, dacht Katrien. Niet hier en niet in zijn hoofd. Zonder haar ogen te sluiten was ze tien en in schooluniform.

Witte blouse, blauwe plooirok, witte sokken. Haar schoentjes glommen. Ze stapte aan de hand van de gouvernante door de stad. Ze deden boodschappen. Katrien hield ervan boodschappen te mogen doen. Het gaf haar een gevoel van belangrijkheid. Dat was ook wat de gouvernante wilde. Om dezelfde reden moedigde ze de beide zusjes ook vaak aan om haar te helpen bij het afwassen. Al brak Gudrun regelmatig een schoteltje of een glas, en één keer een volledige stapel borden, twaalf stuks. Katrien kon zich niet eens de naam van het mens herinneren. Ze hadden ook zoveel gouvernantes gehad. Na elke ramp kwam er een nieuwe. Alsof dat voldoende was om een volgende catastrofe te voorkomen.

Ze stapten een slagerij binnen. Was Gudrun erbij, aan de andere hand van de gouvernante? Katrien dacht van niet. Raar is dat. Herinneringen zijn zo van jezelf dat anderen eruit weg-gefilterd kunnen worden. Zelfs Gudrun. Dat kan. Dat kan allemaal. Alles kan. De gouvernante dwong Katrien om het meisje te zijn dat zij, de gouvernante, zou hebben gewild als dochter. Wellevend, keurig, immer naar de tegels kijkend. De steentjes van de slagerij waren van een dof geel. De gouver-nante en Katrien wachtten samen hun beurt af. Fatsoenlijk, zwijgend. Pas toen de gouvernante haar lijstje begon voor te lezen, mocht Katrien de hand van het mens loslaten en zich naar de zijkant van de toonbank begeven.

Het blad van de toonbank was van marmer. Groen met witte spikkels, omgeven door een aluminium band. Op het blad stonden blikken soep en busjes selderijzout ten toon. Tussen de blikken en de busjes lag een rubberen matje voor het wis-selgeld. Onder het blad begon het glas. Het stond bol. Daar-achter lag het vlees te pronk. Op een halve meter boven de vloer stopte het. Daar sprong een richel naar voren van het-zelfde groene marmer. Dames konden hierop bij het wachten hun handtas plaatsen. Er waren ook kinderen die met hun voetjes op deze richel gingen staan, zich vasthoudend aan het blad met de soepblikken en de busjes zout. Katrien ging nooit op de richel staan. Op de richel staan, dat hoorde niet. Zij mocht hoogstens in haar eentje naar de zijkant van de toonbank gaan, waar de richel zich verbreedde tot een tafeltje.

Exact in het midden daarvan stond ze. De collectebus. Katrien had er uren naar kunnen kijken. Ze hurkte, legde haar hoofd-je op haar samengevouwen handen en liet haar armpjes rus-ten op het koele groen met witte spikkels.

De bus bestond uit een vierkante ijzeren voet, geschilderd in een vuil, mat bruin. Tegen de achterzijde was een opstaand houten schildje vastgemaakt met daarop een afbeelding van

Christophorus, reus en martelaar, patroon der automobilisten. Hij droeg het kind Jezus door de branding van een rivier. De stralenkrans van het kind was van een schilferig klatergoud. Het keek, in de armen van de reus, ernstig voor zich uit en hief een hand omhoog met twee opgestoken vingers. (Bruno en Steven, in padvindersuniform, terug van zomerkamp. Allebei met twee vingers aan hun beide slapen, hun hoofdjes met het groene petje van links naar rechts tik-takkend: 'A.Ke.La! Wij. Doen. Ons. Best!')

Vóór het schildje met de reus en het kind rees uit de voet een plaasteren schelp omhoog. Toen Katrien later in een kunstboek van haar vader de *Geboorte van Venus* zou zien, zou ze moeten terugdenken aan deze schelp. Toch kwam hier geen godin tot leven, boven een schuimende Italiaanse zee. Dit was maar een kleine bevroren zee van groen marmer, en het was een zwartje zonder benen dat in deze schelp geboren werd. Het had door zijn heupen een spil die, links en rechts rustend in een gleufje, verhinderde dat het zwarte kind door het gat viel dat in het midden van de schelp was uitgespaard. Het ravenzwarte wezentje hield de armen voor de borst gekruist als een Egyptisch beeld. Ook het gezichtje leek, van dichtbij, op het dodenmasker van een woestijnkind. Starre ogen en een mond met volle lippen. Was het een jongen of een meisje?

Vooraan in de schelp was ook een brede gleuf uitgespaard. Daar moest je muntstukken in laten glijden. Heel vaag bezat Katrien de herinnering aan stukken met een gat in het midden, van vijfentwintig centiem. Meestal echter kreeg ze van de gouvernante stukken van een frank. Het mens viste die op uit het wisselgeld op het rubberen matje, en gaf ze aan Katrien als was het haar eigen geld, en niet dat van pa Deschryver.

Katrien hield elk stuk nog een paar seconden vast terwijl

de onderkant ervan al in de gleuf stak. Haar vingertopjes raakten het poreuze gips van de schelp. Dan liet ze het muntstuk los. Ze kon horen hoe het, in de vierkante voet, tegen iets aantikte. Het zwarte wezentje begon voornaam te wiegen, van voor naar achter, met zijn gekruiste armen en zijn starre blik. Waarom zei het nooit wat? Het zat maar te wiegen, van voor naar achter. Zoals de jongens met het dikke hoofd en de schelvisogen die Katrien eens in het park had zien zitten, en die ook niet praatten maar onverstaanbare klanken uitstieten. Die wiegden ook zo koppig, van voor naar achter. De hele middag lang. Ze hadden allemaal dezelfde jonge moeder gehad, en die veegde hun kwijl weg met papieren zakdoekjes.

'Er zijn tal van dingen,' fluisterde De Decker in zijn kantoor, 'die tussen twee mensen kunnen gebeuren.' Het recordertje sloeg nog steeds niet aan. Zijn mond was nog geen centimeter van Katriens oor verwijderd. Hij droeg er zorg voor dat zijn lippen lichtjes smakten tijdens het praten. 'Sporen hoeven daar niet van gevonden te worden. Sporen zijn er om te verdwijnen. Je kunt het zo gek niet bedenken of het is uitvoerbaar. Gebruik je fantasie. Dat doe ik ook. Als je niets zegt, wil dat zeggen dat je toestemt. Waar zal ik mee beginnen? Als je zwijgt, dan ga je akkoord. Akkoord? Stilte is...' Hij veinsde dat hij naar woorden moest zoeken. 'Het innigste jawoord dat de vrouw kan geven. Het schoonste voorspel. Stilte is het halve werk.' Hij had de indruk dat haar adem sneller ging dan daarnet. Maar zeker was hij niet.

'Ik heb óók al eens iemand neergeschoten,' brulde hij, zijn lijf achterover gooiend. Het recordertje sloeg weer aan. Katrien was niet eens geschrokken. Een mens zou zweren dat ze echt doof was. Hij nam een nieuwe Gitane en stak op. 'Maar niet in de kop,' lachte hij, 'neenee. Niet in de hersens. Daarvoor ben ik te laf. Ik schiet mijn slachtoffers altijd in hun knieën. Zeker als ik met hen getrouwd ben. Hoe zag dat eruit, Katrientje? Dat heb ik me altijd al afgevraagd. Als hersens er uitkomen en de persoon in kwestie leeft nog. Hoe ziet dat eruit? Beweegt dat nog een beetje?' Hij nam een forse trek en blies even fors weer uit. 'Was het de eerste keer dat je zoiets zag? Je hebt toch gekeken? Enfin, zeg! Dat is toch het eerste wat een jager doet? Gaan kijken naar wat zijn kogels hebben aangericht.' Hij sprong op van zijn stoel en begon energiek te zoeken in de wanorde op zijn bureau.

Even later hield hij haar close-ups voor van Dirk, zoals die achterover lag in het mos. In kleur en in zwart-wit. 'Wat denk je ervan?' vroeg De Decker. Hij hield de foto's ook op hun zij en op hun kop. 'Rara, waar lijkt het op?'

Zonder haar ogen te sluiten stond Katrien opnieuw in school-uniform te kijken naar haar wiegende zwartje in zijn witte schelp. Haar geld was op en ze kreeg niets meer van de gouvernante. Die stond te kletsen zonder om te kijken naar Katrien. Katrien haatte het, als het mens haar zo negeerde. Maar ze mocht niets laten merken. Ze was de modelbeschermelinge. Het hoogtepunt in de carrière van dat mens.

Het zwarte wezentje was uitgewiegd. Nergens hing zo'n lucht als in deze winkel. Aan de oppervlakte schoonmaakmiddel, daaronder iets weeks en vreselijks. De gouvernante riep Katrien bij zich. Ze liep op het mens af, de blik neergeslagen, kijkend naar de tegels en het vlees in de toonbank. Er waren als altijd glanzende worsten. Zo roze als de armpjes van haar plastic babypoppen, gedraaid tot spits toelopende torentjes. Daarnaast lagen de gepluimde kadavers van kippen zonder kop of poten en de hompen vlees met een vetrand van een duim dik.

Het was de slager zelf, met wie de gouvernante had staan praten. Hij was zo groot en breed als nonkel Leo en hij had een zwarte baard. Hij keek uit de hoogte op Katrien neer. Hij had haar meteen in zijn greep. Ze moest wel naar hem opkijken. 'Zo,' zei hij, 'jij moet nog veel groeien. Eet jij wel genoeg? Wil je een balletje gehakt?'

De vrouw van de slager gaf Katrien meestal een plakje hespenworst. Een melig niemendalletje, samengevouwen tot het eruitzag als een vlinder van vlees. De slager gaf haar balletjes gehakt. Hij rolde ze zelf tussen zijn handen, waarvan de ruggen sterk behaard waren. Dik, krullig haar. Zelfs op zijn vingers stond van dat haar. Dat kon ze goed zien als hij haar het balletje gaf. Naar zijn gezicht keek ze niet, terwijl ze 'Dank u wel' fezelde. Ze keek naar die brede vingers van hem, die het balletje keurig in het midden legden van haar uitgestoken handje. Later hield hij haar het balletje voor en had ze maar te happen, zonder dat ze haar vingers vuil hoefde te maken. Het was als ter communie gaan in de kerk. Eén keer duwde hij het balletje in haar mond, heel voorzichtig. Toch kwam haar tong in aanraking met zijn vinger. Heel even maar. Een smaak van pekel en kruiden, getemperd door het vet in het gehakt. Het gehakt was koel van de toonbank, de vingertop gloeide op haar tong. Zo stond ze in die winkel, dat was het beeld dat ze zich het best herinnerde. Zij, met haar witte sokjes en blouse, met haar plooirok en haar glimmende schoentjes. En de slager met zijn muts en zijn vuile schort. Hij buigt zich naar haar voorover en zijn brandende vingertop raakt het puntje van haar tong.

Hoezeer Katrien ook haar best deed, ze kon zich het gezicht van de slager net zomin herinneren als dat van de gouvernante.

Hij had een baard gehad, het mens natuurlijk niet. Dat was alles wat Katrien nog wist. Maar het gezicht van het zwarte wezentje zonder benen, dat stond voor altijd op haar netvlies geëtst.

'Wel, wel,' zei De Decker, 'zelfs in foto's van je vent ben je niet geïnteresseerd. Hij heeft er al beter uitgezien, natuurlijk. Misschien doe ik je met iets anders van hem meer plezier.' Hij gooide de foto's op zijn bureau, graaide een handvol papieren van een stapel en duwde ze Katrien in de handen.

Haar handen bewogen niet. De Decker werd nijdig. Zijn geduld raakte op. Die trut moest niet denken dat ze zich alles kon permitteren. 'Werk toch eens mee, stomme teef,' siste hij. Hij greep haar handen ruw beet en wrong haar vingers tot klauwen die de papieren moesten vastklemmen zonder dat ze vielen. Slechts na een paar tellen lukte hem dat. 'Herken je dit handschrift? Het zijn maar fotokopieën, maar ze zijn duidelijk genoeg mij dunkt. Door wie is dit geschreven? Spreek op! Je weet goed genoeg wat ik bedoel.'

Katrien zag het meteen. Dit was geschreven door Dirk. Aan de bladspiegel en de meegekopieerde lijntjes te zien, had hij aantekeningen zitten maken in een blocnootje. En aan de stapel te zien ging het om heel wat blocnootjes. Wat raar. En zo slordig geschreven. Zo kende ze haar Dirk niet.

DE DECKER HIELD VAN VOLKSCAFÉS. Een uitgeleefd hol in de Marollen, of aan de voetgangerstunnel van Antwerpen. Een echte kroeg, waar niet gesloten werd zo lang er volk stond aan de toog. Waar de mensen mensen waren, die nog de tijd vonden om te luisteren naar elkaar. Om vijf uur 's morgens toch. Want aan het verhaal van zijn leven begon De Decker bij voorkeur om vijf uur 's morgens. Dan wist hij dat hij zijn gezaag – waarvoor hij zich de dag daarna zou schamen – niet langer dan een uur of twee zou kunnen rekken. Soms begon de bazin al na een uur te geeuwen en de stoelen op de tafels te zetten.

'Vers opgeleid, nog nat achter mijn oren, maar ik ging de wereld veranderen,' begon hij dan, 'je weet toch hoe dat gaat?' Iedereen knikte van ja, we weten hoe dat gaat. Iedereen, dat was: de bazin, haar jongste zoon en een drinkebroer die amper op zijn benen kon staan. 'De jeugd gelooft nog in de grootheid van de wereld,' zei De Decker, een Gitane opstekend, 'anders zou ze er niet zo tegen aanschoppen. Maar wie zegt dat hij het gezag wil ondermijnen, geeft reeds toe dat het bestaat, misschien zelfs dat het móet bestaan.' De bazin, die een oudste zoon had in de gevangenis en een jongste aan wie ze geen handen meer kon steken, gaf De Decker gelijk omdat ze hem verkeerd begreep. De drinkebroer probeerde nog steeds te vatten wat De Decker nu eigenlijk had gezegd. De Decker had dat niet in de gaten. Die was al op dreef. 'En of ik erin geloofde! Maar zal ik eens een definitie geven van oud worden?' Niemand zei van nee. 'Op een goeie dag zeg je: "Wat valt er in dit kloteland te ondermijnen aan het gezag? Het zít al op zijn gat. Het is zelfs nooit van de grond gekomen."' De bazin kon er niet mee lachen. Haar jongste des te meer. Die gaf De Decker en de drinkebroer een pintje van het huis. Merci! Op uw gezondheid en de mijne.

Vandaag de dag had hij het allemaal door, vervolgde De Decker, met de rug van zijn hand zijn mond schoonvegend. Vroeger niet. Vroeger had hij arrestanten tijdens hun verhoor weleens hetzelfde horen beweren als hij nu, maar hij had het complete waanzin gevonden. Om zulke fantasten hadden ze moeten lachen. Met zijn tweeën. Want toen namen zij nog verhoren af met zijn tweeën. Toen had hij nog vrienden gehad, in het korps. Had hij nog vrienden gehad tout court.

Zelf speelde hij bij die ondervragingen de rol van goedzak. 'Huil maar eens uit op mijn schouder, jongen, en verklap en passant maar waar de poen zit.' Plezante rol, goedzak. De tweede ondervrager was de bullebak. Roepen, slaan. Ook plezant. De enen gingen door de knieën voor de bullebak, de anderen voor hem. Maar door de knieën gingen ze. Zo simpel was alles, toentertijd. Zo simpel had het toch geleken. Nu speelde hij alle rollen in zijn eentje. Bullebak, vader, smeerlap, redder. Hem kon het niet schelen. Hij was alles, nu. Hij was iedereen en niemand. Hij was De Decker Willy, de besmette. De lepralijder der kantines in de paleizen van Justitie. De schrik van al wie niet gewoon was om schrik te moeten hebben.

Dit was het vaste moment in zijn monoloog waarop De Decker vroeg: 'Moet je nog iets drinken, op mijn kosten?' Had niet het lef om nee te zeggen, dan. Want dan werd onderzoeksrechter De Decker kwaad. Het was beter dat je iets bestelde, al nam je er geen slok van. Pas dan vertelde hij voort. Hij was nog niet half begonnen, waarschuwde hij.

Vandaag de dag was het om hem dat er gelachen werd, mijnheer, madame. Hij was nu de fantast. Wel, laat ze lachen. Want er was een kapitaal verschil tussen hem en de zothuizen die hij in de pruimentijd had ondervraagd. Hij wist waar hij over sprak. Hij zat aan de basis. Hij had het systeem met eigen ogen kunnen zien. Hij kon het op een bierkaartje natekenen als het moest. Op een paar bierkaartjes, want met één kwam hij niet toe. Je zou versteld staan als je wist wat hij wist. Het enige dat ontbrak waren sluitende bewijzen. Maar hij zou ze naar boven spitten. Het was alleen een kwestie van tijd. Tijd en boterhammen. Maar hij zou ze vinden. Als ze hem zijn gang maar lieten gaan.

'Als ze mij mijn gang maar laten gaan.' Wanneer hij dat zei, aan een toog in de Marollen of de Muide, dan wist hij godverdomme goed waarover hij het had. Want ze lieten hem zijn gang niet gaan, mijnheer, madame. Nu niet, vroeger niet, nooit. Dat was juist de clou van het geval. Als ze mensen zoals hem hun gang hadden laten gaan, was er geen nood geweest aan bierkaartjes met de structuur van het systeem. Dan waren er geen structuur en geen systeem geweest. Nu wel. Precies daarom mocht hij zijn gang niet gaan. Want alles hing met alles samen. Het was één pot nat. Eén groot complot. Hij kon het toch weten, zeker? Niemand sprak hem tegen. Hij leegde zijn glas tot op de bodem en sprak voort.

Hijzelf was al een goed bewijs. Noem eens een arrondissement? Hij had er gewerkt en hij was er buitengewerkt. Hij had de Ronde van België gereden en niet op de fiets – begreep je wat hij bedoelde? Het enige dat hem nog een beetje beschermde, was zijn reputatie in de pers. Plus de steun van de gewone mens. Mensen zoals jij en jij. Daarom kon hij nog iets forceren, af en toe. Middelen of manschappen, die hem anders opzettelijk geweigerd werden. Hij was je daar erkentelijk voor. Bedankt. Hij hoopte alleen maar dat het voldoende zou zijn. Want men maakte hem het leven wel heel erg zuur.

Het was begonnen met een dubbele blaam. Zijn chef had gezegd: 'Stop maar met dat onderzoek naar dat afvalbedrijf, we geven uw dossier aan een specialist in Hasselt.' Die specialist was een schuif met een slot erop. Zijn dossier was daar blijven liggen, stof en schimmel vergarend. Bijna was de zaak verjaard. Vlak daarvoor speelde De Decker twee processen-verbaal door aan de pers en het spel zat op de wagen. De afvalbaron kreeg een proces en De Decker Willy kreeg een blaam. De afvalbaron won zijn proces (procedurefouten) en De Decker Willy kreeg een tweede blaam (zijn gedacht gezegd tegen zijn chef). De overplaatsing die daarop volgde? Tot daaraan toe. Maar die blaam? Hij, De Decker. Een blaam, bijgod. Een dubbele dan nog.

Dit was het moment waarop De Decker het moeilijk kreeg, om vijf uur 's morgens, in om het even welk café. Zijn ogen werden dof en hij stond met zijn kaken te malen alsof hij een stuk fietsband kapot wou bijten. Hij stak eerst een Gitane op en kuchte eens. Twee huwelijken had zijn job hem al gekost, zei hij dan, en hij telde op zijn vingers. Twee huwelijken, zijn gezondheid, zijn rug, vier auto's. Zo iemand gaven ze een blaam. Een dubbele. Alsof een maagzweer en een rugoperatie nog niet genoeg waren geweest. Maar weet je wat hem op de been hield? Wat telkens weer de vlam in zijn pijp deed opvonken? Dat ze hem niet konden ontslaan.

Dit was het moment waarop zijn gezicht weer opklaarde en waarop je een joviale klap op je rug mocht verwachten. Hah! Ze mochten blamen geven zo veel ze wilden. Ze konden hem niet ontslaan en daar hadden ze zelf voor gezorgd. Dat was juist het systeem. Kende je eigenlijk het systeem? Als je een rondje gaf, wilde hij wel eens de grote lijnen tekenen.

Op de rug van een bierkaartje trok hij een horizontaal lijntje. Boven het lijntje, zei hij, lag het ogenschijnlijke land. Daar hadden jij en hij het voor het zeggen. In blokletters: democratie. Hij trok er direct een groot kruis over. Onder het lijntje, zei hij, lag het werkelijke land. Blokletters: bananendemocratie. In plaats van een kruis begon hij een pijl te trekken, van links naar rechts. De controle in de bananendemocratie lag bij: de big business. Internationaal, meer zwart dan wit. Wapenhandel, drugs, petroleum, diamant en wijvenhandel. Die business stak onze grote partijen vol met haar stromannen. En die partijen staken onze staat vol met hun mongolen. Het eerst en het meest in het gerecht. De helft van zijn collega's was mongool. Dat was de eerste pijl: big business, grote partijen, kleine mongolen. De tweede pijl vloog omgekeerd. De voltallige familie van elke mongool stemde voor de partij die hem tewerkstelde, zodat die partij aan de macht bleef en de mongool in haar schoot carrière kon maken. De partijen arrangeerden deals voor de big business, zodat zij big business blééf. In ruil daarvoor spekte zij de partijkas, met extra spek voor de mongolen die het meest carrière hadden gemaakt. Voilà. Twee pijlen, samen een volmaakte cirkel. Verdorie, nu had hij het toch nog op één kaartje gekregen. Hier, je mocht het in je zak steken. Om naast je krant te leggen als je je, al lezende, weer eens afvroeg: Hoe is het in godsnaam mogelijk? Bazin! Geef er ons nog eens twee.

Terwijl hij zich naar de bazin omdraaide, wilde jij ervandoor muizen maar hij had jou in het snotje. Hij greep je bij de arm: Wacht! Zijn verhaal was nog niet af! Om iedereen in het systeem te beschermen – de een tegen afdanking, de ander tegen verlies aan macht, de derde tegen verlies aan poen – mocht geen enkele mongool ontslagen kunnen worden. Ja, natuurlijk: als iemand met een stuk in zijn kloten zijn directe overste de kop insloeg met een drilboor? En die chef was toevallig lid van een andere partij? En er waren getuigen? Dán, ja. Dan viel er een mongool zonder job en had de partij een tentakel minder en verloor de big business een pion. Maar voor de rest? Iedereen dekte iedereen, en iedereen dacht dat hij er zelf beter van werd, en iedereen dacht dat het niet anders kon gaan dan zo, en zo draaide heel de wereld naar de knoppen. Een perfect systeem. Het stak in elkaar als een computerprogramma.

Maar dan wel een met een virus, riep hij uit, en dat virus heette De Decker! Dit was het moment waarop hij in een vreugdedans durfde uit te barsten. Soms plaatste hij zelfs zijn volle pint op zijn hoofd en walste, zonder een druppel te morsen, rond in het café. Snapte je dan niet wat hij bedoelde? Ook hij kon niet ontslagen worden. Ze durfden niet! Als ze met hem begonnen, kon iedereen ontslagen worden en dat vonden ze nog een veel groter kwaad. Dan waren ze hun controle kwijt. Natuurlijk loerden ze op een kans om hem een kloot af te trekken. Erop rekenend dat hij een fout zou maken want niemand was perfect. Daar zaten zij op te wachten. Snapte je nu waarom hij een maagzweer had? Ze hadden overal ogen, overal poliepen. Er was niemand op wie je kon vertrouwen. Zelfs in dit café, het speet hem dat hij het moest zeggen. Hij nam de pint van zijn hoofd en keek je beteuterd aan. Hij bedoelde daar niets kwaads mee maar zo was het toch? Een mens wist nooit met wie hij stond te praten. Je mocht dat niet persoonlijk nemen, alsjeblieft. Je moest van hem iets drinken, dan wist hij het goed gemaakt. Bazin? Geef er nog eens twee.

Proost! Hij kon er niets aan doen, aan dat wantrouwen van hem. Ze hadden hem zo gemaakt. Het was nu eenmaal hij, De Decker, tegen al de rest. Maar hem kregen ze niet klein. Want hij had een goede troef in handen nu. Een troef? Een breekijzer. Hij mocht er eigenlijk niets van zeggen. Sssst! Hij legde een vinger op zijn lippen en keek om zich heen. Toen gaf hij een knipoog. Het was een koevoet van papier, zei hij, met een reeds dikke tong. Een bom van twintig blocnootjes. De sleutel naar een van de grootste families van smeerlappen van het land. 's Morgens had hij die blocnootjes in beslag genomen, 's middags al had hij telefoon gekregen. De minister van Justitie. Erewoord! De minister in persoon. Om je maar een idee te geven van hoe aangebrand die blocnootjes wel waren. Hij moest ze teruggeven. Wel, hij had ze teruggegeven. Met plezier. Dit was het moment waarop De Decker met zijn vlakke hand op de toog sloeg van het lachen. Wat hadden ze nu gedacht? Dat uitgerekend hij niet geleerd had om zich in te dekken? Dat hij zou hebben zitten wachten met zijn armen gekruist, tot zogezegde collega's van hem voor de zoveelste keer een huiszoeking zouden uitvoeren bij hém? De sukkelaars. Hij veegde zich de lachtranen uit de ogen en werd ernstig. Er was maar één probleem. Hij kon niet alles ontcijferen op de fotokopieën.

Het origineel was in potlood geschreven geweest, en met afkortingen waar hij niet altijd wijs uit werd. Maar iemand ging hem helpen. Een van de knapste vrouwen die je in je leven had gezien. Op de bazin na, natuurlijk! Pardon! Je moest hem excuseren, alsjeblieft. De tweede schoonste vrouw van de wereld. Die ging hem helpen. Ze was getrouwd geweest met de schrijver van de blocnootjes en – je zult het niet geloven – ze had hem zelfs kapotgemaakt. Een jachtgeweer, twee schoten, wég. Om maar een gedacht te geven van hoe het eraan toegaat in die kringen. Begreep je nu waarom hij, De Decker, nooit gerust zijn hoofd neerlegde om te slapen? Het kon altijd de laatste keer zijn dat hij zijn hoofd had neergelegd. Hij speelde met zijn leven. Nee, zíj deden dat.

Maar knap? Dat kind was knap. Zij zou voor hem de blocnootjes ontcijferen. Goedschiks, kwaadschiks. Hij kreeg haar

wel zover. Van haar hing het af of De Decker het systeem ver-
sloeg, of het systeem De Decker. Maar kom – voor hij zijn
mond voorbijpraatte en het geheim schond van zijn onderzoek – dronk je nog een allerlaatste mee? Toe, doe hem dat
plezier. Bazin? Twee pintjes en een droge worst.

ONDERZOEKSRECHTER DE DECKER had het recordertje afgezet. 'De speeltijd is voorbij,' fluisterde hij, zich omdraaiend naar Katrien, die nog altijd wezenloos zat te kijken naar de fotokopieën in haar handen. Het was de laatste keer deze nacht dat De Decker had gefluisterd. Hij stond voor zijn hoofdverdachte en keek op haar neer. Ze speelt niet mee? dacht hij. Ook goed. De oude middelen dan maar. Die zijn nog steeds de beste. Vroeger was alles beter. Hij haalde uit zo hard hij kon.

Het vlak van zijn hand trof de zijkant van haar gezicht. Door de kracht van de klap viel Katrien van het krukje op de vloer. Lang lag ze er niet. De Decker trok haar bij de haren overeind en dwong haar opnieuw te gaan zitten. Ze werkte niet mee maar ze wrong ook niet tegen. Hij greep de kop van zijn bureaulamp en draaide die zo dat de lichtbundel Katrien pal in het gezicht scheen. Hij hield zijn vuist nog steeds stevig verstrengeld in haar haar, gereed om haar te beletten het hoofd weg te draaien. Tot zijn verwondering probeerde ze dat niet eens. Haar hoofd rustte tegen zijn vuist zonder te bewegen, zonder te beven zelfs. Maar ze hield toch op zijn minst haar adem in? Of klemde ze haar kaken steviger opeen? Hij was er niet zeker van.

Het licht maakte haar bleke gezichtje nog witter, haar pupillen kleiner, haar irissen groener. Haar lippen leken op te zwellen, er kroop een druppel bloed uit haar neus. Zou ik haar een zakdoek geven, dacht De Decker even. Ach nee, laat maar lopen. 'Dit is nog maar het begin,' brulde hij, 'en wie zal je komen helpen? In het midden van de nacht?' Mijn God, dacht hij, wat is ze knap. Hoe kan een zo mooi schepsel zoveel vuiligheid herbergen? Nog nooit zo'n harde teef meegemaakt. Geen spier vertrekt ze, ze knippert niet eens met haar ogen. Het is blijkbaar niet de eerste keer dat ze op de rooster wordt gelegd. Ze weet wat pijn is. Doet ze aan SM? In die kringen moet je van niets verschieten. Hij greep met zijn vrije hand een van de gevallen fotokopieën van de vloer en zwaaide ermee. 'Wat bedoelde je vent met "Eierschaal, gemalen"? Spreek op!'

Katrien zei niets. Ze zat, onbeweeglijk en bleekjes, gevangen in de bundel. Als in het licht van een fotoflash die bleef schijnen in plaats van maar één keer te flitsen. Achter haar op de muur viel de haarscherpe schaduw van haar hoofd, omgeven door een helwitte krans.

'Eierschaal, bevroren vis,' las De Decker voor, brullend. Hij wreef haar het papier in het gezicht. Het dwarrelde ritselend neer. 'Is dat wat ik moet geloven? Dat hij je nonkel heeft helpen handelen in eierschalen en bevroren vis? Ik ken die nonkel van jou. Het zou niet het eerste dossier zijn over hem dat ik moet afgeven. Eierschaal, gemalen, godverdomme. Was het niet eerder iets wits dat je op kunt snuiven? Gesmokkeld in bevroren vis? Is dat het niet?'

Hij brulde nog andere codes uit de blocnootjes. Citaten, namen, onbestaande steden. Sommige geheimtermen leken hem zonneklaar, andere stelden hem voor raadsels. Voorlopig wilde hij de blocnootjes nog niet lekken naar de pers. Hij wilde eerst alle codes kennen, om het hele plaatje te kunnen tekenen. Geen halve maatregelen meer, geen radertjes, geen puzzelstukjes. Hij voelde aan zijn water dat hier meer in zat. Dit was de grote doorbraak. Het systeem ontsluierd in al zijn gore glorie, blootgelegd in de schoot van een der beroemdste families van het land.

'Die vent van jou was een echte dichter,' riep hij uit. Hij hield alweer een andere fotokopie in zijn hand en las de woorden voor die hij eerder op de avond had omcirkeld of genoteerd. 'Wie of wat is Vossentong? Wat is een lading jubeltak en wat is vissenmodder, schat? En feestpapier? Wat bedoelt hij met zijn balboek? Wie zijn Manitoe en Vuurkruis, wie is Barrelach? Waar staat salpeter voor?'

Katrien zei niets. De druppel bloed uit haar neus bereikte haar lippen.

De Decker liet zuchtend haar haar los. 'U vraagt, wij draaien,' zei hij. Hij greep haar tengere pols beet en wrong haar arm om. Haar lijfje ging in een rare boog staan, om de pijn op te vangen. Maar kreunen deed Katrien niet. Het maakte De Decker pisnijdig. Straks dwingt die teef mij om haar arm uit de kom te draaien. Hij hoorde al iets kraken. Hij liet haar los, met tegenzin. Hij greep opnieuw een fotokopie en riep, wijzend op het papier: 'Waarom schrijft die Dirk van jou, een boekhouder, een droogkloot, iets als *"Tempore lenitum"*? Met een datum en drie uitroeptekens – wat betekent dat? Van welk bedrijf is dat het wachtwoord? Is het de bijnaam van een rechter? Welke? Zeg het mij.'

Katrien zei niets.

De Decker liet het papier theatraal vallen, zijn ogen ten hemel draaiend. 'Oké,' zuchtte hij en hij greep haar andere pols. Als het kraakt, dacht hij, dan kraakt het maar.

Vóór de bureaulamp haar in de ogen had geschenen, was Katrien blij geweest dat ze niet kon spreken. Nu had ze het willen kunnen uitschreeuwen. Ze had willen kunnen jammeren en janken op de toppen van haar stem. De stomheid waarmee ze, zoals na ieder van haar catastrofes, was geslagen, leek deze kwelling nog helser te maken. Twee pijnpunten, niet meer dan twee, haar schouder en haar elleboog, gaven de indruk dat haar hele lichaam op het punt stond open te scheuren. Het licht van de bureaulamp brandde in haar ogen. Ze had willen kunnen ophouden met bestaan. Ze hoorde het kraken in haar schouder. Laat hem toch ophouden, smeekte ze. Laat hier een

eind aan komen. Waarom komt niemand mij helpen? Ze weten toch dat ik hier zit? Dat ik in de handen van deze man ben
gevallen? Ik weet niet eens waarover hij het heeft. Wat wil hij
toch van mij? Ik houd het niet meer vol. Ik moet iets doen.
Het moet. Het móet.

Met een immense krachtsinspanning slaagde ze erin haar
ogen te sluiten. Toen begon haar kwelling pas goed.

Nog harder en onverwachter dan de klap van daarnet, sloeg
haar een rood licht in het gelaat. Katrien raakte meteen in paniek. Ze herkende het. Het was een zusterlicht van het rode
waas uit de Academie van Schone Kunsten. Er stond weer iets
ontstellends te gebeuren. Maar wat kon nog ontstellender zijn
dan dit verhoor? Ze voelde nog steeds de pijn, die liep gewoon door, die leek zelfs toegenomen in kracht. Ze had gevreesd dat, boven op haar marteling, de kamer schuin zou gaan
hangen en dat de muren en de meubels op haar af zouden komen om haar te pletten. Dat het vuur weer in alle sigaretten-
peuken van De Decker zou slaan en dat ze een tweede keer
uitgedrukt zouden worden, op haar wangen en de binnenkant
van haar bovenarmen. Of dat er schoten zouden vallen, net
als in het Franse bos, maar dat zij het nu zou zijn, die moest
voelen hoe de kogels zich in haar lichaam drongen, in haar
hoofd en in haar buik. Maar niets van dat alles gebeurde.

Dwars door haar oogleden zag Katrien hetzelfde kantoor
van daarnet maar dan gedompeld in een zinderend rood. Alles
zag alleen maar zwart of rood. En er hing eenzelfde geur als in
de slagerswinkel van haar jeugd. De geur van bloed en rozen.
De ijzeren archiefkast tegen de muur stond in brand. Vlammen lekten hoog op uit de openstaande lade. Toch vatte het
plafond geen vlam. Het werd niet eens geblakerd. De vloer tril-

de, haar voeten registreerden het. Alsof een verdieping lager turbines draaiden. Het bureau en de lamp waren verdwenen. De Decker ook. Toch was het of Katriens arm nog steeds werd omgewrongen. Ze zat, gekromd in een onnatuurlijke hoek, op het krukje te lijden. Het enige wat haar opluchtte, was dat ze De Decker niet meer hoefde te zien. Maar ze kon zijn stem nog horen razen, onbegrijpelijke klanken uitstotend vanuit een aangrenzend vertrek. En behalve zijn stem, klonk er ook een andere. De stem van een jonge vrouw. Jammerend en krijsend zoals Katrien daarnet nog had willen doen. Het had haar eigen stem kunnen zijn, indien het krijsen niet zo dierlijk en uitzinnig had geklonken. De turbines onder haar voeten maalden maar door en de meisjesstem krijste steeds luider boven die van De Decker uit, smekend om hulp. Geen woord kon Katrien verstaan van wat de stem riep. Maar het was mensonterend. En het was ondraaglijk ernaar te moeten luisteren, zeker als je zelf in pijn verkeerde. Ze moest hier weg.

Met inspanning van al haar krachten slaagde Katrien erin om haar ogen weer te openen.

Met een klap explodeerde het witte licht. De kamer zag er weer gewoon uit. Ze verstond weer wat De Decker riep. Hij stond naast haar, het schuim op de lippen, zijn ongeschoren tronie dicht bij haar gezicht.

De teef staat op het punt te breken, dacht hij. Ze had eindelijk geknipperd met haar ogen, waar nu ook wat vocht uit liep. Uit haar neus ook. De druppel bloed vermengde zich met dunne snot. Altijd een goed teken. 'Wat was de rol van Dirk Vereecken?' brulde hij. 'Wat was de deal? En houd je muil over je huwelijk, ik weet alles, ik ken mijn dossiers. Jij ging van bil met iedereen, hij had jouw zus, en was er niet ook een werkster? Wat was zijn echte rol? Wat marchandeerde hij voor Leo? Hoe deed hij zijn vuile werk voor je beroemde pa? Wat deed hij voor die smeerlap?'

Hij zag dat Katrien opnieuw haar ogen sloot. Of dat een goed teken was of een slecht, wist hij niet.

De turbines draaiden sneller dan daarnet. Het hele gebouw leek te daveren. De vlammen sloegen nu zo hoog op uit de lade dat ze het plafond likten. En de stem van de jonge vrouw uit de belendende kamer klonk nog dierlijker en hartverscheurender uit boven het onsamenhangende geblaf van De Decker. Het was verschrikkelijk. Maar wat Katrien helemaal ontredderde, was het paard van de garnalenvisser. Het stond voor haar, kalm, bijtend op zijn schuimende bit. Maar het had geen berijder meer. De visser was verdwenen.

Het paard stond op de plek waar het bureau had gestaan. Alles in het kantoor zag rood maar het paard niet. Ook het net niet, dat achter het paard lag en bol stond van de knisterend bewegende garnalen. Er liep water uit het net, zomaar op het tapijt van De Deckers kantoor. De geur van bloed en rozen vermengde zich met die van een zee bij zomernacht.

Het paard stampvoette met één poot, onrustig, alsof het verlangde de hand te voelen van de oude visser. Katrien zonk op haar knieën, haar lichaam nog steeds in een pijnlijke hoek gebogen, haar arm nog steeds achter haar rug omhoog gewrongen. Bijna viel ze voorover. Er liep vocht uit haar ogen. Het paard schudde zijn kop, enkele druppels verspreidend. Er viel er een op het gezicht van Katrien. Het voelde heerlijk koel aan. 'Waar is hij?' vroeg Katrien. 'Waarom helpt hij mij niet?' Het paard bleef onbeweeglijk staan. Alleen trok af en toe een siddering door zijn flank, als om vliegen te verdrijven. 'Hij moet komen,' zei Katrien, 'ik houd het niet meer vol. Waar is hij heen, op een moment als dit?' Het paard brieste. Dat was het enige antwoord dat ze kreeg. Dit houd ik niet meer vol, dacht ze. Dit houd ik niet meer vol.

Ze opende opnieuw haar ogen.

De witte hitte explodeerde. Ze zat weer op het krukje. 'Wie gaf jou de opdracht om Dirk Vereecken te vermoorden?' brulde De Decker. Ze kon zijn spuug voelen op haar wang. 'Je nonkel of je vader?' Hij hield haar omgedraaide arm onder spanning. 'Je nonkel of je vader!'

Wat een keiharde tante, dacht De Decker. Hij kreeg hoe langer hoe meer bewondering voor haar. Haar mond hing open, en ze hijgde een beetje. Meer liet ze van haar pijn niet merken. Chapeau. Wat een perfect gebitje had ze toch. Was dat een kreun die haar ontsnapte? Nee. Nog altijd niets. 'En waar is die vader van jou naar toe?' riep hij. 'Wat moest hij zo nodig regelen? Waarom komt die smeerlap jou niet weghalen, jou, zijn liefste dochter? Wat is voor hem zo godverdomd belangrijker dan jij?'

Katrien sloot weer haar ogen.

Het rood ontplofte dit keer in slow motion. Alles was stilgevallen in het rode kantoor. De turbines draaiden niet meer, het gebrom was gestopt. De vlammen sloegen niet meer uit de lade op. Het paard stond doodgemoedereerd te schijten. De knot die ooit zijn staart was geweest, wees omhoog. Ronde, dampende vijgen vielen tussen zijn achterpoten en braken zachtjes op het tapijt open, groenbruin, klam, met sporen van onverteerd stro. De stem van De Decker blafte niet meer in de aangrenzende kamer. Ook de jonge vrouw had opgehouden met roepen – wat was er met haar gebeurd? Waarom krijste ze niet meer? Had ze geen pijn meer of was ze niet meer in staat te krijsen of te huilen? Wat had De Decker met haar uitgevoerd? De stilte was onheilspellend. Er ging iets gebeuren. Misschien kwamen nu toch de muren en de meubels op haar af, misschien kwamen alsnog de smeulende sigaretten. Katrien was ten einde raad. Ze mocht haar ogen openen of sluiten, het maakte allemaal geen verschil. Er was geen ontsnappen aan. Het vocht liep nu onhoudbaar uit haar ogen en haar neus. Ze was reddeloos verloren.

Toen hoorde ze het. Eerst ijl en veraf, later onmiskenbaar luider wordend. Ze hief haar hoofd op in het rode waas. Ze hoorde kleine, dunne stemmen. Het werden er steeds meer. Het leek wel een koor. Het waren de garnalen. De garnalen zongen.

Met duizenden zaten ze opeengepakt in het net achter het paard. Ze bewogen nog, voorlopig. Klaar voor de kook, gereed voor de dood. Gepeld zouden ze belanden op de borden van de beste restaurants, als vulling in tomaten, geserveerd met frites en salade. Bescheiden kleine beesten met een kort bestaan en een verfijnde smaak. De trots van Belgiës kust. Zij waren het die, voor hun dood in kokend water, Katrien nog moed inzongen. 'Wanhoop niet,' klonken hun iele stemmen, 'wij smeken u. Wanhoop niet.'

'Waar is de visser,' snikte Katrien, 'waarom is hij hier niet?'

'Stil maar,' zongen de garnalen. 'U mag de moed niet opgeven. Wij hebben uw broertje gezien.'

Katrien boog het hoofd en liet het vocht uit haar ogen de vrije loop. Het rode licht bleef zinderen als voorheen. 'Is hij in leven?' vroeg Katrien. 'Zou hij mij herkennen? En zou hij mij vergiffenis willen geven?'

'Wanhoop niet,' zongen de garnalen. 'Wij bidden u, wanhoop niet.'

5

ROES

1

GO WEST

STEVEN BEKEEK ZICHZELF, nog voor de deuren zich sloten, in de spiegel van de lift die hem naar zijn penthouse zou hijsen. Op en top een Deschryver. Smal en rijzig, hard gezicht, maar niet onknap. Korte krullen, bruine ogen, stoppelbaard. Hij droeg een modieus pak, designer-zwart. Onder zijn ene arm een stapel post. Naast hem, op de kokosmat: zijn reiskoffer. Op zijn neus: een hoornen zonnebril. Hij stak de bril in zijn borstzak, trok met duim en wijsvinger zijn onderlip naar voren en bekeek zijn gelaat van dichtbij.

Aan de buitenkant was Steven koel en kalm. Vanbinnen:

Zijn lip lag helemaal open en was me dat een mooi blauw oog – zou het waar zijn, wat je altijd zag in een cartoon? Dat je op een blauw oog het best een rauwe biefstuk legde? Zou dat werkelijk helpen en zo ja waarom? Een mens dacht daar niet meer bij na, dat was de macht van de herhaling, de kunst van het cliché: Popeye verkocht Brutus een uppercut en het volgende moment liep die gast over het scherm rond met een ossobuco op zijn muil zonder dat ook maar iemand dacht van: Hè, waarom loopt die gast eigenlijk rond met een steak op zijn façade – is dat de nieuwste versie van de airbag? (flauw) Wáárom een rauwe biefstuk, dat bleef de hamvraag. (biefstuk, hamvraag – dát was leuk. Steven liet zijn lip los en grijnsde naar zichzelf: jij had zelfs copywriter kunnen worden, altijd al de creatiefste van de familie.)

Waarschijnlijk trok het dode biefstukbloed het levende eruit – vampierentruc, je reinste zombiezorg. (matig) Maar ten eerste: elke biefstuk kwam voor hem te laat, het bloed rond zijn oog zag er zélf al niet meer levend uit, eerder multicolor geel-groen-blauw, overmorgen zou zijn smoel eruitzien als een vloeistof-dia op de muren van Club Sixty Sax. Ten tweede: waar had hij op dit uur nog een rauwe biefstuk moeten scoren – tenzij Alessandra er een had gekocht, maar dan had die lieve snol 'm ongetwijfeld in de diepvriezer gekeild en Steven zag zichzelf zo nog niet zitten, in het midden van hun loft, met uitzicht op 't Atomium maar wel met een bevroren entrecote op zijn bakkes. Ten derde was hij sinds een week weer vegetariër, hij bleef dat maar vergeten – kon hij dan niet beter cactussen aan schijven hakken en zo'n tequila-snede op zijn schedel plakken? (flauw, schrappen, less is more)

Wanneer vertrok die pokkenlift? Steven Deschryver stond hier al een uur te wachten! Een uur? Een halve dag!

Hij begon met zijn middenvinger op de drukknop met het nummer twintig te rikketikken zoals hij dat zou doen op de shoot-button van de flipperkast in de Sixty Sax, wanneer zijn bal op het punt stond om, tussen de twee flippers, in Het Onverbiddelijke Gat te duiken – even hing hij stil, that silver ball, Die Toverbal, nog even bleef hij zweven vóór de val; Steven zag zijn eigen kop erin weerspiegeld, vreemd, bol, eindelijk een breed gezicht in plaats van een lang en smal; hij stond met beide benen wijd en zijn heupen goed vooruit als gek met beide vingers op de shootbuttons te hameren; zijn flippers flapten als de poten van een zeehond naar een ongrijpbare strandbal; de kast loeide en ratelde, klaar om op tilt te slaan; oh, als hij De Bal maar nét een fractie van een millimeter raakte met zijn rechterflipper! dan was hij gered, dan stuiterde The Silver Globe een ietsepietsje naar links toe, de linkerflipper raakte hem vervolgens ook, een haartje maar, De Bal begon als dol te tollen, viel nog net niet, hing er nog, in turbopirouette; en nu was het de kunst om (hem steeds voller rakend) heen en weer te jongleren, tot hij midden op één flipper viel, en hem dan als een raket omhoog het spel weer in te schieten, looping the loop, double bonus, same player shoots again – wel, nét zo fanatiek stond Steven in de lift naar zijn eigen loft te roffelen op het knopje van de twintigste verdieping.

Fuck! Was er in dit land van losers dan níets dat naar behoren werkte?

In New York zou het hem niet gebeurd zijn, niet in een flatgebouw waar je zoveel dokte als hij voor deze Brusselse wannabe dump. New York? Manhattan? Central Park? Daar werden huisbewaarders ontslágen voor dit soort shit. Een lift waarvan deuren zich niet snel genoeg sloten? De laan uit! Park Avenue out! (flauw) Met recht en reden want als je stond te wachten in een lift met open deuren, kon er God knows what gebeuren: aanslag, liquidatie, kidnapping, you name it. Allemaal zaken die ook in Brussel konden gebeuren en in Brussel godverdomme elke dag ook werkelijk gebéurden maar waarvan de boeren hier niet wakker lagen omdat de boeren hier nu eenmaal dachten dat dat soort shit alleen maar in the States gebeurde omdat alle films en feuilletons op hun tv zich in de States afspeelden en niet hier. En alleen wat er gebeurde op hun toestel, bestond voor hen nog in het echt en dus wilde dat zeggen: *het bestond in Brussel niet*. Well, hell! Dan mocht je hém ineens naar 't Echte Leven flitsen, Stephen goes to Hollywood! L.A. was his lady, New York was his baby. Daar werkten de liften naar behoren – gingen déze deuren ooit nog dicht?

De steeds kleinere scherven waarin zijn geest verbrokkelde, werden bijeengehouden door die ene, dunne lijst: ooit zou Steven wonen in de echte States. The real New York.

Of nee, het zat dieper, yes: in plaats van te moeten wachten met verhuizen tot zijn pa de kop had neergelegd, had hij ineens *geboren* willen zijn als kind van een New Yorkse bankier, niet als de zoon van een Brusselse bankboer met roots in Zuidwest-Vlaanderen, dat zogenaamde Dallas van Europa. Wie wilde er nu in Dallas leven, laat staan *het Dallas van Europa?* Alleen het Disneyland van Boekarest klonk erger. (leuk) Kon je je voorstellen aan welk firmament Steven op dit moment had kunnen schitteren als hij geen Deschryver was geweest maar een Hoffman of een Fischer of een Cohen?

Want het moest wel ineens een joodse bankier zijn, voor minder deed Steven het niet. Als je dan toch New Yorkse bankier werd, kon je beter gelijk een *joodse* New Yorkse bankier worden. New Yorkse bankier en toch niet joods, dát was pas waardeloos. Hij had nog maar weinig gojse New Yorkse bankiers ontmoet en het handvol dat hij had ontmoet, had niet gedeugd. Het had iets extra's, dat joodse – al had het ook iets minders aan je lul (voorspelbaar en toch leuk). Het had iets spannends en geleerds, de semitische slag was zoveel rijker dan de Franse, it was something decent en solide, het was zoals met wagens: Mercedes boezemde meer vertrouwen in dan Lada.

Hoeveel deuren dacht je – hield Steven zich dagelijks voor – stonden in de haute finance van Manhattan op een kier voor iemand die Deschryver heette? En hoeveel poorten stonden open voor een Fischer?

Zijn vader had het moeten horen, met zijn eeuwige 'je moet je nooit schamen voor wat je bent, jongen'. Nou, dacht Steven (wenkbrauw heffend in de spiegel, strelend over zijn pijnlijke kaak), vertel dát maar eerst eens aan die Bruno van jou, en daarna aan jezelf, sweet daddy-o. (daddy-o? hmm)

Wanneer gingen die godverdomde domme deuren dicht? (tiktiktik) (al wist je het natuurlijk nooit, zelfs niet met een zothuis als Elvire) anders had hij graag geloofd dat hij een zoon van nonkel Leo was en niet van pa Deschryver. Met Leo kon je lachen, die vent wist ook wat business was. Díe had in Dallas moeten wonen – het echte Dallas dus – dan waren de films en feuilletons op onze schermen over hém gegaan en niet over een oliebol met een cowboyhoed. Met Leo kon je overweg, hem kon het geen meter schelen wie of wat je was, als je maar poen had en met hem contracten sloot waar hij meer aan verdiende dan een ander.

Al vroeg Steven zich toch wel af of Leo, waar dan ook ter wereld, een joodse zakenman had willen worden. Niet dat Leo tegen joden was – Leo was overal en nergens tegen, zo lang het hem maar uitkwam – maar hij was toch ook niet wat je noemt een fanatieke *liefhebber* van joden.

Op een keer waren ze samen weer op stap. Steven meegetroond door Leo, het neefje door de oom, beiden met een groter vader/zoon-gevoel dan er tussen Steven en zijn echte pa bestond.

(Eén keer hadden Leo en Steven onderweg naast elkaar staan pissen in een baancafé en had Leo, zat en plechtig, uitgesproken wat zodanig moeilijk uit te spreken viel dat het meestal werd verzwegen, zelfs door Leo, die nochtans begiftigd was met Grote Muil. 'Zal ik eens wat zeggen, Steventje? *(kucht)* Ik ga het zeggen zoals het is. Ik heb nooit kinderen gewild. *(kucht)* Maar een zoon lijk gij had ik niet mottig gevonden.' Terwijl hij dat zei keek Leo voor zich uit en Steven ook. Steven had niet goed geweten wat te zeggen, in de stank van die pisbak. Ze stonden daar maar, alle twee, met hun gerief in hun handen, voor zich uit te kijken en te pissen. Vóór Steven toch iets kon bedenken, liet zijn nonkel Leo, één oog dichtgeknepen, een krakende scheet en ze waren samen in de lach geschoten, zeker toen nonkel Leo zei: 'Hela, hela, wie trok er hier aan mijne vinger?' Daarna hadden ze nog een pintje aan de toog gedronken en waren verder gereden in de nacht en nooit had nonkel Leo nog gezegd dat hij geen kinderen had gewild tenzij een zoon als Steventje.)

Steven had toen zijn diploma nog niet, zo lang was het geleden – toen, dat wil zeggen niet bij de pisbak in dat baancafé maar die andere keer, die bewuste. Steven was met moeite tweeëntwintig en Leo kwam hem halen in zijn wagen, een Mercedes, blauw, cabriolet. Een ommetje. 'Waar gaan we henen, oom?' said the boy and his uncle Leo said: 'Steventje, wat ge nu gaat meemaken, daar moogt ge niet bij in de lach schieten maar ge moogt er ook met niemand over spreken of ik zal u weten te vinden, goed gesnopen?'

Ze waren in de Ardennen een boswegel ingeslagen en een halfuur later – bergop, bergaf – gestoten op een soortement van kamp. Bungalows en tenten, rond een vlaggenmast met een antenne plus een Vlaamse vaandel, wapperend. Twintig families, in uniform met geel-zwart leeuwtje, stonden slordig in 't gelid. Vette huisvaders plus boterbrief met krulspelden en kleine gasten van alle leeftijden en in alle graden van dikkigheid. Het had wat op de zomerkampen van de scouts geleken. Of nee, nee: op een camping in Bredene, maar dan bewaakt door Duitse herders met een muilkorf en twee kerels met een echt geweer en elk een walkie-talkie.

Leo en hij werden volgegoten met Trappist en Duvel en volgepropt met barbecueworsten en struisvogelhamburgers (*Struisvogel?* had Steven gedacht, fucking *struisvogel?*) Ze mochten kijken naar de maneuvers. De huisvaders kronkelden door het stof als pissebedden, plat op hun pens, maar bleven desondanks met hun gat in de pinnekesdraad hangen zoals de volksmond hier the barbed wire noemde. Daarna het hoogtepunt. Gezang en klompendans en het verbranden van de vlag van de bezetter, België/la Belgique. 'Belgiekske Niekske! België Barst!' riep men in koor.

Steven had niet gelachen, hij was voor lachen te verbaasd. Far out! Dat zoiets nog bestond? Toen moesten de toespraken nog komen. De oudste knakker stond zich op te blazen op een omgekeerde bierbak. Hij was kwaad op ein alter Kamerad die in een krant de holocaust ontkend had. Ontkend? brulde de knakker, ontkénd? Híj had in het Vlaams Legioen gevochten aan het Oostfront en híj verzekerde ons: Hitler had godverdomme wél geprobeerd om de joden uit te roeien. Ontkenners waren verraders! Sieg Heil! En alle huisvaders, inclusief nonkel Leo: Sieg Heil terug! Gestrekte poot en alles.

Steven had maar meegedaan om de sfeer niet te bederven en by the way, het was wel fun geweest. Je moest in je leven alles minstens één keer hebben geprobeerd. Vlaanderen, houzee! had de man gebruld. Iedereen, Steven incluis, stak zijn poot in de lucht: Vlaanderen, houzee terug! Vlak voor ze wegreden zag hij dat Leo de ouwe knakker een envelop in de handen duwde.

'Niet eens genoeg voor de worsten en het bier,' zou ome Leo later zeggen in zijn Mercedes, blauw, cabriolet. 'Ik steun ze allemaal, de grote partijen veel, de kleintjes weinig. Soms gebruiken er twee mijn geld om pamfletten tegen mekaar te drukken. Ge weet maar nooit waarvoor het goed is, en wat moet een mens anders al doen met zijn zwart geld?'

Steven had gezwegen maar híj had wel geweten wat hij in nonkel Leo's plaats met zwarte duiten had gekocht – and it wasn't bier met bloedworst, eer tabak met jubeltak. Maar tegelijk had hij ook dit geweten: nee, zijn nonkel Leo droomde er niet van om waar dan ook ter wereld een joods tapijtenfabrikant te worden, zoals Steven ervan droomde joods bankier te kunnen worden in New York. Zijn nonkel Leo wilde híer zijn en hij wilde maar één mens zijn en die mens was hij: Deschryver Leo. Niemand minder, niemand meer.

En zo had Steven toch bewondering voor één bewoner van de negorij waar hij gedoemd was te moeten zijn geboren. En die bewoner was zijn eigen nonkel Leo. Hij keek bijna zo vurig naar hem op als hij opkeek naar mister Hoffman uit Manhattan.

Wanneer gingen die pokkendeuren dicht? Stond dan de hele wereld stil behalve Steven? (tiktiktiktiktiktik)

STEVEN RIKKETIKTE NOG STEEDS met zijn vinger op de knop en checkte dubbel in de spiegel of er in zijn oog geen adertje gesprongen was en checkte ook zijn neus – daar hing toch zeker nergens nog een spoor van die twee lijntjes eierdop haché? (leuk, leuk: eierdop *haché)* Anders eiste Alessandra, al lag dat snoezig kalf nog zo te slapen, direct een lijn of twee à vijf, whám, zijn voorraad naar de bliksem en de kans was klein dat hij al morgenvroeg kon scoren in Sint-Joost-ten-Node of op 't Plein van Fontainas.

Hij had die lijntjes meer dan nodig voor zichzelf. Hij vroeg zich sowieso al af hoe hij de dag van morgen door zou moeten komen op die kutbank van zijn pa. En hoe hij al zijn hersens weer bijeen zou moeten schrapen om zich ook dit keer eruit te lullen zonder represailles. Hij kon toch niet *opnieuw* een dag wegblijven zonder reden en zonder zelfs te laten weten waar hij was? Tenzij...

Yo, man! Dat was het! De creatiefste had er weer wat op gevonden! Hij knipoogde onnadenkend naar de spiegel met zijn verkeerde oog en kromp ineen van pijn. Auw! Maar ook voor dit blauwe oog had hij nu eindelijk een uitleg: hij was overvallen! In New York. Een junkie had hem neergeslagen en was pleite met zijn cash, zijn creditcards, zijn cellphone en zijn aktetas. Dat paste prachtig in het beeld dat pa Deschryver had van (quote) het Rome van dit tijdsgewricht, de eeuw van hoogmoed en verval (unquote).

Een overval, dat was het, praise The Lord! Daarom was hij teruggekomen met vertraging: papierwerk, ziekenhuis, politie, heibel op the airport, blablabla... Het speet hem dat hij in de drukte niet de tijd gevonden had om zelf te bellen, maar de ambassade had toch zijn berichtjes doorgegeven? Néé? Wat een schande. Alessandra dan? Ook niet! Typisch Alessandra, hij had het haar niet mogen vragen. Verschoning, vader. Het was geheel en al zijn fout. Het speet hem. Hemeltje, wat had hij weer een bok geschoten! Maar ja, hij was nog altijd van de kaart – moest je zijn blauwe oog zien, wat een klap was dat geweest.

Natuurlijk zou pa Deschryver hem (zijn benjamin, zijn opvolger, zijn eerste erfgenaam) nog altijd de levieten lezen maar hij zou ze nu uit medeleven mengen met vergeving en wat wijze raad. 'In dat soort steden neem ik steeds de taxi, jongen,' (jongen, altijd: jongen; Leo noemde hem tenminste Steventje) 'maar laat je niet intimideren, ga snel terug, wie van zijn paard valt moet het rap opnieuw berijden, de mens moet leren door te bijten om vooruit te komen in het leven.'

Niets liever wilde Steven dan vooruit te komen in het leven maar hij wilde ook omhoog, you know? En als het ging over omhooggaan, was het met dit land zoals met deze lift: het ging te traag omhoog of niet omhoog. Made in Belgium? Altijd met twee poten op de grond. Heel tof wanneer je prei wou planten of spinazie snijden maar Steven wou zijn voeten úit die kleilaag trekken, vleugels open, vliegen maar, his limit was the sky dus schuif dan godverdomme toch je deuren dicht en schiet omhoog, stomme lift. (tiktiktik)

DE EERSTE KEER dat Steven zowel New York als mister Hoffman had gezien, was met en dankzij pa Deschryver. Geen ommetje zoals met ome Leo. De eerste echte ware heuse overzeese reis die Steven voor de bank mocht maken, als pasbenoemd en zwijgend assistent van hoofdbankier Deschryver.

(Waarom toen hij, waarom niet zijn broer Bruno? Had pa Deschryver toen zijn keuze al gemaakt? En was de ruzie na de bruiloft slechts een bevestiging geweest?)

Het zien van zíjn Manhattan, plus de loftuiting van mister Hoffman – dat waren de eerste twee barstjes in zijn brein geweest. Van toen af aan viel alles in het hoofd van Steven voorzichtigjes aan scherven. Een brillenglas, verbrijzeld, maar nog steeds in het montuur. Het was verbazingwekkend wat je door zo'n glas kon zien. De wereld was versplinterd en toch waar.

Als pa Deschryver in zijn eentje transatlantisch vloog, dan koos hij de Concorde, om maar half zo lang de foltering te hoeven dulden van zijn vliegangst. Nu hij met Steven vloog, koos hij voor Boeing en niet eens voor business class. Hij was bereid te lijden om zijn jongste deze les te geven: 'Wie soberheid waardeert, leert om te gaan met weelde.' Hun goedkope vlucht, met urenlange transit-zit in Londen, landde midden in de nacht op Kennedy Airport. Pa Deschryver (leeggekotst en duizelig) werd door stewardessen bij het uitstappen geholpen. Op de begane grond wees hij de rolstoel categorisch af. De schouder van zijn zoon zou hem wel steunen. Zo strompelden ze samen de controles van De Nieuwe Wereld door: Teiresias, de oude blinde ziener met zijn begeleider, een flink opgeschoten knaap die op hem leek.

Een gele taxi (niet eens een limousine, knarsetandde Steven) bracht hen naar een woonkazerne, omgebouwd tot een hotel met kamers van drie bij drie, een bijbel in je nachtkast en een minibar gevuld met frisdrank only. De enige frivoliteit was het ontbijt, reeds vijf uur na hun aankomst. Pa Deschryver (nog wat slapjes) met zijn jongste, tafeltje bij 't raam, topverdieping, World Trade Center, Tweelingtoren. Beng! Panorama: honderdtachtig graden. Een uppercut in het gelaat. Eén zicht, één zucht en Steven had geen hap meer kunnen ademhalen. In zijn land lag een penthouse op de twintigste verdieping, hier deed een gebouw pas mee als het een honderdste etage had. Eén blik op Brooklyn Bridge, één kijk op deze city die een city was en geen gehucht, en Steven was verkocht: this town would be his town. Hij kende alles al, van film en televisie, maar de echte schok was niet die der herkenning. De echte schok was deze. Dat dit ook in het echt bestond, dat het er was, en dat het er al langer was dan híj bestond.

Zijn vader vond er niets aan. Die had dit stadsgezicht precies aan Steven willen laten zien als toonbeeld van verloedering en ontmenselijkt gedrag. Deed dit ook Steven denken aan *La Ville,* de gruwelijk visionaire houtsneden van Frans Masereel? informeerde pa Deschryver, de bleke woordeloosheid van zijn jongste fout interpreterend. Steven knikte maar van ja. Kijk, jongen, wees pa Deschryver, kijk daar. Er sliepen daklozen en verslaafden op de daken onder hen. Als ze de ramen open hadden kunnen schuiven, hadden ze boven het verkeer uit ongetwijfeld schoten kunnen horen. Dat beweerde hij met grote stelligheid, tot lering van zijn zoon, terwijl hij met zijn mes zijn zachtgekookte ei onthoofdde en met een stukje toast het dooiervlies doorstak.

(Steven durfde niet meer uit dat raam te kijken. De aanblik maakte furieus. Waarom was hij pas nu hier en waarom niet vanaf zijn eerste schreeuw, zijn eerste scheet? Hij voelde zich verraden. Om niet in woede uit te barsten en te gooien met de tafels of het raam te lijf te gaan met messen of een stoel, dwong Steven zich om in te zoomen op het onnatuurlijk felle geel aan het uiteind van dat stukje brood in de hand van pa Deschryver. Die had z'n toast gesneden zoals hij dat – pater familias – op zondagmorgen altijd had gedaan: in reepjes. Tante Marja noemde ze 'soldaatjes'. Zij en Steven hadden met z'n tweetjes om die sneetjes vaak gegniffeld. 'Links-rechts, links-rechts,' zong de bolle tante Marja, terwijl ze stukjes toast liet rondmarcheren op de randen van hun bord. Met z'n allen, het gezin plus de drie tantes, hadden ze eensgezind soldaatjes zitten soppen in hun scharrelei, op-en-neer, op-en-neer. Steven keek en keek maar naar het reepje brood van zijn pratende verwekker, tot het restaurant alleen nog maar in zwart en wit bestond. Slechts tussen die smalle oude vingers bloeide nog één kleverige kleur op, geel zoals de olieverf op een penseel dat zonnebloemen schilderde, geel zoals een stuk gesmolten speelgoedeend. Steven volgde met zijn blik het geel tot het verdween in het zuinig malend mondje. Hij verafschuwde de man die hoorde bij zo'n mond en hij verafschuwde het land waar dit soort man één der aanzienlijken kon zijn.)

Pa Deschryver instrueerde, tussen de happen door, zijn jongen. Mister Hoffman: een omhooggevallen straatkat, eerste-klas bandiet, een topjurist met een praktijk van twee dozijn briljante jonge zakenadvocaten onder hem, al jaren een geduchte tegenspeler. Een nagel aan zijn doodskist, dus in de toekomst ook een nagel aan de kist van Steven. Exact binnen een uur zou mister Hoffman hen ontvangen ten kantore.

Na twee uur in de wachtkamer – zonder zelfs een kopje koffie – werden ze eindelijk bij Hoffman toegelaten. Pa zag wit van ingehouden woede. ('Zoiets doe je niet,' had hij nog vlak daarvoor en uit een mondhoek zitten sissen tegen Steven, 'hij vernedert ons moedwillig, wij zijn kleine Vlamingen, als wij uit Duitsland kwamen of uit Frankrijk had hij ons nooit zo durven laten wachten.' 'Laten we dan weggaan,' had Steven hem geantwoord. 'Niet zo luid!' zei vader. 'Dat pleziertje gunnen we hem niet!')

Ze stonden in het deurgat, mister Hoffman was nog steeds aan het telefoneren. (Uit niets viel op te maken dat hij joods was, merkte Steven op, teleurgesteld.) De advocaat gebaarde met zijn hand dat pa Deschryver diende plaats te nemen – er stond voor zijn bureau één stoel – en gooide met een welgemeend 'Well, fuck you too!' de hoorn op de haak. Pas toen merkte hij dat pa Deschryver niet alleen was. Hij blafte om verklaring: who was the boy, what was the purpose, he hoped they did not have the guts to waste his time.

Pa Deschryver zat op de stoel, met rechte rug en dunne mond, zijn aktetas geklemd in beide armen als kon iemand te voorschijn springen om ze uit zijn greep te rukken. Hij zocht naar afgemeten woorden in het Engels om te zeggen dat that boy zijn zoon was, en of ze nu terzake konden komen, alstublieft? Maar voor hij iets kon zeggen, zag hij tot zijn afgrijzen hoe zijn jongste zoon – met grijns van oor tot oor – een hand uitstak naar mister Hoffman. 'Hi, my name is Stephen.' (Stephen, zei zijn Steven. *Stephen.*) En dat pa Deschryver hem had meegebracht omdat hij vond dat hij, zijn zoon, een man als mister Hoffman absoluut ontmoeten moest. 'Pleased to meet you, sir.'

Hoffman keek naar Stephens hand. Er viel een stilte. Drie mannen in een kantoor op een zesentachtigste verdieping in New York. Ze zwegen. Toen drukte Hoffman toch de hand van Stephen, kort en hard. 'You can call me John.' En dat het hem geen moer kon schelen wat Stephens vader vond. Hij wilde weten wat Stephen deed en waarom hij hier werkelijk was. Intussen kreeg ook hij een stoel.

Steven vertelde van zijn studies en zijn nieuwe baan. Toen begon Stephen te liegen. Hij koketteerde met zijn joodse relaties in het Antwerpse en diste zelfs een anekdote op – met denkbeeldige telgen van diamantairs wier namen hij slechts kende uit de krant. Uit een ooghoek zag Steven dat pa Deschryver zich zat te schamen in zijn plaats. Maar Stephen liet zich niet meer stoppen. Die stond nog steeds te liegen, over zijn Masters in Harvard en zijn vorige handelsmissies, Kuala Lumpur en Bangkok.

Mister Hoffman had wel door dat Stephen blufte, hij knipoogde zelfs naar pa Deschryver die zelf bleker werd met de minuut. (Zijn vliegangst leek weer op te zetten.) 'Stephen, Stephen,' lachte mister Hoffman, één hand heffend, met de palm naar Steven toe, 'gimme a break.' Twee soorten mensen haatte hij, studenten uit Harvard en diamantairs uit Antwerpen – oké? Maar als Stephen zo graag praatte, 'why don't *you* tell me what the fucking problem is?' Met die woorden gooide John het betwiste dossier op zijn bureau.

Pa Deschryver zat erbij voor spek en bonen, ervan overtuigd dat dit weer een maneuver was van Hoffman. Hij poogde tussenbeide te komen maar Hoffman legde hem het zwijgen op: 'You brought him with along, didn't you?' Dan moest mister Deschryver het woord maar laten aan zijn zoon. Als hem dat niet beviel, stond het hem vrij terug te gaan naar België, '*I* don't give a damn.' Opnieuw viel er een stilte, meer dan honderd meter hoog.

'Doe je best,' zei pa Deschryver. Met gesloten ogen en een hoofdknik zijn fiat gevend aan Steven. En Stephen deed zijn best. Hij deed veel meer dan dat. Hij won de sympathie van John. Hij maakte bij aanvang een paar knullige fouten, door John met veel misbaar en fun gecorrigeerd – maar Stephen incasseerde met de glimlach en redde zich met grapjes ten koste van zichzelf.

(Pa Deschryver, op zijn stoel, ergerde zich aan die amicale toon van twee wildvreemden, tussen wie het leeftijdverschil zo groot was bovendien. Hoe kon je nu, met iemand die je een kwartier daarvoor nog niet eens kende, een toon aanslaan als kende je elkaar van kleins af aan? De één de ander bij de voornaam noemend? Drie keer luider schaterend en sprekend dan je deed in Vlaanderen, zelfs tegen goede vrienden?)

Maar al corrigerend en al jennend had John meer van zijn troeven en zijn strategie verklapt dan hij gewend was, en na een halfuur van steeds harder onderhandelen was het zowaar Stephen die John, heel even, klemreed met zijn eigen argumenten.

Steven glunderde, de schrik sloeg pa Deschryver om het hart – mister Hoffman stond alom bekend als slecht verliezer. Maar John barstte in lachen uit. 'You son of a bitch,' brulde hij waarderend tegen Stephen. Hij draaide zijn hoofd naar pa Deschryver. 'You should have brought your kid along much sooner,' zei hij, luid, nasaal. En hij voegde eraan toe dat Stephen (hij gaf de jongen een klap op de bovenarm) hem deed denken aan hemzelf toen híj nog in zijn twenties was.

Pa Deschryver zag het ook. De schellen vielen Teiresias van de ogen. Hij zag waarom zijn Steven, liever dan met hem, op stap ging met zijn nonkel Leo. Waarom Steven zich hier Stephen noemde. En hoe zijn zoon zou zijn, als hij de leeftijd had van deze John.

'Just drop in, any time,' zei John bij het afscheid tegen Stephen, terwijl hij pa Deschryver een slap handje gaf zonder hem aan te kijken en zonder ook maar iets tegen hem te zeggen. 'I'm serious!' riep mister Hoffman Stephen na, 'pop in!' Vader en zoon konden naar huis terug met hun goedkope vlucht. De trip was een succes.

Maar nooit feliciteerde pa zijn benjamin met dit succes en nooit ging hij met hem nog naar het Rome van de eeuw van hoogmoed en verval. Hij ging zelfs nooit nog naar New York. New York was zijn stad niet. Naar New York moest je vliegen. Parijs was hem al liever. En het echte Rome, en Londen in de lente. Maar Wenen was hem het liefst.

(tiktiktiktiktiktiktiktiktiktiktiktiktiktiktiktiktik)

EINDELIJK! DE DEUREN VAN DE LIFT schoven langzaam dicht. Steven stopte met op het knopje roffelen. Fucking hell, dacht hij. Godvergeten, no good looking, cock sucking, mother fucking hell. Opgefokt als hij was, ten eerste: door zijn jetlag, ten tweede: zijn tumultueus bezoek aan Sauna Corydon eerder op de avond, ten derde: die twee lijntjes eierdop haché, daarnet gesnoven in de wagen. De gecombineerde werking van die drie rekte zijn tijdsbesef uit tot het bijna knapte. Een paar seconden duurden hem een uur, een uur een eeuwigheid. 'De tijd gaat snel / Gebruikt hem wel' had vroeger op een bordje aan de muur gehangen in de ouderlijke keuken. De tijd van Steven ging heel snel, all right, en werd ook navenant besteed. Tussen de eerste en de derde verdieping nam hij heel de stapel post door. Tsják, tsják, tsják!

(Slow motion was iets dat hij enkel kende van momenten dat hij crashte in Club Sixty Sax, omdat hij zonder zat. Zonder eierdop, extasepit of sneltabletje. Zijn leven was beweging. Traagheid was het voorgeborchte, crashen was de hel.)

Tsják, tsják, tsják! Dinsdag, woensdag, donder, vrij – moest je die kranten zien. Hij had ze reeds in 't vliegtuig en de bar van De Corridor kunnen lezen. De losers, provincialen, amateurs. Ze hadden eindelijk ook hun seriemoordenaar. Een echte Belg (hoera) had in gezinsverband (typisch) een half dozijn maagden om zeep geholpen, keurig federaal verdeeld (twee Vlaamse en twee Waalse, één uit Brussel en één uit Marokko). Beng! Voorpaginanieuws, al drie, vier dagen lang.

In de States hadden ze elke dág zo'n case, daar kwam dat niet meer op de één. En als het er al op kwam, kwam het er tenminste goed op. De foto's waren beter, de koppen waren beter, de roddels waren beter en – Steven durfde er zijn vingers om te verwedden – zelfs de moorden waren beter. Best of all: de filmrechten waren al verkocht nog voor the bastard één keer was verhoord.

Dérde vloer nog maar! Jesus! Die lift hing toch niet stil of zo?

Steven plukte nu de brieven van tussen de stapel. Alessandra moest dringend leren op zijn minst de brievenbus leeg te maken, anders stak die zo eivol met kranten en tijdschriften dat er geen brief meer bij kon. Maar sinds Alessandra kon e-mailen met haar moeder en vriendinnen in Miami, leek het helemaal of ze niet híer verbleef, maar over there, in Florida. Ze lag van vroeg tot laat voor haar tv, schakelend van CNN naar NBC en MTV. Met moeite deed ze boodschappen. De ene straat naar het grootwarenhuis De Panter was haar al te ver. De brievenbus kon haar gestolen worden en de rest van deze stad erbij, om maar te zwijgen van het land eromheen, waarop ze het vertikte in haar eentje ook maar één stilettohak te zetten. Ze sprak nog steeds geen letter Frans of Nederlands. 'That was not part of the deal.' De laatste tijd zei ze dat meer. Ze had geen ongelijk, maar net zo lang als pa Deschryver weigerde om met verdiend pensioen te gaan of onder tram dertien terecht te komen, kon er nog geen sprake zijn van scheiden en kon Steven haar de volle pot niet uitbetalen.

Maar zóuden ze wel scheiden, ooit? Sinds hij met haar getrouwd was, was hij op zijn vrouw gesteld geraakt. Hij kon zitten smelten als ze stond te dansen op sweet salsa en hij moest zo lachen om haar vuile grappen, haar oprechtheid en Cubaans accent. Ze was zijn pratend stukje buitenland-in-eigen-huis. Soms hadden hij en zij zowaar wat seks, van lief gekroel tot rechtuit op-en-neer, ze was zo heet en onverzadigbaar, verandering van spijs deed eten, dat gold zo goed voor haar als voor hem.

Hij wenste alleen dat ze haar minnaars wist te kiezen met dezelfde hersens waarmee ze hem gekozen had als man. En dat ze met veroveringen minder in de kijker ging staan dansen – of erger nog: zich liet betrappen op verstrengeling. Een maand geleden had ze liggen vozen op 't balkon, met die jongen van de Ambulante Pizza. Godzijdank was het een penthouse, niemand had de twee op het balkon gezien. Al zou het Steven niet verwonderd hebben als er, tot in de straat beneden, meer dan één verbaasde vent het zwerk had afgespeurd. Verlangend naar de bron van 't hitsig Spaans gejank dat, door hoofdstedelijke smog gedragen, de gemoedsrust van de monogame burger kwam verstoren.

Steven had nietsvermoedend – echt een echtgenoot – zijn flat betreden en had meteen het mannelijk gehijg gehoord, gedempt maar ook vermengd met het gekreun van Stephens halve trouwboek. Hij zag een spoor van kleren op de vloer naar de balkondeur toe en dáár, achter de glazen schuifdeur, lagen de twee poedelnaakt te wippen, in de volle zon en met als achtergrond de negen blinkende ballen van 't Atomium (een metaalkristal, maar dan honderdvijftig miljard maal vergroot.) Steven had recht in de karnemelkwitte kont kunnen kijken van de ambulante gast, die hij herkende aan zijn uniform op het tapijt en aan zijn achterhoofd, schokkend naast het aangezicht van Alessandra (met gesloten ogen, de uitsloofster, haar genot vertolkend als een starlet in een stomme film). Heel even had Steven overwogen om te vragen zich te mogen mengen (wat een goedgebruinde, forsgespierde rug!) maar hij dacht: forget it, Stephen, and be strong. Trek hier de lijn, zoniet groeit het je helemáál boven de kop uit. Besides, het was niet vanzelfsprekend dat die fucker hem erbij zou nemen; voor hetzelfde geld ramde hij Steven op zijn bek, het was hier San Francisco of L.A. niet.

Tot zelfvermaak, maar ook tot consternatie van zijn vrouw, had hij dan maar Bedrogen Echtgenoot gespeeld. Tegen de deal in, reken maar van yes. Theatraal de schuifdeur opentrekken en tekeergaan in het Engels en het Spaans. Nou! Die pizzajongens werden duidelijk gerekruteerd op snelheid. Zelden iemand rapper in zijn uniform zien duiken. Sandra was zelfs minder snel weer op haar apropos dan hij de deur uit, zonder fooi.

You dirty bastard, had zijn vrouw (nog poedelnaakt en glimmend van het zweet) gezegd. En dat hij zélf al maanden op dat kontje had gegeild, dat hij de laatste weken elke avond pizza's had besteld, die zij op den duur onaangeroerd weg had moeten keilen, dat die jongen welhaast meer over de vloer gekomen was dan Steven zelf – zo had ze Pizza Peter leren kennen, in the first place.

Godverdomme Alessandra! had hij plots geroepen – verbaasd over zijn kwaadheid. Dat ze mocht doen al wat ze wilde maar niet híer en toch niet in haar blote reet *op het balkon!* Dát was geen deel, schat, van de deal!

Ze had naar hem staan kijken. 'You're jaleous,' lachte ze vertederd, 'I don't believe it. You?' Ze had hem op de neus gekust en toegefluisterd: 'Mon mari jaloux.' Haar eerste woorden in het Frans. 'La jalousie: that was not part of the deal.' Ze kuste hem en liet hem – na wat porren van zijn kant en pesterig getreuzel van de hare – de klus afmaken van de pizzaboy. Maar bij het komen dachten Steven en Stephen beiden aan hetzelfde: aan de kont van karnemelk. En dat die, nog maar net, had liggen wippen op dezelfde plek.

('Jongens,' had pa Deschryver gezegd toen Steven en Bruno allebei al een tijdje werkten op de bank. Hij had zijn ongetrouwde snaken gesommeerd naar zijn kantoor met de Vlaamse expressionisten aan de muur. 'Het leven is veel meer dan een goede baan alleen. Ik verwacht van mijn opvolgers dat hun maatschappelijke verantwoordelijkheid verder gaat dan elke ochtend om negen uur stipt te verschijnen op kantoor. Mensen zoals ik en jullie hebben een voorbeeldfunctie te vervullen.' Blablabla.

Bruno had staan kijken naar de Vlaamse expressionisten. Stephen daarentegen had de hint begrepen. En de onontkoombaarheid ervan. 'Pa, dit is nu Alessandra,' kon hij al drie maanden later zeggen. 'Alessandra, dear? Meet my father. And this is uncle Leo.'

De trouwerij kwam nog geen jaar daarna. Een feest zoals het hoorde. Alles erop, alles eraan. Tot een familieruzie toe.)

Tsják, tsják, tsják. Rekening, belastingbiljet, Sabena Frequent Flyer... Jesus Christ! Nog steeds niet hoger dan de zesde!

Was dit een lift of een sardienenblik?

STEPHEN HAD ALESSANDRA ONTMOET in a singles bar, downtown Miami. Zwarte lange lokken, lange benen, lange vingers, lange wimpers. Lange tenen ook, maar dat bleek later pas. Volle lippen, volle borsten, volle bips. En vol ook van zichzelf, en dat bleek right away. Ze was de ideaalste deal die hij kon vinden, zei ze, zodra ze snapte waar het Stephen om te doen was. (Hier had ze jaren op gewacht.)

Ze had wat Steven zocht. Veel verstand en weinig geld, en een schoonheid die zijn onverhoedse, transatlantische verliefdheid kon verklaren. Een taille die leek te kunnen breken, een blik die leek te kunnen doden, en een tong die doden kon. (Die moest ze maar beheersen.) Een huid die bruin genoeg was om exotisch en gezond te ogen, maar niet zó donker dat het een schandaal kon schoppen in de haute finance van Brussel – men moest weten hoe ver men te ver kon gaan, zelfs al heette men Deschryver.

Een lijf waarvan je graag geloofde dat er om gemoord kon worden, maar waar je niet van wenste te geloven dat het zelf ooit zou verwelken – zo overrompelend aanwezig in het hier en nu was Alessandra Fuentes. 'Goudgraver' noemde men in de bar een vrouw als zij – 'she's digging gold before she's old.' Het verschil tussen een echte golddigger en haar was dat zij er geen geheim van maakte. 'Wat is er zo verkeerd aan wat ambitie?' vroeg ze dan.

Haar familie kon er ook mee leven. Dat ze zou trouwen overzee. Zo lang de maandelijkse cheque maar kwam. En het was meegenomen dat haar mond niet meer gevoed hoefde te worden, en haar rekening in de bar niet meer betaald.

('Waar gaat ons Steventje het altijd zoeken?' vroeg tante Milou, nadat hij zijn verloofde thuis had voorgesteld. De tantes hadden geen woord met haar kunnen wisselen. Dat waren slechte punten voor juffrouw Fuentes. Wie kende er nu Spaans en Engels, maar geen Frans? 'Laat die jongen toch betijen,' suste tante Marja. 'Is een vrouw van hier niet goed genoeg, misschien?' vroeg tante Madeleine. Ik durf wedden van niet, dacht nonkel Leo die, na één blik op Alessandra, goesting kreeg om ook eens naar the States te vliegen.)

Steven had haar om haarzelf gekozen; Stephen koos een vrouwelijke mister Hoffman in het jong. (Spijtig dat ze gojs was. Nobody is perfect.) Miss Fuentes wou hogerop, tot elke prijs, desnoods met omweg via Belgium – getuigde dat van motivatie, ja of ja? Stephen hield van dat slag mensen. Hij hield ook van zichzelf.

Alessandra was de vrouw die hem het minst problemen kon bezorgen. Ze had niet één contact in deze wereld die hij straks verlaten zou, en ze koesterde geen plannen om er ooit contact te maken. Zij zou in Brussel verblijven zoals hij – op tijdelijke basis – en slechts één verliefdheid met hem delen: te gaan leven in de navel van de wereld. Voor Stephen The Big Apple, voor haar Miami. Ach wat, dacht Steven. Zo lang ze alle twee maar in the States liggen. We zien wel als het zover is.

Voorlopig vormden hij en Alessandra het perfecte paar. Er was geen liefde in het spel dus hoefden ze geen geheimen voor elkaar te hebben. Het enige geheim was het geheim dat hun verbond en dat niemand kennen mocht. Dat was hun deal. Het werd hun band. Ze leken wel twee zussen nu en dan. Altijd roddelen, altijd plagen. Een opbod van verhalen over minnaars. 'Nu is er ten minste leven en beweging als ik thuiskom van die bank,' plaagde hij op een keer (ze rookten jubeltak). 'Ik hoef geen hond te kopen, jij bent leuker.' Ze lag dubbel van de lach en zei hikkend: 'Ik heb ook geen hond meer nodig. Jij bent zelfs leuker dan een vent in huis.'

Zo werden ze, tot hun verbazing, van zakenpartners vrienden. Companen in geënsceneerd geluk. Want wat hen helemaal aaneenklonk, was het bedrog naar buiten toe. Ze speelden het met verve. Wat eerst een klus geleken had, werd een gezamenlijke hobby. Na drie jaar liepen ze bij elke acte de présence nog altijd hand in hand, ze lieten zich niet eens betrappen op gekibbel en hadden er plezier in om elkaar, ten overstaan van derden, onder kussen te bedelven. Een getrouwd bestaan laat zich gemakkelijker imiteren dan leven. En uit het imiteren van een huwelijk viel heel wat lol te slaan, zeker in de demi-monde bruxellois. Ze glommen aan elkanders zijde op recepties in de avenue Louise en premières in de Munt. Maar maakten ook hun opwachting in restaurants en officiëlige banketten van Oostende tot Liège. Waar hij met haar verscheen, werd hij om haar schoonheid fel benijd. Waar zij met hem verscheen, werd zij om zijn naam en toekomst fel benijd. Welk paar kon dat nog zeggen, dezer dagen? En hoe meer ze zich benijd wisten, hoe meer ze zich bescheurden achteraf. Twee diva's, nagenietend van hun geslaagde grand gala.

Wat Steven haar in ruil voor echtelijke plichtpleging betaalde, was niet meer dan wat een echte gouden-kooi-vrouw had gekost. Zelfs de scheiding zou niet meer hoeven te kosten dan een echte scheiding. En zelfs al was dat zo geweest: het waren investeringen. Zo moest je dat zien. Hoekstenen van het huis genaamd Succes. Stempels op het paspoort van de Oude Wereld naar de Nieuwe. Aan de grens met Mexico stierven honderd Spicks per jaar, omdat ze zonder toestemming of cent op zak het rijk van Uncle Sam betraden. Hún zou dat niet overkomen. Stephen en Sandra zouden gaan zoals ze altijd gingen: met vlag en wimpel.

Maar het werd tijd – dat zei Alessandra vaak and Stephen did agree – dat zijn schitterende toekomst afliep en zijn schitterende loopbaan echt begon. Hoe lang kon het nog duren? Ze keken ernaar uit. Al sloop de laatste maanden in hun smachten ook wat treurigheid. Scheiden doet nu eenmaal lijden.

Als Alessandra bij hem wilde blijven (waarom niet?), wilde Steven desnoods wel naar Florida verkassen, met in New York een filiaal. Stephen echter wilde de bank verhuizen naar New York, punt, gedaan. (Met financiële ruggensteun van ome Leo. Dat hoopte hij toch, met de steun van enkel mister Hoffman zou hij er niet komen.) Als de beminnelijke bitch kon e-mailen uit Brussel, kon ze e-mailen uit Manhattan ook. En als ze dat niet wilde, kon ze gaan. Het was zoals John Hoffman altijd zei: zwakheid was een woord dat in het Engels niet goed klonk.

American Express, Club Med (de optimisten), een flyer van een nieuwe pizzafoon (waarom niet), een circulaire van een concurrerende bank (die assholes durfden wel), een...

Hé? Een doodsbrief. Wie kon er nu weer dood gevallen zijn?

What! Nog niet hoger dan de áchtste? Oh, come on, baby, please, come on!

STEPHEN BEHEERSTE DE KUNST VAN HET ACHTERLATEN. De kunst van het afhakken, van iets vast te binden aan een boom en door te rijden zonder om te kijken. Steven bleef daarin een amateur. Hij had op de doodsbrief zijn adres gezien in het handschrift van zijn tante Marja. Meteen zag hij haar brede poppengelaat voor zich, dat glom van goeiigheid. De kleurloze haartjes op haar bovenlip, als je van dichtbij keek.

Stephen wou naar dat gelaat niet kijken. Stephen hield de cijfers in de gaten:

Negen, nog maar, negen! Waar had hij het aan verdiend?

Tante Marja doopte Stevens fopspeen in honing uit Adinkerke en proefde er eerst zelf eens van, met haar verrassend kleine tong, nadenkend, wikkend, haar ogen schuin omhoog. Steven zag haar likken aan het rubber speentje en vond dat komisch. 'Kleine schavuit,' zei Tante Marja, 'zit gij mij uit te lachen?' Ze doopte de fopspeen nog eens in de honingpot (die een knalgeel deksel had waarmee Steventje nooit mocht spelen), tuitte haar lippen, een vooruitstulpende rozet van rimpels en lippenstift (het uitvergrote aarsje van de kat van de buren), en duwde – floeps! – de fopspeen in haar mond, die nu geheel schuilging achter het lichtblauw schildje met de ring. Steventje kraaide van de pret. Zeker toen tante Marja ook nog met haar ogen rolde en lurkende geluidjes maakte, snel sabbelend, lebberend, haar neus bewoog mee. Een dikke muis. Allemaal met zíjn fopspeen in háár mond. Die tante Marja toch.

Hij zag haar eeuwig trippelen door het ouderlijk huis, de vrede tussen iedereen bewarend, rond en hijgend. Een bromtol van liefde op twee pootjes. Geen van de gouvernantes had kans gekregen zich meer over hem te ontfermen dan zij. Een gouvernante moest maar op de meisjes passen, of op Bruno. Hij was van haar en haar alleen.

Vroeger had ze zich naar hem toe moeten buigen, in de box, in de tuin, in het ronde opblaasbare badje (ze plukte berkenblaadjes van de blauwe bodem, haar Steventje zou in proper water zitten). Of als ze afscheid nam wanneer hij naar de kostschool moest vertrekken, in zijn door haar gestreken uniform. Of als hij met de scouts weer eens op zomerkamp vertrok, of paaskamp, of kampeerweekend – waarom toch moest haar lieveling altijd weg van huis? Dat vroeg ze soms, vertwijfeld en luidop. De helft van zijn leven had ze zich naar hem toe moeten buigen om afscheid te nemen.

Als Steven nu zijn arm gestrekt optilde, kon tante Marja eronderdoor lopen zonder zijn elleboog te raken. Tenzij ze hoge hakken droeg, dan streelde haar koddige coiffure zijn arm. Maar dat verbood hij haar, hoge hakken. Dat hoorde niet bij haar. En als hij haar iets verbood, sloeg ze haar ogen neer, bijna kirrend, lief opstandig, de revérence der verlegenheid – hoe kende een vrouw als zij nog de gebaren van het meisje? Maar ze wist niet hoe ze zich anders had moeten gedragen tegen de volwassen versie van het neefje dat ze verschoond had toen hij nog een baby was; verzorgd, toen hij vol mazelen stond; gewassen, tot zijn leeftijd en haar schroom het haar verboden. (Al brak haar hart toen ze hem hoorde huilen in de badkamer, omdat hij dacht dat zijn tanteke hem niet meer wílde wassen.) Hij was, als benjamin, het troetelkind geweest van iedereen maar het meest van haar. Boven haar Steventje ging er niets.

Behalve Katrien, natuurlijk. Altijd weer: Katrien. Van hem had tante Marja gehouden. Katrien had ze verafgood. Zoals iedereen dat deed.

Tiende nog maar! Tien! Hoe was het mogelijk – come on

(Hij niet. Steven niet en Stephen niet. Nooit gedaan: Katrien verafgood. Hij was erbij geweest. Hij had het meegemaakt. Hij was samen met Katrien de laatste die hun broertje had gezien. Hoe oud was Steven toen? Drie? Vijf? Gemakkelijk te achterhalen maar hij deed het niet. Misschien was dat zijn allereerste barst geweest. Hij had erbij gestaan. Daarna had hij Katrien nooit meer als een zus gezien.

Háár had Steven wel al achter zich gelaten. De heilige Katrien al wel. Nu de rest nog. Al de rest.)

Elf? Come on, komaan

(Zoals hij haar had losgelaten, had ook Katrien hem weggesneden. Vreemd was dat, die symmetrie van afwijzing. Ze was exact zoals hij dacht dat ze moest zijn, en omgekeerd. Vreemden in hetzelfde huis en geen van beiden die dat jammer vond.

De afschuw gold ook voor hun wederzijdse wederhelften. Steven had, nog meer dan Stephen, een afkeer van die Dirk Vereecken. Jaloezie? Wellicht. Die graftak pikte te veel aandacht in van nonkel Leo, en pa Deschryver gaf te hoog op van zijn kwaliteit als prof en fiscalist. Maar het was ook een doodgewoon geval van weerzin op het eerste gezicht. Ziedaar de Vlaamse man zodra de dertig was bereikt: onaantrekkelijk, aseksueel, onzijdig. Je moest Katrien Deschryver heten om daar wat in te zien.)

Twaalfde, nog maar? O my God

(De kennismaking tussen Alessandra en Katrien was een koele botsing van vernietigende glimlachjes en hoofs venijn geweest. Niet alle vormen van schoonheid laten zich mengen. Er zijn dure, delicate stoffen die afzonderlijk betoveren maar die, verwerkt in één japon, allebei lijken te vloeken. Zo was het met Katrien en Alessandra in één kamer ook.

Katrien zelf gaf geen commentaar. Ze veinsde hoofdpijn en dwong haar droogkloot haar naar huis terug te brengen. Na haar vertrek nam haar hogepriesteres het woord: Gudrun. Steven hoorde haar spreken in de keuken, hij stond om de hoek te luistervinken, toevallig net terug van de wc. De schoonheid van Alessandra was grof en luid en té vulgair, zelfs voor iemand die zich van het Spaans bediende. En ze deed uit de hoogte, nu al. Duidelijk een uitvreetster. Geen vrouw voor Steven. Spijtig dat die het niet zag.

Steven had niet geweten waarom, maar hij voelde zich beledigd. Het ging per slot om zijn verloofde. Hij had echt verliefd kunnen zijn geweest op Alessandra. Verschil zou dat blijkbaar niet hebben gemaakt. Gudrun zou hetzelfde hebben gezegd. Het was kwetsend. Zeker toen tante Madeleine volmondig met Gudrun instemde, en tante Milou ook. En tante Marja zweeg. Die stilte deed Steven het meeste pijn. Zijn tante Marja zweeg. Zie je wel? zei Stephen. Dumpen maar, die troep.

Alessandra was na afloop in de loft niet veel subtieler. Zij noemde – tot Stephens groot vermaak – zijn twee zussen 'die twee dwergen'. Met zijn tantes erbij: 'de vijf dwergen'. En toen ze weken later het verhaal hoorde van de dubbele vleesboom van tante Milou, zei ze: 'Zie je wel? Ze zíjn met zeven.')

Dertien, dertien, Jesus Christ

('Het is míjn schuld,' had Steven zijn moeder de keuken horen binnenzwijmelen – de andere vrouwen zwegen, zoals ze dat meestal deden als zijn moeder sprak, ze zwegen uit gêne, ergernis en medelijden – 'hij kiest een vrouw die zoveel mogelijk van mij verschilt, zover mogelijk van mij verwijderd ligt, dit is het ergste wat een moeder kan overkomen, dit loopt slecht af, dit is gedoemd om te mislukken, het is mijn schuld, ik durf het niet te zeggen tegen zijn vader, ik ben zo bang, heeft er iemand mijn handtas gezien? Ik zoek mijn handtas. Ik heb iets nodig uit mijn handtas.'

Zo was Elvire weer de keuken uitgegaan en Steven had zijn tante Madeleine horen zeggen: 'Als je het zo bekijkt, heeft dat schaap gelijk, vrees ik. Welk voorbeeld is zij voor haar kinderen geweest?' Tante Milou was haar bijgevallen, Gudrun was in tranen uitgebarsten. Tante Marja had gezwegen.

What did I tell you? had Stephen gedacht. Dumpen maar.)

Veertien, fucking veertiende etage

(Soms vroeg Steven zich af of pa Deschryver het vermoedde. Van hem en Alessandra. Van hem en New York. Van Steven en van Stephen. Van hem en mister Hoffman. Van hem tout court.

Op de bruiloft, voor hij ruzie kreeg met Bruno, had pa het jonge paar bij zich geroepen. Steven had zijn vader nog nooit zo gezien. Vlinderdas weg, hemd open, mouwen opgerold. En dronken – zie je wel, dacht Stephen: ook die ouwe lul heeft zijn geheimen. Pa Deschryver had hem en Alessandra aangestaard met een woede die Steven nooit in hem vermoed had – Stephen dacht: zo heb ik toch al íets van hem geërfd op dit moment. Pa Deschryver stond te kauwen op zijn woorden, zei niets, nam een slok bier en smeet hun toch zijn grief in het gezicht. Daarna verdween hij naar de dansvloer, wachtend tot Gudrun en Bruno stopten met swingen, en gooide ook zijn tweede zoon iets voor de voeten. Niet lang daarna zou het feest afgelopen zijn.

'Hasta la vista,' lachte Alessandra voor het zover was. Ze keek pa Deschryver na. Ze straalde in haar jurk van een kwart miljoen. 'What did your old man want? Dat ik betaal voor mijn consumpties? Wil hij mijn jurk eens lenen als hij meegaat naar de Sixty Sax?' 'Nee,' zeiden Steven en Stephen, zo ernstig mogelijk kijkend, 'hij wil een kleinkind. Van ons. Binnen een jaar.'

Alessandra stonk erin. 'That was not part of our deal,' siste ze, voor ze kwaad wegbeende naar het toilet.)

Vijftien nog maar, víjftien, shit

(Steven had zo'n zin in nog een lijntje eierdop, straks, boven. Nee, zei Stephen, nee, be tough, je hebt ze morgen nodig. Steven: Een sneltabletje dan. Stephen: Ben je gek, je moet een béétje zien te slapen. Steven: Wat jubeltak dan, op zijn minst. Stephen: oké, vooruit maar, jubeltak, why not. Vooropgesteld dat Lady Alessandra niet alles al heeft weggepaft.)

Sweet sixteen, O Sixty Sax, come on, laat het vooruitgaan baby please

(Er was een tijd geweest dat Steven en Gudrun beste maatjes hadden geleken. Toen ze die drummer had. Toen scheen het wat te zullen worden. Ze scheen zich vrij te zullen wrikken. Ze scheen zelfs los te komen van Katrien. Geen misse gast, die drummer. Spieren, tatoeages. Maar iets te losse handjes en geen grein verstand. Nobody is perfect. Steven was blij dat hij nooit wat had geprobeerd met hem. Of dat hij Gudrun nooit in vertrouwen had genomen. Stephen: say that again. Vertrouwen is een woord dat in het Engels niet goed klinkt.

Wat was er toch fout gegaan? Met Gudrun zelf. Dat het niets werd met die drummer, tja, wat had ze dan verwacht? Maar dat ze daarna terugging, en niet de wijde wereld ingetrokken was? Een kapitale fout. Met een beetje retouchering – siliconen, kleine neuscorrectie, jukbeenderen zus, kapsel zo – had zij verdraaid hoog kunnen scoren, van Miami tot L.A. Maar nee. Wie ging er nu terúg? Met hangende pootjes? Leven tussen vier oude vrouwen en één vader die elke kans te baat nam om je neer te halen tot de poldermodder waaraan hij zelf ontsproten was? Terug was geen beweging. Terug was terug. Terug was erger nog dan crashen.

Voor Stephen was het de druppel geweest. Hij had het haar één keer gezegd. Gudrun, baby. Je moet je loshakken. Je moet vergeten, je moet gáán. Ze had geknikt. Maar ze was gebleven. Arme Gudrun, dacht Steven. Ciao, bella – Stephen.)

Zeventien, come on

(Wie het ook was, voor wie hij die doodsbrief had gekregen – een nonkel, oude tante, kennis – tante Marja moest vooral niet denken dat Stephen naar de begrafenis zou komen.)

Achttien

(Het was altijd tante Marja geweest die schreef als Steven op zomerkamp verbleef. Lange brieven over niets, met onderaan de namen van de twee andere tantes, van de zussen en zijn moeder. Soms van pa Deschryver. Nooit van Leo, Leo deed niet mee aan brieven – larie, flauwekul. En ook nooit van Bruno. Die verbleef ook op zomerkamp. Een ander. Honderd kilometer verderop. Nooit een brief gekregen. Nooit een brief naar hem gestuurd.)

Negentien

(Misschien had hij dat ene van zijn moeder. Ook een erfenis avant la lettre. Soms rommelde Stephen door haar pillen, drukte er een paar uit hun strip. Heavy shit, en nog democratisch van prijs ook, omdat hij de dokterskosten niet in rekening hoefde te brengen. In haar medicijnkastje stond steeds een fles rohypnol, vaak een nieuwe. Steven: Zij is niet altijd zo geweest, ze hebben haar zo gemaakt. Stephen: Shut up! Ze houdt ervan, net als jij en ik. *(tot Alessandra:)* Een mens mag toch íets gemeen hebben met zijn moeder? Alessandra: Natuurlijk. Zij valt ook op mannen. Stephen: Als je ziet op wie, weet je waarom ze zoveel slikt.)

Twintig! Geweldig, great, fantastisch! Ongelooflijk! Wie had dat nu nog gedacht – hij stond helemaal boven!

Maar wanneer wilden die verdomde domme deuren eindelijk ook eens ópengaan? (tiktiktik...)

(...TIKTIK...)

(Dumpen maar, had Stephen meteen geadviseerd toen Steven
de dark-room van Sauna Corydon had verlaten. Twee tellen
na het dichtklappen van de rubberen deur, had hij Bruno herkend. Hij zag dat Bruno hem eveneens herkende. Gelijktijdig.
Zo waren ze ook gekomen, daarnet.)

Steven en Bruno keken elkaar aan. *You gotta get off*, klonk het
uit de boxen. In de verte klonk gejoel van zwembadpret. Twee
ouwe mieën dartelden rond in een bad van twee bij vijf, met
op de vier hoeken een levensgrote plaasteren kopie van de David
van Dinges. Soms donderde een van die kopieën het bad in,
de baders niet altijd missend. Eén kopie miste reeds een neus,
een andere een arm en een penis. Souvenirjagers. Het rook
hier naar chloor, stoom en ouwe pis.

Geen van beiden zei een woord.

(Stephen: Wat heb je met die loser nog te maken? Stap weg en
bespaar jullie allebei de gêne van een gesprek dat alleen maar
faliekant kan uitpakken.

Steven: Je kunt het hier toch niet bij laten? Je hebt niets
tegen hem.

Stephen: Je hebt hem nooit gemogen, je hebt hem nauwelijks gekend, je hebt niet getreurd toen hij uit de kijker verdween. Zo is het toch?

Steven: Het blijft familie.

Stephen: So what? Vrienden kun je kiezen. Van familie kun
je enkel dit nog kiezen. Wanneer je ermee breekt.

Steven: Het blijft je broer.

Stephen: Jesus Christ. Hij heeft zich laten buitentrappen

en onterven, jij bent nummer één, thuis en op de bank. Hij is een marginale trut, jij vreet van alle walletjes. Hij zit aan lager wal, jou gaat het voor de wind. Jij ziet er patent uit, hij lijkt op jouw vader in het jong... Waarover moeten twee zo verwante naturen het hebben? De prijs van de vleestomaat?

Steven: Een broer is een broer.

Stephen: Je hebt hem net gemuild en afgetrokken, en hij jou. Hoeveel meer broederliefde wil je? What a joke. Alessandra bepist zich als ze het hoort.

Steven: Je vertelt het niet.

Stephen: Wedden?)

(...tiktik...)

'Zullen we misschien toch maar dat glas gaan drinken aan de bar?' vroeg Steven. Hij keek zijn broer aan met een vergoelijkende grijns, tegelijk zijn schouders ophalend als wilde hij zeggen: 'Tja, wat moeten we anders doen? Het is nu eenmaal gebeurd.'

Bruno, wiens gezicht wit was weggetrokken, greep werktuiglijk naar de handdoek die als een rol deeg om zijn hals lag. (Wie neemt er nu zijn handdoek mee het stoombad in? dacht Stephen. En Steven dacht: Een handdoekengevecht. Dat deden we vroeger soms, in het weekend, in de badkamer. Hij speelde vals. Hij had die van hem nat gemaakt. Dat komt harder aan. Net een zweepslag. Mijn dijen zaten onder de striemen.) Bruno rolde de handdoek uit en sloeg hem om zijn lenden, om zijn naaktheid te bedekken. Zijn vingers beefden, zag Steven. (Van kwaadheid? Van schaamte? Wat een oetlul, dacht Stephen.) Toen pas knikte Bruno, nog steeds werktuiglijk, van ja.

(...tiktik...)

(Stephen kon zich niet één gesprek met Bruno herinneren dat
gesmeerd was verlopen. Irritatie troef. Altijd. Vooral in hun
postpuberteit. Laatste jaren humaniora, eerste jaren Leuven.
Steven meed Bruno zodra hij hem in de gaten kreeg. Bruno
had dat missionaire, dat aanklamperige. Een verbale soldaat
uit de gelederen der schone kunsten en de bevrijdingstheologie. Steven was niet de enige geweest die hem meed. Iedereen
stak de straat over als Bruno eraan kwam.

Steven van zijn kant had nooit gestreden voor de schone
kunsten, laat staan de bevrijdingstheologie. In God geloofde
hij niet en als hij zelf maar vrij was, kon de rest zijn kloten
kussen. Kunst? Hij besliste zelf wel wat knap was – Richard
Gere in *American Gigolo* – en wat niet – de Vlaamse man. Op
internaat had hij nog enige feitenkennis weten voor te wenden. Vier piturale stromingen, titels van boeken, een paar
namen van componisten. Op de laatste schooldag had hij alles
doorgespoeld zoals je zure soep weggiet. Voortaan was een
Romeinse ruïne een hoop stenen. Zonde dat je er geen bouw-
grond van mocht maken. Het was iets uit het verleden en het
verleden was voorbij. De tijd liep naar voren, niet naar achte-
ren – beseften mensen als Bruno dat niet? Alleen wat komen
moest, deed ertoe. Oude muziek begon bij de eerste hit van
David Bowie. Beeldende kunst bij de zeefdrukken van Warhol,
de enige dode op zíjn lijstje. De rest was flauwekul. Opera en
toneel hoorden thuis in een museum, musea moesten worden
opgeblazen, en alle ballet was fake. Neerschieten, die sissies in
hun gekleurde panty's met een halve kokosnoot in hun kruis.)

(...tiktik...)

'Zo,' zei Steven. Ze waren allebei eerst gaan douchen – afzonderlijk en grondig. Nu zaten ze in de bar aan een tafeltje tegenover elkaar. Ook Steven had een handdoek om de lenden geslagen. In de bar liep niemand naakt rond. Bruno had aan de balie ineens een badjas gehuurd en had ze stevig omgegord. Hij klemde hem bovenaan dicht met één hand. Er was niets meer te zien van zijn armen of zijn borst. Hun gesprek was al een kwartier oud en wilde niet vlotten.

Aan de bar zat mijnheer Dieudonné hen in de gaten te houden. Die ene jongen kende hij. Die zat in de videokamer altijd als enige met een handdoek over zijn kruis. Nu had hij zelfs een badjas met lange mouwen aan. Mijnheer Dieudonné wist niet waarom maar hij vond dat wel wat hebben, die aandoenlijke jonge vent die zich schaamde voor zijn lijf.

Hij zag ook de gelijkenis tussen de twee. Hij grinnikte: waren de nichten neven, misschien? (Of nog spannender: broers? Zoiets had Dieudonné in zijn meer dan zeventigjarige leven nog maar één keer meegemaakt. Een tweeling dan nog. Een eeneiige. Twee van zijn mooiste mignons. Hij was ze allebei verloren aan De Kwaal. De een huidkanker, de ander botkanker. Maar wel in een en hetzelfde jaar. Echt een tweeling.)

(...tiktik...)

'Zo,' herhaalde Stephen. Hij keek Bruno aan. 'En euh... Kom jij hier vaak?'

Bruno was over zijn schok heen. Hij keek Steven aan. Dat superieure van hem, dat hautaine. Hij kon mensen echt de gordijnen in jagen. 'Wat is dat voor een stoplap?' vroeg hij. 'Jij kijkt te veel naar films voor debielen. Kom jíj hier vaak, misschien?'

'Nee,' zei Stephen, 'ik mis hier het comfort van Frisco en New York. Om van het lichamelijk schoon maar te zwijgen.'

Bruno: 'Wat noem jij comfort? Dat je daar de kans niet loopt om herkend te worden?'

Stephen: 'De kans dat ik herkend word, is dáár inmiddels groter.'

Bruno: 'Oh, is dat de reden waarom the star hier naar toe komt? Privacy? Dat is dan mooi mislukt, vanavond.'

(...tiktik...)

(De eeneiige tweeling van mijnheer Dieudonné had hem altijd allerbeminnelijkst bejegend. Hij had mogen kijken en gluren zo veel hij wilde. Het was eens wat anders, zeiden ze, met een vreemde erbij. Ze waren al met elkaar in de weer sinds hun vijftiende.)

Bij het broederstel aan dat tafeltje ging het minder hartelijk toe, zag en hoorde mijnheer Dieudonné. Hun stemmen stegen in volume en scherpte. Hun lichaamstaal sprak boekdelen.

Steven: 'Doe niet zo uit de hoogte. We hebben allebei dezelfde kansen gekregen. Ik heb ze genomen, jij wilde ze niet. Mij een zorg. Ik vraag mij alleen af waarom. Als pa wil dat ik zús doe, dan doe ik zus. Ik kan toch zelf nog kiezen hóe ik het doe? Vrijheid zit in je kop. Dat geldt voor alles, overal. Als mister Hoffman je vraagt om hem een blow job te geven in zijn kantoor, dan zét je die man godverdomme een pijp. Wat maakt het uit? Het is zelfs een aardige kerel. Grijp je kans! Hoffman stelt je later op de avond voor aan de helft van Manhattan. En om het cru te stellen: die contacten blijven, de smaak van eikelkaas vervaagt.'

Bruno: 'Dat laatste is een opluchting, sinds daarnet. Maar ik mag hopen dat ook ons contact vervaagt. Als ik je zo bezig hoor, word ik pas echt misselijk.'

Steven: 'Hou toch op. Zelfs jouw Romeinen wisten het. Ik heb maar één tekst uit de les Latijn onthouden. "Wie de beer wil vangen, moet zich insmeren met zijn uitwerpselen." Ik weet niet meer wie het schreef maar hij had gelijk. Je moet een systeem verslaan met zijn eigen wapens. Binnen die grenzen heb je zelfs meer vrijheid dan daarbuiten. Als je maar creatief bent. En dat ben jij niet. Jij zit vast, in die harde kop van je.'

Bruno: 'Jij zit vast. Jij gaat plat, als de nette jongen die jij altijd bent geweest. Jij plooit voor alles wat jou is ingepompt, door onze ouwe, door zijn paladijnen, door iedereen: presteren, presteren, en voor de rest knikken en je kop houden. Bedankt. Die beer hoef ik niet, laat staan zijn uitwerpselen. Ik hoef geen bank, ik hoef geen blow jobs in New York, ik hoef geen wijf alleen maar voor de schijn.'

Steven: 'Oh, daar gaat het om? De vrouw? Zielige nicht. Wat weet jij van mij en Alessandra af? Zij is een fantastisch mens, mijn beste vriendin. Je hebt haar nauwelijks gesproken. Je was er niet eens, de avond dat ik haar heb voorgesteld.'

Bruno: 'Ik was naar het toneel. Het echte.'

Stephen: 'Hang de doctrinaire trut niet uit. De verkeerde kant is een achterhaald concept. Je weet toch wat ze zeggen in New York?'

Bruno: 'Nee, ik weet niet wat ze zeggen in New York.'

Steven: 'Af en toe een goeie bitch tussendoor kan geen kwaad. En de vrouw heeft één groot voordeel.'

Bruno: 'Ik ben benieuwd.'

Steven: 'Je kunt haar twee keer neuken, één keer voor en één keer achter. Je mag lachen, hoor. Het is een grap. Hoe vind je ze?'

Bruno: 'Matig. Om eerlijk te zijn: kinderachtig.'

Steven: 'Mijn vrouw vindt ze om te bulderen.'

Bruno: 'Dat zegt genoeg, mij dunkt.'

(...tiktiktik...)

Dat loopt slecht af, dacht mijnheer Dieudonné. De twee broers zaten ronduit ruzie te maken. Een hoogst ongebruikelijke scène in De Corridor. Wie hier ruzie maakte, kon zijn vuile was beter gelijk in het half-achtjournaal uithangen. Alle gesprekken aan de bar waren stilgevallen. De snorren, de elfen, de poedels, ze zaten met één oor mee te luisteren en te gniffelen om de broers. Sine nobilitate, dacht mijnheer Dieudonné. Hij knipte met zijn vingers naar de barman en deed hem teken de twee tot bedaren aan te manen.

'Joehoe,' zei de barman. Hij was de enige die gekleed was. Als turnertje. Een shirtje zonder mouwen en een shortje met blote benen en gympen zonder kousen. Een jonge Nederlander bovendien: 'Kan het effe zachter, meiden? Anders gaan jullie maar op straat staan katten, hoor.'

Bruno en Steven keken om zich heen, alsof ze nu pas beseften dat ze deze ruimte met anderen deelden.

(...tik...)

Steven: *(zucht)* 'Luister. Ik had hier niet mogen komen, in the first place. Ik had een kanjer van een jetlag en zo'n zin om... Sorry. Het is mijn schuld.'

Bruno: *(sissend)* 'Jij lijkt je moeder wel. Wie had dat nu gedacht? Steven, the family man.'

Steven: 'Hou ermee op. Ik heb gezegd dat het me speet.'

Bruno: 'Dat bedoel ik net. Je klinkt als je moeder.'

Steven: 'Bruno, alsjeblieft! Laten we de plooien gladstrijken. Moet je luisteren. *(kijkt om zich heen)* Ik heb eersteklas coke bij me. Wil je een lijntje?'

Bruno: 'Zie je wel. Je bent je moeder, gepokt en gemazeld.'

Dit was er één te veel voor Stephen. Hij had Steven vrij baan gegeven, tijdens het hele gesprek. Hij had zich er niet mee willen bemoeien, al had hij perfect geweten waar het op zou uitdraaien. Nu was de maat vol. Stephen kon het gefrustreerde gedrens van Bruno niet langer over zich heen laten gaan. Hij kende zijn zwakke plek. Niet voor niets waren ze broers.

Stephen: *(zeer luid)* 'Oh ja? Ik lijk op mijn moeder?'

Bruno: 'Ik kan het ook niet helpen.'

Stephen: 'En weet je op wie jij lijkt?'

Bruno: 'Steven, rustig.'

Stephen: 'Weet je wie jij bent?'

Bruno: 'Niet zo luid.'

Stephen: *(nog luider)* 'Weet je wie jij bent?'

Bruno: 'De mensen kijken naar ons.'

Stephen: 'Gespogen en gestampt?'

Bruno: 'Steven, hou je mond.'

Stephen: 'Jij bent meer een kloon dan een zoon.'

Bruno: 'Hou je mond, zeg ik!'

Stephen: 'Dat gezeur over principes heb je van hem.'

Bruno: 'Je zegt het niet.'

Stephen: 'Jij hebt alles van hem.'

Bruno: 'Ik waarschuw je.'

Stephen: 'Twee druppels water.'

Bruno: 'Stop ermee!'

Stephen: 'Je lelijke kop en je mottig lijf.'

Bruno: 'Ik meen het!'

Stephen: 'Je dikke nek, je achterbaksheid.'

Bruno: 'Heb niet het lef om het te zeggen!'

Stephen: 'Je hypocriet gelul.'

Bruno: 'Je zegt het niet!'

Stephen: 'Ik zeg het wel.'

Bruno: 'Je zegt het niet!'

Stephen: 'Jij bent een tweede...'

(...tik...)

Stephen kreeg de kans niet om zijn zin af te maken. Met de hand waarmee hij de badjas bovenaan had bijeengehouden, haalde Bruno uit. Over het tafeltje heen. Het was de eerste keer in zijn volwassen leven dat hij iemand sloeg maar de kracht waarmee het gebeurde was verbazingwekkend. Hij hoorde iets kraken in zijn eigen hand. Toch voelde hij geen pijn. Geen echte pijn, dan toch. De sensatie was overweldigend. De energie die hij voelde stromen was even groot als daarnet, bij het klaarkomen in de donkere kamer. Een vorm van genot was het, niets meer en niets minder. Deze pijn was lekker. En het was lekker om te slaan. Zo goed voelde het aan, dat Bruno opstond om nog beter te kunnen uithalen voor zijn tweede klap. De eerste keer had hij op de mond geslagen die hij daarnet nog zo hartstochtelijk had gekust. Nu mikte hij op het oog van zijn broer.

Steven zat naar zijn broer op te kijken. Hij was te verbaasd om te reageren. Hij proefde bloed. Hij dacht dat Bruno weg wou gaan. Toen zag hij hoe dat lange bovenlijf vóór hem een kronkelige draai maakte vanuit de heup en hoe die vuist opnieuw op hem af kwam zwaaien. Recht naar zijn oog. Nog harder dan daarnet. Hij kreeg amper de tijd om zijn oogleden te sluiten. Toen was het alsof een hamer tegen zijn arme hoofd beukte. Weer een paar barsten erbij, dacht Steven. Hij kukelde met stoel en al achterover.

Niemand rond de bar durfde iets te zeggen. *Making love on the beach*, zongen de boxen, *tearing tights with my teeth*. Familiebanden zijn intens tragisch, oordeelde mijnheer Dieudonné. Drie kwart van alle ellende is er het bewijs van. Hij zag de smalste van de twee, de aandoenlijke, verdwijnen naar de kleedkamer, met een gelukzalige grimas op het gelaat en zijn ene hand masserend met de andere. De knapste broer lag achterover tussen de stoelen. Naar adem happend, zijn hand over zijn oog. Er kwam wat bloed uit zijn neus gelopen. Mijnheer Dieudonné gebaarde naar de barman om hem een servet te geven. 'Je weet maar nooit waarvoor het goed is,' dacht hij, als enige op Steven afstappend, met de servet in zijn hand.

(Tiktik... Nee maar!
Eindelijk!
De deuren schoven open!
De lift verleende toegang tot de twintigste verdieping!
Een klein mirakel, dacht Steven.
Een fucking godswonder.
Ik sta op de twintigste verdieping.
De top.
In België dan toch.
Een mens moet ergens beginnen.
Hij boog zich voorover om zijn koffer te pakken.
Kreunend omdat zijn oog pijn deed telkens als hij zijn hoofd bewoog.
De stapel post hield hij tegen zijn lijf aangedrukt.
Voorzichtig, dat er geen brieven of kranten vielen.

Zo stapte hij de liftkooi uit.

De gang in.

Het licht in de gang brandde niet.

Er viel genoeg licht uit de liftkooi achter hem.

Op de muur voor zich zag Stephen zijn schaduw.

Een schim met een koffer, uitgespaard in een witte rechthoek.

De schim keek opzij.

Auw.

Weer dat oog.

Toen zag Steven het.

Aan het einde van de gang.

De deur van zijn loft.

Ze stond op een kier.

Er viel een streep licht door de kier naar buiten.

Oranje licht.

Deels op de vloer, deels op de muur.

Uit de kier sijpelde ook gedempt gelispel en gekreun in 't Spaans.

De ijzeren deuren achter Stevens rug schoven geruisloos dicht.

De witte rechthoek werd samengedrukt.

Zijn schim ook.

De rechthoek werd een lijn en loste zich op.

Het gekreun ging gewoon door.

De gang was donker, op de lichtstreep bij de deur na.

Er sijpelde, al even gedempt, mannelijk gehijg en gesmak uit de kier.

Als dat de pizzaboy is, dacht Stephen, wil ik mij mogen mengen, deze keer.

Maar het klonk niet als de pizzaboy.

Het klonk rauwer.

Dieper.

Steven stapte behoedzaam op de deur af.

Met de tip van zijn voet duwde hij de deur wat verder open.

Ver genoeg om te kunnen kijken.

Met zijn pijnlijke oog keek Steven door de kier.

De oranje streep viel over hem heen.

Ze sneed Stephen in twee ongelijke helften.

Steven keek.

Auw.

In het midden van zijn loft zat Alessandra op een stoel.

Haar gezicht naar hem toe maar haar ogen gesloten.

Ze had weinig kleren aan.

Ze lispelde en kreunde.

Mi amor etc.

Haar gebruikelijke litanie.

Tussen haar benen zat een man geknield.

Zijn hoofd ter hoogte van haar schoot.

Hij hijgde en smakte.

Met zijn rug naar Steven toe.

Achter het duo toonde het grote raam de negen ballen van 't Atomium.

Ze blonken in hun oranje nachtverlichting.

Negen reusachtige, metalen ballen.

Onder de volle hagelwitte maan.

Een tiende bal.

Een sneltabletje in het groot.

Sí, zei Alessandra.

Haar hoofd bewoog zijdelings

En in slow motion leek het wel.

De man bewoog zijn hoofd ook

Maar dan op en neer, en snel.

Steven kende dat achterhoofd.

Hij kende die brede rug.

Het was zijn nonkel Leo.

Hij moest zich inspannen om de koffer noch de stapel post te laten vallen.)

2

DE VERGETELHEID VAN ELVIRE

KATRIEN WIST NIET HOE ZE WEER IN HAAR CEL WAS BELAND. Ze was wakker geworden op het harde bed, in de kale kamer zonder ramen. Een kubus in een betonnen piramide, een koningsgraf diep in de berg. Hoog boven haar aan het plafond brandde slechts één lamp, in een houder van gewapend glas.

Een bed, een toiletpot, een wastafel – dat was haar meubilair. Niet eens een tafel, niet eens een stoel. In de muur tegenover het bed zat de enige deur, met onderaan een langwerpig luikje voor het dienblad en in het midden een spionnetje. Een deur met een oog. Een metalen cycloop.

Katrien wist niet of ze in de gaten werd gehouden. Ze achtte er De Decker toe in staat. Ze zag hem voor zich, tegen de andere kant van de deur geleund, loerend door het vissenoog. Of luisterend, met zijn oor tegen het afbladderende ijzer. Wat dreef die man? Wat maakte hem zo?

Ze was geradbraakt. Hoe laat zou het zijn? Was het nacht of dag? Haar ene schouder deed pijn. Was dat alleen maar een nawee van haar marteling? Ze wrong de schouder door de halsopening van haar blouse en speurde naar het puntje van een injectienaald. Niets. Hadden ze haar iets doen slikken om haar te verdoven? En wie had haar uitgekleed? Ze droeg geen bh meer onder de gevangenisplunje waarin ze wakker was geworden. En de plunje zelf (blouse en rok, in grof en grijs katoen) rook niet naar de Gitanes van De Decker. Ze rook zoals haar laken. Naar bruine zeep.

Ze lag neer en keek naar het plafond. Ze herinnerde zich, in flarden, wat De Decker had geschreeuwd, met zijn gezicht vlak naast het hare. Ze herinnerde zich de fotokopieën met Dirks handschrift, waarvan ze niets begrepen had. En dan die foto's van de arme Dirk... Dat iemand dat zomaar mocht doen, onderzoeksrechter of niet. Zout wrijven in haar wonden, waar nog niet eens het begin van een korst op was gegroeid. Alsof ze Dirk niet zelf had zien liggen op het mos. Alsof die schok haar tong niet had verlamd en van haar een paria had gemaakt. Ze was veroordeeld, nu al. De Decker had het haar in het gezicht geroepen: zij had hem vermoord. Iedereen zou dat denken. Zelfs Dirk had het gedacht. Zijn mond had gereuteld, het gat in zijn buik had bellen geblazen, zijn hand had spastisch rondgekrabd. Zijn dood zelf had haar beschuldigd. Alles sprak tegen haar. Dit keer zou het nooit meer goed komen. Dit keer was ze verdoemd.

Ze hoorde geritsel achter de deur. Wat waren ze van plan? Ze konden haar hier blijkbaar zo lang gevangen houden als ze wilden. Was dit eigenlijk wel een cel? Een gewone cel? Voor hetzelfde geld probeerde die De Decker haar uit te hongeren om haar tot bekentenissen te dwingen. Hij mocht zich blijkbaar alles permitteren. Er stond geen dienblad, vol of leeg, voor het luikje onder aan de deur. Wanneer had ze voor het laatst gegeten?

Weer ritselde er iets tegen de achterkant van de deur. Een vreemd, irritant gekrab. Het stopte abrupt.

De stilte sloeg dubbel zo hard weer toe. Katrien keek naar het plafond. De lamp verspreidde haar vaal en akelig licht. Beeldde Katrien zich nu wat in, of kon ze de lamp horen suizen in haar houder? In een hoek van het plafond ontdekte Katrien nu ook een roostertje. Ze had kunnen zweren dat het er de vorige keer niet was geweest. Er was gezoem te horen. Zeer ver weg. Het kon niet anders of het kwam uit het roostertje. Ze probeerde niet terug te denken aan de gruwel van het rode kantoor. Tevergeefs. Zo dadelijk begint het opnieuw, dacht ze. Dat gezoem wordt luider en luider, tot het roostertje uit het plafond knalt. De lamphouder sproeit vonken rond zoals een sprenkelinstallatie water. Er kan van alles gebeuren.

Er gebeurde niets. Katrien ging voorzichtig zitten, zonder geluid te maken, en schoof achteruit over de matras tot ze met haar schouders de koele betonnen hoek kon voelen. Zo bleef ze zitten. Minutenlang. Ze wou dat die lamp ophield met branden. Ze wou dat ze in het donker mocht zitten. Ze trok haar knieën op en omklemde ze met beide armen.

Een metalen voorwerp tikte tegen het ijzer van de deur. Katrien schrok. Laat het ophouden, dacht ze. Alsjeblieft. Ze merkte dat ze beefde. Ze hoorde hoe een sleutel in het slot werd geschoven en omgedraaid. Verder gebeurde er niets. Wat zijn ze van plan, dacht Katrien. Ze wiegde haar lichaam zachtjes van voor naar achter. Er was gemorrel aan de deur, hoewel die nu van het slot hoorde te zijn. Iets duwde tegen de deur, iets anders verhinderde dat ze openging. Katrien gooide haar hoofd in de nek. De lamp bleef er in haar houder doodgewoon uitzien. Straks ontploft ze, wist Katrien.

Maar er ontplofte niets. De deur zwaaide open en een vrouw kwam haar cel binnen. De gevangenbewaarster. 'Goeiemorgen, Katrien,' zei ze.

Achter de gevangenbewaarster, in het deurgat, stond Willy De Decker. Hij rookte een Gitane. Hij zag er afgetobd en kwaad uit. De vrouw kwam op Katriens bed afgestapt, ambtelijk glimlachend. Katrien was opgehouden met wiegen. 'Ik heb goed nieuws,' zei ze. Ze had een welluidende stem, blozende wangen en een groot voorhoofd. 'U hebt bezoek.' Dit uniform stond haar niet. Ze had meer weg van een verpleegster. Ze kwam op de rand van het bed zitten. 'U heeft toestemming om een kwartier te praten. Meer niet, het spijt me. En u mag niets in ontvangst nemen. In het belang van het onderzoek. Wilt u mij volgen, alstublieft?'

Katrien bleef zitten. De gevangenbewaarster moest eerst haar schouder aanraken. 'Volgt u mij, Katrien?' Katrien liet haar knieën los, draaide haar lichaam en schoof naar de rand van het bed toe. Ze had bezoek. Men had haar niet vergeten. Misschien kwam het toch nog goed.

Maar eerst zou ze nog langs De Decker moeten.

Hij stond in de deuropening, rug tegen de lijst, sigaret in de mond, duimen in de broekzakken. De gevangenbewaarster passeerde hem al. De Decker monsterde Katrien van kop tot teen terwijl ze uit haar bed stapte, haar schoenen aantrok en naar hem toekwam. Katrien schaamde zich. Ze had haar armen voor haar borst willen kunnen kruisen. Ze vreesde dat het zichtbaar was dat ze geen bh droeg. Bovendien schuurde het grove katoen over haar huid, een prikkeling veroorzakend die zich wellicht aftekende in de stof. Maar ze kon haar armen niet kruisen. Ze stapte op het deurgat af. Op het moment dat ze De Decker wilde passeren, blokkeerde hij de doorgang met zijn arm. Hij boog zijn hoofd naar haar toe als wilde hij iets zeggen. Maar hij hield zich in en nam zijn arm weer weg, van haar wegkijkend. Ze glipte langs hem heen, door zijn walm heen van sigarettenas en de oksels van kloosterlingen.

In de eindeloze gang, de gevangenbewaarster op de voet volgend, keek Katrien even achterom. Ze zag De Decker verdwijnen in haar cel. De deur sloot zich achter hem.

Trap op, trap af, liep ze achter de geüniformeerde vrouw aan, voorbij talloze andere ijzeren deuren. Voor het eerst sinds lang voelde ze iets wat kon doorgaan voor opluchting. Hij is er, dacht ze. Hij is er eindelijk. Haar verdriet en haar angsten weken een weinig. Hij zal zorgen dat ik hier uit kom. Hij zal zien hoe ik eraan toe ben en hij zal zijn invloed aanwenden. Hij zorgt dat die De Decker een straf krijgt. Hij zal ook streng zijn voor mij maar dat geeft niet. Hij heeft alle reden om streng te zijn. Ik heb weer een stommiteit uitgehaald. Maar het was een ongeluk. Hij zal het begrijpen.

De gevangenbewaarster hield halt voor een van de ijzeren deuren. De deurklink grijpend, draaide ze zich nog even om naar Katrien. 'Denk eraan,' glimlachte ze. 'Een kwartier.' Ze hield de deur open.

Katrien stapte een andere kamer zonder ramen binnen, iets groter dan haar cel maar even kaal. Achter haar viel de deur dicht.

De kamer werd overlangs in tweeën gedeeld door een glazen wand, van muur tot muur en van vloer tot zoldering. Aan weerszijden stond er een tafeltje tegenaan geschoven, met een stoel. Als het glas niet in de weg had gezeten, hadden de randen van de tafelbladen elkaar geraakt. In het glas waren spreekgaatjes gemaakt, omcirkeld door een band van aluminium, zoals bij een loket op het station. Katrien nam plaats aan haar tafeltje. Aan de overkant zat haar bezoek. Het was haar moeder.

DE OCHTEND NA HAAR HUWELIJKSNACHT was Elvire als de kersverse mevrouw Deschryver gewekt door haar Herman. 'Tijd om op te staan,' had hij gezegd. 'De eerste uren zijn de mooiste van de dag.'

In de badkamer had hij Elvire laten zien waar hij morgen zijn tandenborstel verwachtte terug te vinden. Naast de tube tandpasta in het hoge glas. Dat glas stond links op het glazen planchetje boven zijn wastafel. Rechts van het glas stonden zijn aftershave, dan de scheerzeep, de kwast, het krabbertje, de reservemesjes en de aluinsteen op een schoteltje. In de rechterhoek stond een flesje deodorant. Elvire keek haar man in de spiegel boven zijn wastafel aan. Hij was pas wakker maar hij zag er onverwoestbaar kwiek uit. En zo jong. Elvire werd er zenuwachtig van. Ze was drie jaar jonger maar ze voelde zich tien jaar ouder. Nee, niet ouder. Minder vief, minder kloek. Ze besloot niet toe te geven aan dat gevoel. Het was allemaal een kwestie van willen. Aan willen had ze geen gebrek. Daar mocht ze geen gebrek aan hebben.

'Het ziet eruit als een rommeltje,' glimlachte haar Herman, schuldbewust. Maar, zei hij, er school een orde in die hem sterkte. Automatismen ontlastten de geest. Het gaf je, van bij het ochtendkrieken, de gewaarwording dat je de zaken onder controle had. Hij kon Elvire alleen maar aanraden om het planchetje boven haar wastafel ook te ordenen. En waarom niet op dezelfde manier? Links een glas met tandenborstel en tandpasta, rechts een flesje deodorant, daartussen spulletjes van hoog naar plat. Die kleine symmetrie tussen hun wastafels zou het rommeltje al minder een rommeltje doen lijken. Hier, hij had er een bij zich. Een nieuwe tandenborstel. Dezelfde kleur als die van hem. Een geschenkje.

Hij had haar de borstel overhandigd met een kus. 'Bedankt,' had ze gezegd, hopend dat hij haar bedremmeldheid niet verkeerd zou interpreteren. Want ze had al een tandenborstel. In haar toilettas in de slaapkamer. Een met zachte haren. Dit was er een met harde haren. Gelukkig merkte Herman niets. Hij zou ervoor zorgen, zei hij, dat ze morgen reeds haar eigen tube tandpasta had. In de voorraadkast lag een nog maar pas aangebroken gezinspak maar met al dat gedoe van het feest van gisteren had hij dat over het hoofd gezien, het speet hem. Wilde ze wat van zijn tandpasta?

Hij drukte op zijn tube, die achteraan minutieus was opgerold. Een wit worstje met zuurstokrode lijnen gleed te voorschijn, geurend naar munt en schoonmaakmiddelen. Eerst op haar borstel, dan op die van hem. Allebei de worstjes exact de helft te klein om alle haartjes te bedekken. Zo begonnen ze allebei hun tanden te poetsen.

Herman knipoogde naar haar, in zijn spiegel. Ze knipoogde terug. Hij poetste energiek, zij ook. Zo had ze het nog nooit gedaan. Ze voelde het in haar arm. Hij stopte en nam een slok water, zij stopte en nam een slok water. Hij gorgelde, zij gorgelde. Hij spuwde het water uit in zijn wastafel, zij morste op de rand van de hare. Er zat een beetje bloed bij. Ze veegde het snel weg met haar hand maar Herman had niets gemerkt. Zij alleen zag haar gêne in de spiegel boven haar wastafel. (Te hoekig, dat gezicht van haar. Die jukbeenderen deden haar wangen hol lijken en 's ochtends zag ze altijd bleek. En spijtig van haar dunne mond die door het tandpastaschuim nog onaantrekkelijker leek. Mooie groene ogen had ze wel, en een sierlijke hals waar ze trots op was. En een prachtig postuur, zo groot als haar man. En ook haar haar mocht er wezen. Blond, sluik, halflang. Zou ze het durven laten uitgroeien of zou ze het meteen laten verven in haar natuurlijke kleur? Herman hield niet van geverfd haar bij een getrouwde vrouw. Dat had hij vannacht gezegd. Ze mocht zelf beslissen, hoor, had hij gezegd. Hij wilde niets opdringen. Maar als je het aan hem vroeg? Het gaf geen pas. Dat had ze niet beseft, had ze gefluisterd. 'Och, het maakt niet echt iets uit,' had hij geantwoord. Ze moest gewoon doen waar ze zin in had. Zij mocht beslissen.)

Herman legde zijn tandenborstel en tube op het planchetje. Een restantje schuim maakte een vlek op het glas, zag Elvire. Vervolgens toonde hij haar de indeling van het medicijnkastje en de juiste volgorde van de bokalen met badzout op de richel boven het ligbad. En voor ze de badkamer verlieten, zei hij nog dat het hem zou plezieren als zij in de gaten wilde houden wanneer zijn scheermesjes of de scheerzeep op waren. Dan hoefde hij daar al niet meer aan te denken. Het zou voor hem een grote steun betekenen. En ze mocht zelf voor nieuwe zorgen of het opdragen aan de werkster. Dat stond haar vrij. Zij was de baas.

Na de badkamer toonde hij haar de linnenkast, de dekenkist, de keuken, de zolder, de waskamer, het souterrain met zijn rekken en provisiekasten en de tuinschuur met het vele gereedschap. (De garage niet. Daar hoefde ze zich niets van aan te trekken, zei hij. De garage was voor hem.) Overal was het een rommeltje, verontschuldigde hij zich. Maar dan wel een rommeltje met een zekere systematiek. Het tafelzilver hoorde zus te liggen (in de eiken kast in platte dozen met blauwe pluchen voering en een verkoperd sluitinkje). En de grasmaaier stond in de tuinschuur zo (in de hoek en met de stuurbeugel omhoog zodat je je er niet aan kon stoten).

Hij toonde haar ieder hoekje van de villa. Hij nam er echt

de tijd voor. Hij schiep er een romantisch genoegen in, dat kon ze merken aan de jongensachtige opwinding waarmee hij elke kamer betrad, gereed om Elvire deelachtig te maken aan weer een serie van zijn geheimpjes, opgetogen dat hij haar de rituelen van zijn efficiëntie mocht onthullen. Dit was een van zijn mooiste liefdeblijken. Dat besefte ze, en ze was er dankbaar voor. Bijna de hele voormiddag ging eraan.

Na de rondleiding in de tuinschuur douchte hij, ze namen samen een verlaat ontbijt en daarna vertrok hij naar de bank. Nog twee dagen, eerst dat lastige dossier de deur uitwerken, dan konden ze op huwelijksreis. Jammer van dat uitstel maar het was niet anders. Eerst de taak en dan 't vermaak. Hij kuste haar en reed weg, zwaaiend. Ze zwaaide terug tot hij uit het gezicht verdwenen was.

Daarna was ze terug naar de badkamer gegaan. Op de trap naar boven scheelde het niet veel of ze was gestruikeld.

Bij haar rondleiding had ze reeds in de keuken een pijnscheut gevoeld in haar achterhoofd. Toen moesten de zolder, de waskamer, het souterrain en de tuinschuur nog komen. Het was zoveel geweest. En zoveel tegelijk. In de keuken had ze nog geknikt bij alles wat hij haar liet zien. Daarna knikte ze steeds minder. Haar hoofd deed te veel pijn om er nog mee te knikken. Zo ging het nu altijd met haar.

Tijdens het verlate ontbijt had ze, bij elke slok en elke hap, haar pijn nog letterlijk weten te verbijten. Maar spreken was er al niet meer bij. 'Scheelt er wat, lieveling?' had Herman haar gevraagd, zijn hand op de hare leggend. Ze had haar mes neergelegd en had naar hem geglimlacht, in de hoop het geluk te vertolken dat ze die nacht werkelijk had gevoeld, zonder migraine, met zijn pezige armen rond haar en haar hoofd rustend op zijn borst. 'Nee hoor,' zei ze, zonder met haar hoofd te schudden. Ze moest moeite doen om te spreken. 'Alleen... het is allemaal zo overweldigend.' Hij had haar ontroerd aangekeken, zijn hand nog steeds op de hare. 'Voor mij ook,' zei hij. 'Voor mij ook.'

Opnieuw in de badkamer, zocht ze in het medicijnkastje naar een aspirientje. Ze vond een buisje met vier stuks. Ze nam ze alle vier. Daarna verwijderde ze alvast de vlek op het glazen planchetje van Herman en stak zijn tandenborstel en tube tandpasta in het schoongemaakte glas en plaatste het glas terug in de linkerhoek. Het luchtte haar op, alvast dit voor hem te hebben kunnen doen. Maar ze moest ook aspirientjes kopen, dacht ze terwijl ze nog even op bed ging liggen. Stel je voor dat Herman vanavond zelf een aspirientje nodig had. Ze moest een nieuw buisje kopen. Dat mocht ze zeker niet vergeten.

VIJF KINDEREN EN VEERTIG JAAR HUWELIJK LATER was het medicijnkastje in de badkamer drie keer zo groot geworden maar zelfs daar kwam Elvire niet meer mee toe. Er stonden pillenpotjes op haar nachtkastje, er stonden pipetflesjes in de koelkast, er lagen pastillestrips in de bovenste la van de grote commode in de living. Maar de planchetjes in de badkamer zagen er nog altijd uit zoals Herman het graag had. Links het glas, rechts een flesje. Dat liet ze zich door geen werkster uit handen nemen. Dat niet. De rest wel. Door de werkster, de tuinman of de gouvernantes. Of door de drie zussen. Of door Herman zelf. Of door een van de kinderen. Of door zusters van het Wit-Gele Kruis, die langskwamen als de nood te hoog werd.

Ze stond pas op toen Herman reeds verdwenen was naar de bank. Ze wilde niet dat hij haar zo zag. En ze wilde hem niet zien – zo vroeg op de morgen al zo actief terwijl zij reeds moe werd bij het vooruitzicht dat ze zich zou moeten kleden. Niet alleen moe werd ze daarvan, ook triest. Aankleden, uitkleden, verkleden, omkleden... Andere vrouwen hadden daar een volledige baan naast. Sommigen voedden ook nog in hun eentje hun kinderen op. Elvire mocht daar niet aan denken of ze moest al bij het ontbijt de pil nemen die ze gereserveerd had voor bij het vieruurtje.

Vroeger had Herman haar berispt. Het lag aan haar instelling, zei hij. Ze moest leren geloven in zichzelf. Stukje bij beetje. Elke dag. Ze moest het opbouwen. Binnen het jaar zou ze bergen verzetten. Hoe meer hij het zei, hoe meer ze het geloofde en hoe minder ze ertoe kwam het te doen. Het waren de bergen die haar verlamden nog voor ze in zicht kwamen. Toch bleef Herman het zeggen. De aanhouder wint. Echter, als er anderen bij waren, liet hij zijn raadgevingen achterwege. Of hij dat deed uit liefde voor de vroegere Elvire of uit gêne voor de huidige, was haar niet duidelijk. Ze troostte zich met het idee dat veel in het leven zich liet mengen, dus waarom ook liefde en gêne niet?

Na de grote tragedie werd ze niet meer berispt. De zwijgzaamheid waarmee Herman haar van toen af bejegende was volgens de één mededogen, volgens de ander onverschilligheid, volgens een derde aanvaarding van Elvire zoals ze was. En na al die jaren was Elvire: uitgemergeld in boezem en heupen, met ongeverfd haar (kort en grijs), met onzekere hals en neerhangend kopje, en met hoge schouders die naar voren waren gegroeid. Ze had kunnen doen denken aan een gier, als ze een wat grotere neus had gehad, en niet zo'n hulpeloze blik. Ze was nog altijd even lang als haar man maar ze leek een kop kleiner en twee maten smaller. Haar mooie ogen had Elvire nog. En ze zag ook nog altijd bleek in het gezicht. Zij het niet meer alleen 's morgens.

Zelf had ze ervaring genoeg met mengen. Om op te staan nam ze iets opwekkends. Soms één tabletje, soms twaalf koppen koffie achter elkaar. Daar werd ze zo gespannen van dat ze nood had aan een kalmeringsmiddel. Daar werd ze zo troosteloos van dat ze nood had aan een antidepressivum. Daar kreeg ze het zo benauwd van dat ze zich moest ontspannen met een paar glazen porto. Die paar glazen werden een halve fles en die halve fles werd een angstaanval. Alleen slaap kon haar angsten verdrijven maar alleen een slaapmiddel was sterk genoeg om haar dat dutje te gunnen. Als ze wakker werd, begon ze van voren af aan. Een goed geheugen kreeg ze er wel van. Ze kende honderd medicijnen bij de naam en kon alle bijverschijnselen opsommen. De meeste had ze aan den lijve ondervonden.

Haar ziekte had geen naam. Of beter: haar ziekte kreeg van iedere dokter een andere naam, zoals een zwerfhond nu eens Blacky heet en dan weer Bobby, afhankelijk van het kind dat hem tijdelijk adopteert. Was het wel een ziekte? Elvire was alleen maar onmachtig, niet krankzinnig en zeker niet dom. Ze zag wat ze had kunnen zijn en wat ze maar was. Beide beelden vergrootten haar onmacht. Ze schoot tekort, en tekortschietend schoot ze nog meer tekort. Wie echt dom was, bleef zo'n gedachtegang bespaard. Die stond 's morgens op, deed wat hij moest doen of deed dat niet, en ging weer slapen. In dezelfde tijdsspanne legde Elvire een hels traject af.

Ze kende opflakkeringen. Soms slaagde ze erin, zonder Herman of zichzelf te beschamen, om hem een paar uur te vergezellen op een galabanket – mits ze de juiste medicatie op het juiste moment nam en niet dacht aan de dagen die zouden volgen. Andere keren werd ze wakker en zag ze de bergen die ze moest verzetten en het waren molshopen geworden. 'Wat is dat hier allemaal,' riep ze, gewassen, gekleed en geparfumeerd de living binnenstuivend. Haar ontbijtende huisgenoten keken haar aan met open mond. Ze trok de bovenste lade uit de commode en kieperde ze leeg in de prullenmand. Ze stormde met de prullenmand onder haar arm de trappen op en veegde in de slaapkamer met één armzwaai haar nachtkastje schoon. Ze stuurde de werkster wandelen, lapte alle ramen, poetste de keuken, kookte voor de rest van de week, poetste de keuken een tweede keer, zette een breiwerk op, deed inkopen in het groot en was een week lang de echtgenote van wie ze vond dat Herman haar verdiende. De hele tijd liepen de drie zussen in haar spoor, als kuikens achter een kloek. Maar dan wel kuikens die de kloek probeerden in te tomen. Niet zonder reden. Na die week viel Elvire in zwijm en sliep twee dagen aan één stuk zonder slaapmiddel. Als ze dan wakker werd, huilde ze. Zelfs na het nemen van de sterkste upper en het beste antidepressivum.

Tijdens haar eerste opflakkering had iedereen hoop gekoesterd. Na de vijfde wist men beter. 'Elvire is Elvire,' vatte Milou het samen. 'Zij ligt neer en wij staan hiere,' verduidelijkte Madeleine. 'Dat schaap doet niemand kwaad,' wees Marja haar zussen terecht.

Lezen deed Elvire wel. Alsof haar leven ervan afhing. Alsof ze verslaafd was aan lezen en niet aan de rest. Ze las alleen kranten en tijdschriften, geen boeken. Houvast zoekend in een wereld die veel te bieden had maar weinig houvast. Het leed van anderen greep haar even sterk aan als haar eigen leed en ze voelde zich er even schuldig aan. Zeker na de grote tragedie.

In een woestijn hielden moeders hun zuigelingen een handvol modderwater voor maar de kadavertjes konden al niet meer slikken. In een oerwoud zaten zonen zonder handen te waken naast hun aan stukken gehakte vader van wie niemand de vliegen weg kon slaan. En zij lag hier zomaar, in een bed, lamgeslagen door de doem zich elke dag te moeten aankleden. Ze was verwend. Ze was wraakroepend. Als boetedoening kleedde ze zich een hele dag niet om. 's Avonds voelde ze zich vernederd door de absurditeit van haar gebaar en de aanmatiging van haar medeleven. Maar wat had ze anders moeten doen? Wat had ze kunnen doen? Ze voelde zich verscheurd. Haar onmacht was machteloosheid geworden. Ze zocht naar een medicijn dat hoorde bij die nieuwe pijn en vond het niet. De dag daarna moesten de zusters van het Wit-Gele Kruis weer worden gebeld.

Haar ogen gingen in de loop der jaren achteruit, een leesbril drong zich op, maar haar vereenzelvigingsvermogen wilde maar niet slijten. Op een keer las ze dat Moskouse jongetjes, amper ouder dan Jonas, verdunner snoven tot hun hersens verdroogden. De schrik sloeg haar om het hart. Welk voorbeeld was zij voor Jonas? Wie zegt dat die boefjes uit Moskou geen grootmoeder hadden gehad, verslaafd aan poedertjes en wodka. Ze moesten het toch ergens hebben geleerd? Uit voorzorg ontzegde ze zich het plezier haar enige kleinzoon te zien, laat staan hem op schoot te nemen. Tot Gudrun – haar lieve

Gudrun – haar na een week er eindelijk van kon overtuigen dat Jonas meer leed onder haar afwijzing dan onder het zien van een grootmoeder die af en toe een pilletje slikte. Jonas slikte toch ook een pilletje om de andere dag? Een kalkpilletje, om sterke tanden te krijgen. ('Waarom slik jij zoveel pilletjes?' vroeg Jonas haar, een tijd later. 'Om sterke tanden te krijgen,' antwoordde zijn grootmoeder. 'Maar je hebt toch sterke tanden,' zei de kleine, 'ze staan iedere morgen in een glas in de badkamer, ik heb er al eens een noot mee gekraakt.' Het duurde opnieuw een week voor Gudrun Elvire ervan kon overtuigen de kleine toch maar weer op schoot te nemen.)

Een van haar psychiaters verbood haar nog dagbladen te lezen. Maar zonder kranten zonk ze weg in een depressie waartegen geen kruid gewassen bleek. De bescheiden zekerheid was haar uit de handen geslagen dat bij elke dag een krant hoorde, en bij elke week één dag zonder. En uit haar kranten leerde ze meer dan leed alleen. Bijvoorbeeld in de horoscoop waar naast haar sterrenbeeld (Weegschaal) stond geschreven: 'Hoed u voor de inwonende schoonzuster. Zij is twee schoonmoeders waard.' Elvire, met drie inwonende schoonzussen, voelde zich door haar krant begrepen.

Soms vroeg ze zich af hoeveel de drie haar uit handen zouden hebben genomen indien zij zelf niet aan onmacht had geleden, en wat voor problemen zo'n huishoudelijke machtsstrijd zou hebben teweeggebracht. Misschien was het maar beter zo, besloot ze dan. Herman was erg op de drie gesteld en de kinderen ook en Jonas ook. En de werkster en de tuinman ook. Zelfs de zusters van het Wit-Gele Kruis benadrukten telkens hoeveel geluk Elvire had met drie zulke onbaatzuchtige zielen. Elvire kon het niet ontkennen. Juist dat drukte haar terneer. Ze had veel aan de drie te danken maar ze hing ook van hen af. In hulpvaardigheid ligt de tirannie op vinkenslag.

Milou was het strengst, Madeleine het schamperst, Marja het ergst. De eerste twee zeiden tenminste waar het op stond. Marja maakte het altijd erger dan het al was. 'Luistert maar niet naar hen,' zei de brave borst als de twee andere (neus in de lucht) de kamer hadden verlaten. Ze zat op de rand van het bed en streelde Elvire over het korte, grijze haar. Elvire was te moe om de hand van Marja weg te duwen en te uitgeput om haar te vragen de kamer te verlaten. 'Gij zijt géén komediante, we weten dat ge enorm veel pijn hebt.' (Zuur in de kwetsuur.) 'Milou en Madeleine hebben het zo niet bedoeld.' (Een leugen.) 'Ze zien u graag.' (Een grap.) 'Gij kunt er ook niets aan doen.' (De pijnlijke waarheid.) 'Maar ge zijt al veel aan het verbeteren, het gaat de goeie kant op met u.' (Een belediging.) 'En wat er ook gebeurt: ik zal er altijd zijn voor u.' (Een dreigement.)

Maar de grootste verslaving van Elvire waren misschien nog de soaps. Vroeger, toen de kinderen nog naar school gingen, had Herman geen televisie in huis gewild. Televisie was pedagogisch onverantwoord. Het spiegelde een chaotisch wereldbeeld voor en ontnam ouders ieder beetje controle. Het duurde tot Steven, de benjamin, naar de universiteit ging, voor de televisie zijn intrede mocht maken in huize Deschryver. Het werd een blijde intrede. Eindelijk had Elvire een taak.

Met haar goed geoefende geheugen onthield ze de stambomen van vijf series tegelijk, bastaarden en bezoekers inbegrepen. Eindelijk kon ze iets terugdoen voor de drie zusters. Wanneer die aan het kibbelen waren – onverzoenlijker dan bij hun keukendisputen – kon er maar één de vrede herstellen. Elvire. Haar oordeel werd niet in twijfel getrokken, gezien haar precedenten van precisie. De dochter van de modeontwerpster wás een stiefzuster van de echtgenoot van de erfgenaam van het oliekartel. Punt. De nieuwe vriendin van de mediagigant wás de ex van de zoon van een concurrent met wie ze twee kinderen en een drankprobleem had gehad. Amen en uit. Zelfs in de diepste dalen van haar onvermogen bewaarde Elvire dan toch op dit ene gebied haar autoriteit. En haar Herman – die gedurende zo vele jaren de televisie uit zijn huis had gebannen, en die juist in de soapseries het beste bewijs vond voor de gerechtvaardigdheid van die ban – kocht desondanks voor zijn vrouw en zijn zussen een breedbeeldapparaat. Stereogeluid, dertig kanalen, een hoge beeldresolutie en een afstandsbediening met veertig drukknopjes. Zo veel knopjes, dacht Elvire wanhopig. Maar voor het eerst sinds lang zei ze 'Bedankt' tegen Herman, en stukje bij beetje – iedere dag meer – werd ze de veertig knopjes de baas. Daarna was ze helemaal niet meer van voor het scherm weg te branden. Tenzij om haar kranten te lezen, natuurlijk.

Een goede serie was gebouwd op tragedies die zich snel ontpopten tot oplosbare muizenissen. Er stond muziek onder de pijnlijke momenten en de ondertitels waren geruststellend kort. Hoofdpersonen verongelukten en doken later weer op, ook al had iedereen op hun begrafenis staan huilen. En vooral – het was een balsem op het hart van Elvire – met de kinderen ging het goed. Nooit zag je kadavertjes naast een borst die erbij hing als een lege koffiezak. Nooit werden een zoon de handen afgehakt terwijl zijn moeder en zijn zussen werden verkracht waar hij bijstond. Hoogstens vormde een kroost de speelbal in een echtscheiding die uitdraaide op een verzoening, precies vanwege dat kroost.

Series met een lachband verafschuwde Elvire. De lachjes waren te luid en er viel niets te lachen. Ondanks haar talent voor plaatsvervangend lijden met de slachtoffers uit haar krant, eiste ze van haar televisie drama. Want voor het scherm speelde haar grimmige fantasie haar geen parten. Ze kon met eigen ogen zien dat de personages het alles bij elkaar zo slecht niet hadden. Ze waren gezond en ze redden het wel. Als toeschouwer had je een afkeer van deze of een voorliefde voor gene, maar je bleef jezelf en er werd je niets opgedrongen, en al zeker geen gratuit gegier. Ook zoiets als een huilband of een woedeband bestond goddank niet. Als er iets ergs gebeurd of gezegd was, kreeg je een lange close-up van de heldin. Zij keek sprakeloos van verbijstering je huiskamer in, begeleid door violen en bas. Haar gezicht vervaagde en het scherm werd zwart. Daar kon je het mee doen.

En zo hoorde het ook. In het echte leven hoorde je toch ook nooit een lach- of een huilband, als je iets knulligs deed? Gelukkig maar, dacht Elvire. Anders had ze nooit meer haar bed uit durven komen. Zelfs niet om alleen maar televisie te kijken en de krant te lezen.

KATRIEN KEEK NAAR HET INGEVALLEN GEZICHT van haar moeder. Het was omgeven door de aluminium band op het glas dat hen scheidde. Een reusachtig medaillon met een treurend besje. Wat was haar moeder oud geworden. Elke keer schrok ze daarvan.

Nooit hadden ze één gesprek gehad, die naam waardig. Altijd had Katrien gevoeld dat haar moeder vreesde door haar glorieuze dochter te worden bespot en geminacht – bespot om haar ziekte, geminacht om haar tekortschietende moederschap. En omdat de vrees van Elvire zo krachtig was – al haar gevoelens waren krachtig – had Katrien nooit anders gekund dan inderdaad te minachten en te spotten zodra ze bij haar moeder in de buurt kwam. Het was een van de weinige zaken waarvoor Katrien door iedereen was gekapitteld, zelfs door de drie tantes. 'Betoont dat mens wat respect. Zij heeft u op de wereld gezet. Met hovaardij komt ge er niet. Beklaagt haar liever. Dat zoudt u heel wat schoner staan.'

Maar Katrien had haar moeder beklaagd. Inwendig. Ze had op het ouderlijke bed willen mogen kruipen, al van toen ze zo hoog was. Ze had haar armpje om de dunne schouders van Elvire willen slaan, ze had het onzeker trillende hoofd willen mogen kalmeren door haar handje op die holle wang te leggen en te zeggen: 'Ik ben het maar. Voor mij ben je goed en mooi en lief. Zullen we samen een puzzel leggen?'

Nooit had Katrien daartoe de kans gekregen. Haar moeder zelf had het haar nooit toegestaan. Die voelde zich niet op haar gemak bij Katrien. Bij Gudrun wel. Gudrun was op mensenmaat gesneden. Katrien niet. Het beangstigde Elvire dat uitgerekend zij – de onmachtige, het bedlegerig scharminkel – dit godenkind ter wereld had gebracht.

Ook nu, in deze spreekkamer, was Katrien gedwongen beweginglooos en woordeloos te blijven. Ze moest toezien hoe haar moeder met veel moeite eerst haar leesbril uit haar handtas te voorschijn haalde en daarna een met de hand geschreven lijstje. Zelfs als Katrien had mogen helpen, had ze het niet gekund. Het glas zat in de weg. Er stonden drie zinnen op het lijstje van haar moeder, zag ze, genummerd van één tot drie, in haar beverige handschrift. We hebben een kwartier, dacht Katrien. Ik hoop dat ze aan puntje drie toekomt.

Haar moeder smakte met haar lippen, het briefje krampachtig in haar ene hand houdend en met de wijsvinger van haar andere hand puntje één aanduidend. Ze stopte met smakken en sloeg haar ogen van het papiertje op, om over haar leesbril heen Katrien aan te kijken. Dat duurde een paar tellen. Toen sloeg ze haar ogen weer neer, smakte nog eens met haar lippen en stak van wal.

'Iedereen,' zei ze traag, 'doet je de groeten.' Voor haar doen kwam het er vlot uit. Ik vraag me af wat ze allemaal heeft moeten slikken voor ze hierheen durfde te komen, dacht Katrien. Haar moeder blikte van het papiertje op, keek haar dochter een paar tellen aan en liet haar blik weer zakken. Ze kuchte. Haar wijsvinger schoof naar puntje twee.

'Nonkel Leo,' zei ze, 'zorgt voor alles.' Ze keek opnieuw van het papiertje op naar Katrien, als om zich ervan te vergewissen dat haar dochter er nog steeds was. Ze sloeg haar ogen weer neer en liet haar vinger zakken naar puntje drie.

'Morgen,' zei ze, 'is de asverstrooiing.' Ze liet een lange pauze vallen, boog zich langzaam naar voren om een klein PS te lezen. 'Jij,' zei ze, 'mag ook komen.' Toen vouwde ze het briefje dicht, zette haar leesbril af, sloeg opnieuw haar blik op naar Katrien en begon te huilen.

Moeder en dochter keken elkaar in de groene ogen. Katrien gaf geen krimp, Elvire kromp ineen, haar schouders (die nog hoger leken te worden) schokten, haar gezicht hing schuin, haar dunne lippen trilden, maar ze bleef Katrien aankijken. 'Het staat erin,' kermde ze, 'het staat erin.'

Met de nodige moeite haalde ze een paar kranten uit haar handtas te voorschijn en legde ze voor zich op het tafeltje.

HET WAS VOOR HET EERST sinds de schoten in het Franse bos dat Katrien besefte dat haar daad in de pers breed zou worden uitgemeten. Met alle details en verdachtmakingen vandien. Hield het dan echt nooit op?

Het antwoord was nee, begreep ze. Alles was nog maar net begonnen. De grootste nachtmerrie van haar vader zou zich op haar storten en op iedereen rond haar. Hun hele gezin zou voor de schijnwerpers gesleept en levend vermalen worden. 'Leef in de schaduw, daar leef je gelukkig,' was het adagium van de haute finance. Pa Deschryver had het ook tot zijn persoonlijke devies gemaakt. Zijn belangrijkste reden om te aarzelen bij het aanvaarden van een publiek ambt, zijn belangrijkste reden voor het neerleggen ervan. 'Laat ons toch ons leven leven.' Die betrachting was door Katrien, met twee schoten op meer dan duizend kilometer hiervandaan, definitief aan flarden gereten. Alsof de dood van Dirk op zich al niet erg genoeg was. Het was allemaal haar schuld.

Op slag maakte zich weer de beklemming van haar meester die ze maar al te goed kende. Oh nee, dacht ze vertwijfeld. Niet nu. Niet waar mijn moeder bij is. Niet opnieuw het rode kantoor.

'Alles zal naar boven komen,' huilde Elvire, 'niets blijft onbedekt.' Nu ze haar verdriet de vrije loop gaf, leken haar woorden vlotter te komen dan daarnet. Ze sprak niet luid, maar haar klaaglijke stem weerklonk onontkoombaar. 'De zweer is aan het barsten en niets houdt de vuiligheid nog tegen...'

Katrien voelde hoe haar keel werd dichtgesnoerd. Ze speurde met haar ogen rond. Ze had ze meteen in de gaten. Twee roostertjes in het plafond, twee lampen in een houder van gewapend glas. Telkens één aan haar kant en één aan de kant van haar moeder. Mijn God. Het zou inderdaad hier gebeuren, hier, en niet in haar cel. Katrien voelde het aankomen. Haar schouder schrijnde.

'Om ter gruwelijkst,' huilde Elvire inmiddels, 'zonder uitzondering. Alle zes.' (Zes? Wat bazelt ze nu weer, dacht Katrien, ze zal toch niet uitgerekend nu een van haar aanvallen krijgen?) Elvire legde haar hand op de bovenste krant. Haar vinger wees naar de kop en de bijbehorende foto's. 'De onschuld zelve. Besmeurd, op video vastgelegd. Alle zes dood.'

Hoewel Katrien nog maar nauwelijks kon ademhalen van de paniek, begreep ze waar haar moeder op doelde. De kindermoordenaar. Mijn moeder heeft het over hem, dacht ze. Godzijdank. Misschien wil dat zeggen dat het ongeluk met Dirk niet in de krant staat, of maar heel klein. Misschien wordt het met de pers niet zo erg als ik heb gevreesd. Misschien valt het nog mee.

Maar Katrien werd er ook treurig van. Mijn arme moeder komt me bezoeken nadat ik mijn man heb doodgemaakt, dacht ze, ik word beschuldigd van moord, ik ben mishandeld, en om wie zit ze te huilen? Om meisjes in de krant. Om de dochters van anderen. Katrien kreeg er een steek van in haar zij. Maar ze kon niet bewegen, ze kon zelfs niet even gaan verzitten op haar stoel. Ze hield de lampen en de roostertjes nauwlettend in de gaten. Wanneer? dacht ze. En hoe?

De woorden rolden Elvire almaar gemakkelijker over de lippen. Ze droogde haar ogen met een zakdoekje uit haar handtas en zei: 'Al de rest komt ook naar boven. Er zijn cijfers en tabellen. Het gebeurt! In de beste families! Met bloedeigen kinderen!' Ze keek achter zich om te controleren of ze wel alleen was.

Wat zit ze te raaskallen, dacht Katrien, dat arme mens. Spaar haar, smeekte ze, ze is niet goed bij haar hoofd. Laat alleen de lamp aan mijn kant ontploffen, laat alleen mijn roostertje kapot springen, laat enkel mijn kant van de kamer zich vullen met uitlaatgassen. Maak mijn oude moeder blind, verdoof haar oor, snoer haar liefdevol de mond en voer haar weg.

Elvire, zich vooroverbuigend, siste: 'Ik heb het altijd verdrongen maar ik had het moeten weten. Kijk naar Gudrun, zelfs naar jou. Hij heeft jullie levens verwoest. Wat was dat altijd in het souterrain? En waar is hij nu? Waarom komt hij niet thuis? Waarvoor is hij bang?'

Eindelijk begreep Katrien waar haar moeder het over had. Ze was verbijsterd. Nu is ze helemaal geschift geworden, dacht ze. Dat kalf leest een statistiek in haar krant en direct is het ook haar overkomen. Haar krankzinnigheid ontziet niemand. Zelfs hem niet. Na alles wat die man heeft gedaan voor haar. Na het leven dat hij met haar heeft moeten slijten. Stel je voor dat De Decker dit gesprek afluistert, bedacht ze verschrikt. Het is genoeg om onze hele familie te ruïneren. Als pa hier niet is, op dit moment, zal hij daarvoor wel een goede reden hebben. Waarom moet hij zo maar direct beschuldigd worden van van alles? Zo is het toch?

Katrien was ziedend. Waarom kan ik geen moeder hebben zoals iedereen? We hadden haar allang in een inrichting moeten stoppen. Moet je haar bezig horen! Zie haar daar zitten!

Het lijkt wel of ze al in een inrichting zít, en ik op bezoek ben bij haar, in plaats van zij bij mij. We zijn veel te goed geweest voor haar. Zo iemand hoort niet vrij rond te lopen. Het souterrain? Daar mochten we juist nooit komen!

(Gudruntje, het voorbeeld volgend van Katrien, was ook op expeditie gegaan. Via de garage, sluipend naar het niemandsland met zijn halve boogvensters. De geur van appels met wormen. De scheuten van ajuin, gekneusd tussen duim en wijsvinger. Een straaltje zon trof het groen van snijbonen achter dik glas. Gudruns handje was te klein voor de weckpot. Een knal, de bonen spatten tegen haar benen op, een scherf sneed in haar enkel. Pa Deschryver vond haar, uren later. Ze had nog steeds geen stap gezet, bang om de bonen te pletten en haar voetzooltjes te snijden. Ze kreeg voor straf een klap, maar ze werd ook meteen getroost. Dat had Katrien zelf kunnen zien. Want pa Deschryver had haar erbij gehaald en verklaarde opnieuw, ten overstaan van zijn beide dochters, het souterrain tot verboden territorium. Allebei een kus, op de wang, plus een vriendelijke tik op de billen, en ze konden gaan. Dat was alles geweest. Dat was alles!)

Ondanks haar kwaadheid voelde Katrien nog steeds de schrik door de keel gieren. Ze wist opeens wat er stond te gebeuren. Het was de glazen wand tussen haar en haar moeder. Hij stond op springen. Hij zou uiteenspatten als een kristallen champagnecoupe op een geluidsbox. Beeldde ze zich iets in of trilde hij al? Grote scherven zouden naar beneden vallen als pas geslepen schotsen. Splinters zouden alle kanten uitvliegen, kleiner en scherper dan naalden.

Nee, dacht ze, alsjeblieft, niet als dat zielige gekke mens erbij is. Ze is zo zot als een kwartel, ze doet meer kwaad dan goed maar wat heeft zij ermee te maken? Spaar haar toch.

Elvire keek nog eens om, drukte dan haar mond bijna tegen de gaatjes in het glas en fezelde, omkranst door aluminium: 'Maar veroordeel hem niet, Katrien. Hij is een goed mens. Maak hem niet slecht. Verklap niets! Het zou hem fataal worden. We lossen het zelf wel op. Ik smeek je. Het komt allemaal door mij. Ik was er niet, voor hem. Mij treft alle schuld.'

De wand hield stand. Hij spatte niet uiteen. Het was de ijzeren deur aan de kant van Elvire die openzwaaide, de gevangenbewaarster binnenlatend. Ze glimlachte even ambtelijk als daarnet.

'Het spijt me,' zei ze, 'maar uw kwartier is om.'

KATRIEN WAS OPGELUCHT. Er was niets gebeurd. Toch bleef het gevoel van dreiging hangen. Ze had haar hand of haar oor op de wand willen kunnen leggen om te controleren of hij niet toch een heel klein beetje trilde. Tegelijk dacht ze: Zet dat nu eens eindelijk van je af. Je hebt je maar wat ingebeeld. Er zal niets gebeuren.

Toen kreeg haar moeder een van haar aanvallen.

Op het moment dat de gevangenbewaarster haar bij de arm wou nemen om haar te helpen bij het overeind komen, gooide Elvire zich voorover op haar tafeltje. Ze drukte haar ene wang op het stapeltje kranten, greep het tafelblad stevig beet bij de randen en riep: 'Nee! Ik ga niet weg. Ik heb nog van alles te zeggen. Jullie kunnen mij niet dwingen om weg te gaan, ze is mijn dochter, ik heb het recht om hier te zijn en te blijven, ik ga niet weg!'

De gevangenbewaarster was verbouwereerd. 'Mevrouw,' zei ze, 'het spijt mij oprecht maar uw tijd is om.'

'Je liegt,' schreeuwde Elvire, 'je hebt er helemaal geen spijt van. Jullie zijn allemaal hetzelfde, jullie houden juist van dit soort dingen.'

'Mevrouw,' zei de gevangenbewaarster kalm, 'neemt u mij niet kwalijk...' Ze keek Katrien aan, hulp zoekend bij haar. Maar Katrien zweeg. De gevangenbewaarster zuchtte. 'Ik kan er zelf niets aan doen,' zei ze, geïrriteerd om zowel de onwil van de dochter als de hysterie van de moeder. 'Ik voer ook alleen maar uit wat ze me opdragen.' Ze greep Elvire bij de elleboog en trachtte haar met vriendelijke dwang los te maken van de tafel.

'Trek je poten van mij af,' brulde Elvire. Katrien herkende de tomeloze energie. O jee. Dit zou weleens een opflakkering kunnen worden. Dan was het einde zoek. Niemand kon voorspellen waar haar moeder toe in staat was, wanneer haar onmacht omsloeg in overmacht.

Voorlopig bleef het binnen de perken. Elvire liet zich alleen maar niet van het tafeltje verwijderen. Ze klemde de tafelranden vast met haar oude vingers en liet niet los, al trok de gevangenbewaarster steeds harder. 'Mevrouw, alstublieft,' smeekte de gevangenbewaarster, 'dit heeft geen enkele zin, u stelt zich aan.'

Maar Elvire liet niet los. Ze lichtte haar hoofd op en keek met haar trillende vogelkop de gevangenbewaarster aan. Een halve krantenkop was afgegaan op haar wang. 'Ik laat me niet wegjagen bij mijn eigen kind,' brulde ze. 'Heb jij zelf geen moeder gehad? Hoe wil jij zelf ooit een moeder worden? Je moest je schamen.' De stem die Elvire kon opzetten tijdens een opflakkering was indrukwekkend.

'Mevrouw,' zei de gevangenbewaarster, haar kalmte verliezend, 'ik waarschuw u, u moet mij volgen.' Ze begon aan de oude vingers van Elvire te wrikken. Elvire leek de tafel alleen maar steviger vast te klemmen. Haar hoofd draaide zich naar Katrien. De kracht die ze had was beangstigend. Ze leek een andere vrouw te zijn geworden. 'Ik heb een boodschap van hem,' sprak Elvire. 'Ik heb hem gezien en hij heeft mij gevraagd jou een boodschap van hem te geven.'

'Mevrouw,' riep de gevangenbewaarster, 'in het belang van het onderzoek moet ik u verzoeken om gevolg te geven aan mijn bevel om te zwijgen en de kamer te verlaten!' Ze rukte nu uit alle macht aan de hand van de oude vrouw. Zonder resultaat.

'Hij kwam in mijn droom,' zei Elvire, alle misbaar van de gevangenbewaarster negerend, 'ik had niets bijzonders genomen, een valium of twee, meer niet. Het was prachtig en vre- selijk tegelijk. Ik zat in een grote zaal, een groot theater, een operazaal, zoiets. Helemaal in mijn eentje. In het midden van de twaalfde rij, in mijn nachtpon en met mijn handtas op mijn schoot. Op zo'n stoel van rood pluche. Alles zag rood, het plafond, de muren, het licht, alles. Het deed pijn aan de ogen, zo rood.'

'Mevrouw,' riep de gevangenbewaarster intussen, 'alstublieft, stop daarmee, zwijg!' Ze rukte zo hard aan de arm van Elvire dat het tafeltje verschoof. De tafelrand maakte een piepend geluid tegen de glazen wand.

Maar Elvire liet niet los. 'Eerst gebeurde er niets, ook niet op het podium,' zei ze. 'Toen bewoog het grote rode doek met de vele plooien. Het schoof langzaam open, ruisend en gol- vend, zoals een zee die aan een wasdraad is gehangen en door de wind wordt opengeblazen.'

'Dit zult u zich nog berouwen, alle twee,' riep de gevangen- bewaarster. Ze had de arm van Elvire losgelaten en liep vloe- kend de deur uit. De deur bleef achter haar openstaan.

Elvire ging gewoon door met haar verhaal. 'En daar stond hij. In een doodse stilte want het doek was nu helemaal open- geschoven. Niemand anders op dat immense podium, behalve dat kleine, oude mannetje met zijn rubberlaarzen en zijn wit baardje. Hij zag niet rood. Hij droeg zo'n glimmende gele regen- jas en een oranje hoed en in zijn mond zat een sigaartje. Maar het theater geurde niet alleen maar naar tabak. Ook naar het strand. Naar het strand van Oostende om vijf uur 's morgens.' (Ze pauzeerde even, als was ze verrast door haar eigen woorden. Dan ging ze voort:) 'Hij droeg iets zwaars in zijn armen. Het had de vorm van een lichaampje maar het was bedekt met een spierwit laken.' (Ze keek haar dochter nog steeds in de ogen. Maar haar kracht, die daarnet zo overweldigend was geweest, leek te tanen, nu de gevangenbewaarster niet meer aan haar arm trok.) 'En vlak boven hem daalde uit de toren van het toneel een reusachtige witte bal neer... Een enorme strandbal maar dan zonder kleuren, alleen maar wit.' (Ook haar stem klonk minder fel dan daarnet, toen ze de vrouw had uitgescholden.) 'En... Net boven het hoofd van de man stopte die bal met zakken... Hij hing daar te wiebelen, niet aan een draad of zo... Hij hing daar gewoon... En toen zei die man het... Hij had zo'n mooie stem, ik kreeg er kippenvel van... Het galmde in het lege theater... Het klonk bijna zo magnifiek als opera.' (Elvire moest even slikken. Ze knipperde ook even met de ogen. Haar stem klonk almaar minder sterk.) 'Elvire! zei hij... Elvire!... Jij moet naar de gevangenis gaan... Want ik heb een boodschap voor Katrientje... Jij moet mijn boodschap overbrengen, zei hij... En hij stak dat lichaampje met het laken erover naar voren... Alsof hij het mij goed wilde laten zien...' (Ze moest steeds meer slikken.) 'Maar dat laken lag erover... Dus ik kon niet zien wie het was... Dus ik weet ook niet of... Of het nog leefde... Of niet...'

De opflakkering was voorbij. Dit was opnieuw de Elvire van altijd. De onmachtige, de verdrietige. De lijdende. Haar ogen schoten heen en weer. Haar breekbare handen hadden het tafeltje losgelaten. Elvire legde ze even op haar mond en liet ze meteen zakken, tot alleen haar vingertoppen nog op haar kin rustten. 'En toen... zei hij zijn boodschap,' zei ze, traag en met veel moeite. Ze durfde Katrien niet meer aan te kijken. 'Hij zei... Zeg... Tegen jouw Katrientje... Dat ik... Dat zij...'

De gevangenbewaarster kwam door de openstaande deur binnengestormd met twee collega's in haar kielzog. 'Mevrouw,'

riep ze, 'voor de laatste keer: wilt u zwijgen en de kamer verlaten, alstublieft!'

'Hoe is dat nu toch mogelijk?' kermde Elvire zwakjes. Ze keek
smekend naar de gevangenbewaarster. Die gaf haar twee collega's een teken. Ze grepen Elvire onder de oksels en tilden
haar van haar stoel. 'Ik ben het vergeten,' kermde Elvire terwijl ze werd weggesleept. 'Ik ben het vergeten.'

6

TOT AS

'neemt nog een pistolet met kaas,' zei Marja. 'Ze staan er om opgegeten te worden,' zei Milou. 'We kunnen ze moeilijk meepakken naar huis,' zei Madeleine. 'Allez toe!' zei Milou. 'Of als ge liever een boterkoek hebt?' vroeg Marja. 'Neemt dan ineens een praline,' zei Madeleine, 'zoet gaat goed met hartzeer samen.'

De drie zussen trippelden, met ogen nog dik van het huilen, door de ontvangstzaal van het crematorium. Ze namen de diensters het werk uit handen door zelf rond te gaan met koffie en met schalen vol belegde broodjes en met dozen cigarillo's van het beste merk. De diensters mochten het hun niet kwalijk nemen, had Marja hun gesmeekt. Ze zouden net zo goed hun fooi krijgen. Maar Marja en haar zussen zaten niet graag werkeloos op een stoel te janken. Ze moesten iets om handen hebben. Dat gaf aan hun gemis een schijn van draaglijkheid. En Marja had eraan toegevoegd, achter haar hand, dat de aflijvige de man was geweest van haar favoriete nichtje. En dat het te triestig was voor woorden, wat er was gebeurd. En dat Dirk Vereecken een correcte, pronte vent was geweest, echt een man om trots op te zijn. En dat het zo erg was voor zijn zoontje, dat rostje daar, dat daar zat te lachen – goddank te klein om te beseffen wat er gebeurde, hoe gaat dat met een kind?

De drie zussen bestierden de boel alsof zij het crematorium in pacht hadden. Nog een kwartier, oordeelden ze (verzameld in een kort conclaaf aan de toog, zich het voorhoofd afdrogend met een papieren servet), en dan was het gepermitteerd om de sterke drank aan te breken. Cognac en calvados, en Grand Marnier voor de snoepers. Whisky niet. Whisky was te hard en te werelds na een uitvaart. Dat stond niet en dus zou het niet gebeuren. De koffietafel voor Dirk zou zijn zoals het hoorde, alles tot in de puntjes verzorgd. 'Dat is het laatste wat we nog voor die jongen kunnen doen,' zei Marja, nu toch met een snik, al zat ze niet op een stoel en hield ze in haar handen een schaal met lange koffiekoeken met rozijnen en pistolets met hesp.

De tafel stond in hoefijzervorm zodat iedereen iedereen in de gaten kon houden en men kon gaan babbelen met wie het meeste nood vertoonde aan een babbel. Want op een dag als deze was conversatie een bron van troost, al ging het over niet veel meer dan over 't weer. ('Eindelijk een zomerdag.' 'Jaja, maar warm, wárm.') Ook de schoonheid van de muziek bij de plechtigheid kwam telkens weer ter sprake. Evenals het woordje van de priester. Nooit had hij Dirk gesproken of gezien, desondanks had hij het leed vertolkt dat velen voelden maar niemand wist te formuleren. ('Hoe krijgt hij het voor mekaar?' hadden de zussen hem na afloop geprezen. 'Waar dient een priester anders voor?' had Leo gedacht.)

Direct na de eerste cognac werden aan het ene been van het hoefijzer de speelkaarten te voorschijn gehaald, voor het soelaas dat ook Engelse whist kon bieden. Het mocht van de drie zussen, op voorwaarde dat er niet gevloekt werd, zelfs niet bij het mislukken van een abondance of een miserie. En aan het andere been begon men in groep te mijmeren over de muziek die men bij de eigen uitvaart het meest toepasselijk zou vinden. 'Niet weer dat *Requiem* van Mozart,' zei een man, 'bij mij past meer *De toverfluit*.' Zijn vrouw rolde eens met haar ogen en zei: 'Waarom altijd klassiek? Ik wil iets van bij ons. *Ik ben zo eenzaam zonder jou* van Will Tura. Of een luisterlied van Preud'homme.' Waarop haar buurman: 'Zingt de keeper van FC Porto nu ook al luisterliederen?' Waarop de pezenwever: 'Preud'homme staat in de goal bij Lissabon, niet bij Porto.'

Waarop de leepste: 'Porto? Is er porto? Nee? Geeft mij dan nog maar een glaaske Grand Marnier, Miloutje.' En Miloutje schonk zijn glas goed vol.

Wie geen glaaske kreeg ingeschonken, cognac noch Grand Marnier, was Elvire. Die had geen sterke drank nodig. Die had al aangeschoten geleken nog voor ze de kerk was binnengestapt. Wie slikte er nu om naar een lijkdienst te gaan een medicament als Prozac? Elvire leek te zweven met een glimlach tot achter haar oren. Een magere boeddha van een meter tachtig met goddank een hoed op met een zwarte voile voor haar gezicht. En dan was een mens nog bang dat het schaap in schaterlachen zou uitbarsten. Zoals bij dat incidentje op de strooiweide.

(Hier staan wij nu. Onder een wolkenloze lucht, gestolen aan de Côte d' Azur, waarin leeuweriken zich kwinkelerend naar boven ellebogen. Onder een zon, gestolen in de tropen, groot en rond, een schijf van brandend koper. En daar, voor ons, liggen ze te blinken: de Vlaamse Ardennen, onze trots. Nog altijd even schoon – als ge die huizen met koterijen wegdenkt en die autostrade en die hoogspanningsmasten – als een landschap achter de rug van een Madonna van Memlinc. Met groen en goud en licht en schapen en een koe of twee, en met een kabbelend beekske, en met bomen waaronder het goed lommer zoeken is.

En dit land is voor ons, bewoners van de platte polders, zo bijzonder omdat het golft. Niet zoals een waterplas bij storm, woest en vervaarlijk. Het golft met de profijtige plooien van de opgeschorte rok van een boerendochter, die op een krukske gezeten haar koe melkt en die haar wang tegen die warme koeienflank legt en die de melk hoort zingen in de emmer tussen haar voeten. Zo gemoedelijk golft ons land. Die Dirk Vereecken mag niet klagen, vinden wij. Als uw tijd dan toch gekomen is? Dan is dit een prachtige dag om te gaan en een prachtige plek om te blijven.

De begrafenisondernemer in zijn uniform – het zweet loopt tappelings vanonder zijn kepie – schrijdt eindelijk, na het dirigeren van de zwarte limousines en het regisseren van de naaste familie, naar het midden van de strooiweide. Een half voetbalveld groot. Gelegen in de kom van zo'n profijtige plooi. En met het groenste en dikste gras dat wij ooit al in ons leven onder onze voeten hebben mogen voelen. Een gazon lijk een tapijt. Een pelouse in de hand van God.

Wij staan aan één zijlijn van dat halve voetbalveld toe te kijken in eerbiedige stilte. De man met de kepie schrijdt nog altijd voort. Hij acteert in zijn eentje een staatsbegrafenis. Op de onzichtbare middenstip aangekomen, buigt hij zijn hoofd in laatste groet, hij verschuift iets aan het blinkende geval dat hij in zijn hand draagt en begint met het verstrooien van de as. En op dat moment – ge zult het altijd zien – bewijst ons klimaat dat het nog altijd ons klimaat is. Een onverwachte windstoot in de kom van die profijtige plooi en wij, de wachtenden, de rouwenden, de overblijvers, wij zien de helft van Dirk Vereecken op ons af komen geblazen. En het is dat Milou een hoestaanval veinst of iedereen had het kunnen horen. Dat Elvire in de lach schiet en dat ze, zich haar kleren afkloppend, uitspreekt wat sommigen stillekens denken: 'Dat is dan ook de eerste keer dat die droogkloot wil blijven plakken.' Maar op de hoestbui van Milou na, doen wij lijk of er niets gebeurd is. Wij gebaren van krommenaas. En wij wandelen in een langgerekte groep naar de ontvangstzaal, waar de koffie op ons wacht.)

Aan de koffietafel leek Elvire nog meer haar best te doen om haar drie schoonzussen te tarten. De lachende koe (dixit Madeleine) ging zitten en knoopte een gesprek aan met uitgerekend haar enige schoondochter, Alessandra.

Niemand kon zeggen dat Alessandra niet in het zwart was gekomen. Maar het was van het soort zwart dat beter stond op een modeshow in Milaan dan op een strooiweide in de Vlaamse Ardennen. Een blote rug, een decolleté tot aan haar navel, oorbellen tot op haar schouders, haar haar opgestoken en haar ogen geschminkt in drie kleuren. 'Dat gaat niet naar een uitvaart, dat is op oorlogspad.' (Madeleine) 'Op hoge hakken! Straks vraagt ze nog waar het orkestje blijft.' (Milou) 'Er zit tenminste geen split in haar rok zoals vorig jaar bij de hoogmis van Allerheiligen.' (Marja) Maar in plaats van het collectieve misprijzen diets te maken aan Alessandra, zat Elvire met haar te kletsen. En het klikte zo te zien nog ook. Na al die jaren. Waar gingen we dat schrijven?

Uit het bekijken van de vele Amerikaanse soaps met ondertitels, had Elvire Engels leren spreken. Engels met haar op. Maar het volstond voor haar onderwerp. Alessandra kon haar oren niet geloven. Haar schoonmoeder moest evenveel tijd doorbrengen voor de televisie als zij. En wat dat mens zich niet allemaal herinnerde?

Moeder en schoondochter wisselden weetjes uit en vergeleken hun sympathieën. 'I don't like Ridge,' monkelde Elvire – rustig formulerend dankzij haar medicijn. 'Ridge is too much a man of plastic. Know what I mean?' Alessandra knew. Ze ging volmondig akkoord. Eindelijk ontmoette ze een verwante ziel, op de laatste plek waar ze die ooit vermoed had. En wie zei dat schoonmoeders onvriendelijk waren? Ma Deschryver lachte Alessandra toe zoals die nog maar zelden iemand had zien lachen. En zij had een zwak voor Sally Spectra! Straks werden ze nog vriendinnen. 'You can call me Sandra,' zei Alessandra, een dunne filtersigaret opstekend en er één offrerend aan ma Deschryver. Die nam de sigaret aan, stak op en rookte alsof ze nooit anders had gedaan dan roken en in gebroken Engels converseren over soaps.

Wie zich, behalve de tantes, ook ergerde aan het gekwek van Alessandra en Elvire, was Gudrun. Ze zat naast de twee en wenste dat ze de moed had om hun te zeggen dat ze moesten zwijgen. Maar ze was te gebroken om nog moed te hebben.

Bij de asverstrooiing had zij het meest gehuild van allemaal en had zij het meest geprobeerd haar tranen weg te steken. Zelfs nu, in deze zaal, hield ze haar zonnebril op. Omdat het licht haar pijn deed. En omdat, door een donkere bril, het verdict van de werkelijkheid minder scherp leek. Dat verdict luidde: Dirk was dood en weg.

Ze voelde zich zijn weduwe. Sterker, ze voelde zich twee keer weduwe. Want niemand wist het van haar en Dirk. Bijgevolg was haar niet eens de troost vergund om te worden beklaagd als langstlevende geliefde. Mijn leven in een notendop, dacht ze. Wat aan de oppervlakte gebeurt, is het vertellen niet waard; wat echt met mij gebeurt, mag niemand weten.

In de ogen van vreemden kon haar verdriet aan deze tafel niets anders zijn dan aanstellerij. 'Gudruneke lijdt aan weemoed, vermengd met zelfbeklag, nog altijd om haar drummer' – ze hoorde het haar tantes al zeggen. En niet alleen de tantes. Het was wat iedereen hier dacht van haar. Die zekerheid wrong haar nog meer bitterheid uit de ogen.

De enige die ze niet van bijgedachten kon verdenken en die dus haar enige steun betekende, was Jonaske. Die vermaakte zich uitstekend. Hij mocht chocolademelk drinken zo veel hij wilde, met koffiekoeken toe. In zijn ene hand een half opgegeten koek, in zijn andere een miniatuurautootje – zo legde hij op het tafelblad een woest parcours af, tussen koffiekoppen, botervlootjes en asbakken. Er was geen bocht waarin zijn wagentje niet op de zij ging liggen. En bij elke bocht ontsnapte het geluid van gierende banden aan zijn mondje. Elk van zijn wagentjes legde het parcours tien keer af. Hij had er vijftien bij zich.

Twee keer was zijn brandweerwagentje reeds om het peper- en zoutstel heen gegierd, vóór het van zijn traject afweek en op de hand van Gudrun afstevende. Vlak voor haar pink kwam het, krijsend en met de achterwieltjes in de lucht, tot stilstand. 'Tante Gudrun?' Ze keek hem aan door haar zonnebril. Ze slaagde er niet in te vragen wat er scheelde. 'Waarom zit oma heel de tijd te giechelen en jij niet?' 'Omdat,' zei Gudrun na een poosje, 'oma een pilletje heeft genomen waar ze vrolijk van wordt.' 'Neem er dan ook zo één,' zei de kleine. 'En vraag er voor mij een stuk of drie.' Het brandweerwagentje reed achteruit en gierde weg.

In de wc zat Steven op zijn knieën voor de porseleinen pot. Ook hij droeg nog zijn zonnebril. Want zelfs onder de laag fond de teint was het blauw rond zijn oog nog steeds wat zichtbaar en het wit van zijn oog bloeddoorlopen.

Stephen haalde uit zijn binnenzak een envelop te voorschijn. Hij raakte er niet meer wijs uit. Uit zichzelf. Uit alles. The whole fuckin' world. Waarom was hij opeens zo jaloers op Alessandra? Op Leo was hij trouwens ook jaloers. Hoe kon dat nu? Hij had de twee niet gestoord toen ze in de loft aan het vozen waren. Dát ze met elkaar eens voosden, tja... Dat had hij moeten zien aankomen, vond hij. Het getuigde bij Sandra van een goede kijk en bij Leo van een goede smaak.

Maar Sandra had er achteraf tegen hem niets van gezegd. Ome Leo ook niet, trouwens. Enerzijds was Steven daar blij om. Hij had niet geweten wat hij had moeten antwoorden. Maar anderzijds? Kijk, Sandra en hij wáren getrouwd, toch? Ze hadden afspraken. A deal. Waar moest het heen als that basic confidence ontbrak? Hetzelfde met nonkel Leo. Van je familie moet je 't hebben, dacht Stephen. Als hij en Sandra nu eens echt getrouwd waren geweest, wat maakte dat dan van nonkel Leo? En van Sandra? En van hém?

Daar ging het hem om. Niet om jaloezie in den vleze. No way. Want Sandra mocht er vandaag dan extra lekker uitzien – in de rouw en toch zo hot as hell – sinds het binnenkomen in de ontvangstzaal had hij maar oog gehad voor één persoon. De barman. Een hengst van eenentwintig à negenendertig jaar, hoekige kin met blauwe schaduw, gebruind, behaarde voorarmen, een kont van staal gevat in suggestief textiel zoals het hoort. Geen ogen maar twee korrels antraciet die elk moment konden ontvlammen. Iets Iberisch, tiens. Ofwel een Siciliaan. Lang leve het vrije grensverkeer. Doordat zijn tantes de diensters het werk uit handen hadden genomen, hadden de diensters de barman het werk uit handen genomen – ze wilden hun fooi onder geen beding mislopen. Ze hadden hem verdreven van zijn territorium, just like that. Steven had hem in de gaten gehouden. Eerst had the Latin lover staan lummelen bij het koffieapparaat, daarna was hij weggeslopen met wat stripverhalen in zijn handen, richting de wc's.

Toen hij pas een halfuur later weer de zaal inkwam, was Steven op zijn beurt weggeslopen. Stephen legde zijn hand op de houten bril. Heerlijk. Nog warm. Body talk. Had Seedy Gonzalez zijn broek aangehouden of had hij zitten lezen in zijn blote billen? Stephen ging zijn neus boven het hout hangen. Kruidnoot en mannenzweet. Just what I need. Hij haalde uit de envelop een nog kleinere envelop en leegde hem – voorzichtig, dat er niets in de pot viel! – op het warme, geverniste hout. Met zijn platina AmEx trok hij een lang lijntje, dat de vorm van de bril volgde. De aanzet van a question mark. Gedenk, oh mens, dacht Stephen (terwijl hij een biljet van tienduizend ballen tot een kokertje rolde), dat gij van stof zijt. En nog fucking kórt van stof ook, zo te zien. Steven snoof uit alle macht. Auw! (Nog steeds dat oog.)

(Bruno zat niet aan de tafel. Hij was niet uitgenodigd en hij wist niet eens dat Dirk Vereecken werd verstrooid. Had men hem uitgenodigd, dan was hij nog niet komen opdagen. Hij lag, tientallen kilometers daarvandaan, op een kunstlederen rustbed in een van de stemmige relaxhokjes waarom De Corridor zo beroemd was. Het licht – niet meer dan schemer – was even schaars als zijn kledij, een losgeknoopte handdoek die ternauwernood zijn kont verborg. En om zijn rechterhand droeg hij een verband.

Hij lag op zijn buik. Het was de eerste keer dat hij dit deed. Hij was die dark-room beu. Voor hem geen Romeinse orgieën meer. Hij wilde alleen nog man tegen man, en tot het uiterste. De deur van zijn hokje stond uitnodigend open, naast hem lag een nog onaangebroken pak condooms. Maar er was nog niemand gepasseerd, laat staan binnengekomen. Wie ging er met dit prachtweer naar de sauna? Zweten in het halve donker terwijl je kon zweten in de zon?

Bruno gooide zijn handdoek aan de kant. Dit had hij vroeger nooit gedurfd. Hier had hij vroeger ook nooit naar verlangd. Nu wilde hij in de schemer een glimp kunnen opvangen van wie hem tegemoet trad. Niet méér dan dat, maar toch: een glimp. En hij wilde opnieuw pijn, niet te veel, maar toch een beetje. Zij het op de juiste plaats. Hij hoefde niet eens te weten wie het was of hoe zijn naam luidde. Een onbekende, liefst nobel en welgebouwd, één keer ontmoet en daarna uitgewuifd. Een vreemd'ling voor altijd.

Toch moest Bruno bekennen dat hij – sinds de gebeurtenissen afgelopen keer in de dark-room en daarna in de bar – vaak terug had moeten denken aan de mond die hem zo vurig had gekust en die allerminst had toebehoord aan een onbekende. Hij werd kregelig bij de herinnering, toch liet zij hem niet helemaal onberoerd. Soms betrapte hij zich zelfs op de gedachte: Wat ééns gebeurt, gebeurt misschien een tweede keer. Vroeger zou hij om die gedachte alleen al hebben gegruwd.

Hij rekte zijn lange lijf behaaglijk uit en hoorde nu toch voetstappen. Een voetstap in deze gang slurpte niet, zoals in de dark-room. Hier klonk het zacht zuigende geluid van naakte voeten die zich losmaakten van geglazuurde tegels. Ze kwamen zijn richting uit en stopten voor de open deur. Bruno bleef onbeweeglijk liggen. Hij kon de blikken voelen. Hij spande in zijn schouders en billen de spieren die hij niet bezat. Even kampte hij met de aanvechting om zich toch maar opnieuw te bedekken met de handdoek. Maar hij deed het niet. Hij bleef liggen zoals hij lag. Hij bleef liggen zoals hij was. Het voelde aan als een overwinning.

Zou het kunnen dat... dacht Bruno, heel even. Zekerder van zichzelf dan hij ooit in dit soort situatie was geweest. Nee, grijnsde hij. Hij kan het nog niet zijn. Zo kort achter elkaar, dat is te vlug, de kansberekening is tegen ons. En per slot heb ik hem op zijn gezicht geslagen, zo snel zal hij zich niet opnieuw laten zien. Bruno wachtte op de voetstappen die zouden aangeven dat de onbekende zijn hokje betrad. Maar dat gebeurde niet. Het was tijd voor de glimp.

Bruno draaide zijn hoofd naar het gat van de deur. Daar stond mijnheer Dieudonné met zijn bolle buikje en zijn gemillimeterd hoofd. Hij gaf zijn ogen de kost terwijl hij zich beroerde onder zijn handdoek. Bruno tastte naar zijn eigen handdoek, sloeg die om terwijl hij opsprong en de deur met een klap dichtgooide, voor de neus van Dieudonné. Nog iets dat ik vroeger nooit had gedaan, dacht hij. Niet ontevreden. Al pruttelde *Like a Virgin* van Madonna spottend uit verborgen boxen.)

Leo Deschryver, Europees topfabrikant van tapis-plain, was na drie kwart fles cognac overmoedig genoeg geworden om vanuit het crematorium te bellen naar zijn broer Herman. Het verschafte hem dat bijzondere gevoel van durf en macht, dat onder slechts één noemer te vangen viel: puur plezier.

Buiten stonden de persmuskieten met hun fototoestellen en hun vragen, binnen stonden de begeleiders van Katrien: De Decker en zijn mannen, met hun notitieboekjes en hun vragen. Iedereen wilde weten waar Herman was en hoe hij te bereiken viel. Leo had, bij het uitstappen uit zijn Mercedes, met zijn onschuldigste gezicht geantwoord dat hij het niet wist. Toen ze bleven aandringen, was hij van register veranderd. Hij had ze uitgescheten, zeggend dat ze zich met hun eigen zaken moesten bemoeien en dat ze moesten stoppen met foto's te trekken. De persluizen waren weggekropen. Alleen De Decker was tekeer blijven gaan. Leo had hem in zijn smoel uitgelachen: 'Als ge iets wilt weten, moet ge mij maar oppakken. Waarom zet ge niet heel onze familie vast? We zijn hier nu toch bijeen.' De Decker, wit van colère: 'Ik zou het móeten doen.' Waarop Leo: 'Wat houdt u tegen? Hebt ge schrik wat de gazetten over u gaan schrijven als ge mijn drie jankende zusters en mijn zotte schoonzuster uw Renaultje in moet sleuren? Triestige paljas.'

Ook De Decker was afgedropen. De euforie om die kleine triomf was, als altijd bij Leo, omgeslagen in een grote verzuring. Wat denkt die kakkerlak wel? dacht hij, na vijf pistolets en drie boterkoeken en na meer cognac dan hij van plan geweest was te drinken. Ik zal straks mijn broer eens bellen, zie. Van hieruit. Op maar een paar meter van De Decker vandaan. Zuiver om zijn slag klootzakken eens een neus te zetten. Ik bel mijn broer waar en wanneer ík dat wil.

'En waar zit ge, Herman?' vroeg Leo. Hij stond moederziel alleen in de vestiaire, wankel op zijn benen, lallend in de hoorn van een toestel dat op munten werkte en dat naast een open raam hing.

'Wat maakt het uit?' hoorde hij zijn broer antwoorden, op dat toontje van hem. 'En is het niet gevaarlijk om dat over de telefoon te zeggen, Leo?'

'Het was maar om te horen of alles onder controle is, ginderachter,' zei Leo, terwijl hij door het open raam keek. Ge moogt zeggen wat ge wilt, dacht hij, maar het is hier nondedju toch schoon. Schoner dan in Zwitserland, durf ik wedden. Daar kunt ge geen kilometer ver kijken of er staat al een berg in de weg. Nee, dan moet ge dít zien. Ik moet dringend mijn secretaresse opdracht geven om mij hier in de geburen een fermette aan te schaffen.

Herman: 'Je klinkt raar. Is bij júllie alles in orde?'

Leo: 'Zijt maar zeker. Schone dienst, schoon weer, schone koffietafel...'

Herman: 'Dat bedoel ik niet. Hoe staan de zaken ervoor?'

Leo: 'Maakt u geen zorgen. Milou, Marja en Madeleine hebben alles in handen, ge kent ze, dat keft maar en dat vliegt maar van hier naar ginder...'

Herman: 'Stop daarmee, Leo! Heb je al een advocaat voor Katrien? Wanneer krijgt hij haar vrij?'

Leo: 'Rustig, rustig, alles op zijn tijd. (Tuut-tuut-tuut.) Verdomme, ik heb geen muntjes meer. (Tuut-tuut-tuut.)'

Herman: 'Leo! Hoe wil jouw advocaat de pers aanpakken?'

Leo: '(Tuut-tuut-tuut.) Dat bedoel ik juist. (Tuut-tuut-tuut.) Dju! Die stukken van vijftig vallen er los door. (Tuut-tuut-tuut.)'

Leo: 'Wat wil hij beginnen tegen De Decker?'

Herman: 'Luistert, broer. (Tuut-tuut-tuut.) Het komt voor u en voor mij niet slecht uit dat iedereen zich eerst wat op Katrien tuuuuuuuuuuuuuuuut...'

Herman hoorde in zijn zaktelefoontje dat de verbinding werd verbroken. En hij zag door de verrekijker die hij in Frankrijk had gekocht hoe zijn broer, in het open raam, met de verdwazing der beschonkenen naar de hoorn keek van het muntjestoestel en wankelend uit het raam verdween.

Herman stond op de top van de profijtige plooi, met één been nog in zijn BMW. Zijn linkerelleboog rustte op het openstaande portier, zijn rechterelleboog op het dak. In zijn linkerhand hield hij de verrekijker, in zijn rechterhand het telefoontje, dat hij met zijn duim afzette en op de achterbank gooide. In de wagen speelde *Die Kunst der Fuge,* door de oud en blind geworden Bach vlak voor zijn dood gecomponeerd. Die muziek begeleidde Herman nu al dagen. Naar iets anders wilde hij niet meer luisteren. Maar bij geen der schitterende landschappen die hij had doorkruist, berg of bos, paste *Die*

Kunst der Fuge beter dan bij dit uitzicht. Deze strooiweide en dit kerkhof, met daarachter het crematorium met zijn lange, kronkelige oprijlaan. Opnieuw keek Herman door de verrekijker, steunend op zijn beide ellebogen, in de hoop nog een glimp op te vangen van zijn familie.

Halverwege tussen Luxemburg en Zwitserland had hij het stuur omgegooid en had gedaan wat hij in zijn leven nog nooit had gedaan. Een onverantwoord risico nemen. Als ze mij arresteren dan arresteren ze me maar, had hij gedacht, de grens met België overschrijdend met de twee reiskoffers in de kofferbak van zijn BMW. Misschien verdien ik niet beter dan te worden gearresteerd.

Maar er was niets gebeurd. Niemand had hem tegengehouden. En had men hem tegengehouden, dan was het maar de vraag of men hem direct herkend zou hebben. Zijn ongewassen haar lag in de war, hij had een stoppelbaard van dagen en hij had zijn pak geruild voor een geruit hemd en een goedkope jeans – gekocht in de shop van een tankstation. Hij was zelfs opnieuw begonnen met roken. Dat is ontegenzeglijk een voordeel aan mijn toestand, had hij gedacht: veel kans om longkanker te ontwikkelen heb ik niet meer. Nu nog van die BMW afgeraken en hij was een ander mens. Waarom geen wagen stelen, hier of daar? dacht hij. Blijkbaar word ik aangezien voor een gangster. Misschien moet ik mij maar eens gedragen naar die reputatie. Ze zullen dan weleens zien wat een echte gangster is.

Hij had van hier af alles kunnen volgen. Mistroostig dat hij zijn gezin niet terzijde kon staan, maar blij dat hij op deze manier toch enigszins aanwezig was. Het gebeuren had hem één zurige braakaanval gekost. Toen hij machteloos had moeten toezien hoe, bij het arriveren en uitstappen, zijn twee

dochters en zijn kleinzoontje waren belaagd door de paparazzi. (Goddank waren er geen televisieploegen. Leo had daarin
dan toch gelijk gekregen: voorlopig leek de aandacht binnen
de perken te blijven. Maar hoe lang nog? En wat voor een
mediacircus zou dat niet worden bij het proces?) Door zijn
kijker had hij gezien dat De Decker en zijn mannen nauwelijks tussenbeide waren gekomen om de onbeschaamde rekels
mores te leren. Terwijl zij er toch waren om Katrien te begeleiden. Ongehoord. Niemand deed zijn werk nog, tegenwoordig. Geen wonder dat dit land naar de verdommenis ging. En
Leo, die tapijtsnob, was er natuurlijk meer in geïnteresseerd
om zelf interviews te geven dan om zijn nichtjes af te schermen. Intussen stonden de tantes hulpeloos te grienen langs
de kant en stond Elvire breeduit te lachen en kushandjes te
gooien naar de fotografen – die goddank geen interesse hadden voor haar. Waarschijnlijk wisten ze niet eens wie ze was.
Of was zij te oud en te lelijk voor de dwangmatig jongeren-
vriendelijke vierkleurenmagazines van vandaag. (Hij had de
lach van zijn Elvire wel herkend. Arme Elvire. Dat werden weer
dagen van doffe ellende, morgen en overmorgen en de dag
daarna.) Ook Steven en Alessandra hadden zich niet om Katrien
en Gudrun bekommerd. Alessandra had zelfs jaloers geleken
op de aandacht die haar schoonzussen te beurt viel. Ze was
blijven rondparaderen, op hoge hakken als 't God blieft, tot
een paar van de fotografen ook haar in de gaten kregen en
haar opstookten om te poseren op de trappen van het crematorium. Nu eens met en dan weer zonder Steven. En die had
zich dat laten aanleunen. Geen ruggengraat, die jongen.

Het had niet veel gescheeld of Herman was linea recta, dwars
over de strooiweide, naar het crematorium toe gereden om
orde op zaken te stellen. Maar zijn verschijning zou de ophef

alleen maar hebben vergroot. Hij zag het al in de kranten staan, met foto erbij. Nee, een onverantwoord risico mocht hij desnoods nog nemen maar een gegarandeerde afgang moest hij zichzelf en zijn gezin besparen. Hij kon niet, hij mócht niet opduiken, alvorens hij dat andere terdege had geregeld. En om eerlijk te zijn: hij had er nog altijd geen flauw benul van wat hij moest aanvangen met zijn reiskoffers. Misschien moest hij alles gewoon laten verdwijnen. Het baar geld inbegrepen. Waarom niet verbranden? Vuur had ook een zuiverende functie. Een naald kon je ontsmetten door ze in een vlam te houden, de inboedel van pestlijders werd vroeger uit voorzorg verbrand en de ziel werd door lijden gereinigd in het vagevuur – niet voor niets het purgatorium genoemd.

Dat was het! De fik erin. Laat maar laaien als een lier. Maak de kachel ermee aan, zoals gebeurd was met Dirk Vereecken, de letterlijke aanstoker van het geval die alvast de juiste weg had gewezen door zelf tot pulver te vergaan.

('Cynisme is het melodrama van dit tijdsgewricht,' had Herman vroeger altijd beweerd. Hij kon nu voelen dat hij gelijk had gehad. Een cynicus leek zich een onkwetsbaar pantser aan te meten, maar om te bewijzen hoe onkwetsbaar hij wel was, moest hij zich steeds weer in de platste sentimenten wentelen. Ontaarde smart, dat was het, met zoveel dubbele bodems dat zij geen echte bodem meer had en pathos werd. Herman schaamde zich ervoor. Toch leende hij zich ertoe. 'Pas in de as was Dirk Vereecken in zijn sas,' sneerde hij. In zijn goedkope jeans en lelijke hemd de moderne mens imiterend, een cynicus uit gemakzucht.

Maar Herman Deschryver was geen moderne mens. 'Het lichaam van Dirk is wérkelijk in vlammen opgegaan,' dacht hij onmiddellijk en hij kreeg zoveel mist in de ogen dat hij

niets meer door zijn kijker kon zien dan een waas. Dirk is ver-
zengd, verschroeid, verkoold. Ik heb daarnet zijn stof zien
waaien. Hoe lang is het geleden dat ik hem de hand heb gedrukt – een maand? Zijn stem gehoord – een week? Een
hoopje as dat zó verwaaid is. Zo gaat dat. Nog drie maanden
minus een paar dagen. Oh God, verdoof mijn denken. Ver-
geef me mijn vergiftigd brein.)

Hij veegde zich het waas uit de ogen en tuurde opnieuw
door de kijker. Wanneer vertrokken ze? Hij wilde Jonas en
Elvire nog één keer kunnen zien. En Katrien. Vooral zij. Wat
was ze bleek geweest. Koud en gesloten, als altijd na een ramp.
Maar vanbinnen leed ze, meer dan wie ook. Daar was hij zeker van. Hij kende haar toch? En dat uitgerekend zij in de
handen moest vallen van uitgerekend die De Decker... Herman
mocht daar niet te veel aan denken. Hij voelde direct het zuur
weer stijgen.

Onderzoeksrechter De Decker liet Katrien geen moment on-
bewaakt. Hijzelf hield haar in de gaten want geen van de drie
stillen die hem waren toegewezen vertrouwde hij. Hij had
hier te maken met de familie Deschryver en die bezat tentakels
tot in de hoogste kringen. Kijk maar naar hoe het was gelopen
met de blocnootjes.

Zes manschappen had hij gevraagd, hij had er drie gekregen
en het zou hem niet verwonderen als het drie partijmongolen
waren, die hier stonden om hem op de vingers te kijken in
plaats van hem te helpen. Een mens moest alles alleen doen
in dit apenland. En wat leverde het op? De graad van straffe-
loosheid was stuitend. Alles was ervan doordrongen. Bestond
er een beter symbool dan dit begrafenisfeest? Feest, jawel, een
ander woord was niet van toepassing. Hier werd iets gevierd,

een afrekening, een liquidatie, een doofpotoperatie. En de rijkdom die daarbij werd tentoongespreid was decadent en onbeschaamd. De helft van de BMW's op de parking had een Luxemburgse nummerplaat. De juwelen van de minst opgetutte vrouw, of het horloge plus de ringen van de minst snoeverige vent – ze waren nog altijd voldoende om de kosten te dekken van de computers plus de printer waar de Dienst Fiscale Recherche al twintig jaar op wachtte. Alleen al de hoeveelheid sterke drank die hier werd verzet, kostte meer dan de zaktelefoontjes waar hij al jaren tevergeefs om smeekte bij zijn oversten, terwijl iedere randcrimineel er vijf aan de broeksriem had hangen.

(Voor deuren, ja, daar hadden zijn oversten wel geld voor. Twee maanden geleden staat hij, De Decker, met zijn sleutels in de hand klaar om zijn kantoor binnen te gaan. Zijn oude deur – met een veiligheidsslot – staat naast de deuropening tegen de muur. In de deuropening is een nieuwe deur gemonteerd. Zonder slot. Hij had direct begrepen wat dit betekende. Als hij 's nachts dossiers liet liggen, konden ze ze lezen en zelfs doen verdwijnen. Als hij ze zelf meenam naar huis, konden ze ook dat controleren en vervolgens hém betichten dat híj ze deed verdwijnen... Er had maar één ding opgezeten. De helft van zijn karige tijd en zijn benepen budget besteden aan het maken van nog meer fotokopieën, voor het archief bij hem thuis, dat moest dienen om zich in te dekken. Ze zouden hem niet klein krijgen. Maar ze deden wel érg hun best. Zijn directe overste had zijn kantoor vier deuren verderop. Telkens als hij de nieuwe, slotloze deur van De Decker passeerde, stak hij haar zonder te kloppen open, brulde keihard 'Onnozelaar!' en smakte haar even keihard weer dicht. De eerste keer was De Decker onder zijn bureau gedoken van het verschieten, ervan overtuigd dat dit de aanslag op zijn leven was die hij al zo lang had gevreesd. De tweede en de derde keer had hij slap gelegen van de lach en het ongeloof. Vanaf de vijfde keer had hij zich moeten bedwingen om zijn dienstwapen niet te gebruiken. Maar hij kon toch moeilijk zijn eigen deur aan de binnenkant barricaderen met een stoel? Dan haalden ze er gegarandeerd een psychiater bij om te bewijzen dat hij gestoord was en ontslagen moest worden. Hij moest maar leren door te bijten. Of proberen om als eerste 'Onnozelaar' te roepen.)

De macht van dit land – zo luidde Stelling Nummer Eén van Willy De Decker – lag in de handen van een kaste van enkele tientallen families en een paar dozijn toppolitici, met daaronder een systeem dat iedereen medeplichtig probeerde te maken. En zowel in de kaste, de politiek als het systeem vervulden de Deschryvers een sleutelrol. Je zou versteld staan als je alles wist. Wie was eigenlijk de vrouw van die jongste – hoe heette hij, Steven? Moest je die kleren zien, van haar zowel als van hem. Waar haalden ze hun geld vandaan? Haar Engels klonk machtig Zuid-Amerikaans en zijn blik stond op speed of cocaïne. Toeval? Toch maar eens natrekken, dat koppel.

Over Leo Deschryver hoefde De Decker niets na te trekken. Die vent kon hij niet aankijken zonder te kokhalzen. De dossiers die hij over die doortrapte schoft had gelezen of eigenhandig aangelegd, waren allemaal verdwenen of zonder gevolg geklasseerd. Rechtszaken waren verjaard of – het ergst van al – om vormtechnische redenen in het voordeel van die klootzak uitgesproken. Eén keer had Leo meer schadevergoeding uit de brand weten te slepen dan wat hij verdonkeremaand had. Als je het aan De Decker vroeg: de rechter in kwestie was daar zelf ook niet slechter van geworden.

Dan speelde broer Herman het leper. Bij hem bleef alles in

de schaduw. Maar De Decker had toch weet van weggemof-
felde dossiers uit de tijd toen Herman Deschryver nog diende
in de regering Waterschoot. Waterschoot, dat zei toch genoeg?
Crapuul verpakt in feestpapier. En dat had in dit land premier kunnen worden. Hier was echt alles toegelaten. Noem
het en het was hier gepermitteerd, open en bloot en onbe-
straft. En nog om de vier jaar herkozen ook.

Maar dit keer zou De Decker geen bot vangen. De moord
op Dirk Vereecken zou hem voeren naar het hart van de rottenis in deze familie, en vandaar naar de rottenis in de kaste,
de politiek én het systeem. Om te beginnen: Waarom was
Herman Deschryver niet hier? Dat had een reden. En Katrien
kende die reden. Het hing samen met de moord op haar man.
De Decker liet haar geen ogenblik aan zijn aandacht ontsnappen. Met wie zou ze spreken? Van wie zou ze haar nieuwe or-
ders krijgen? Leo, of die Steven? Hoe zou dat in zijn werk
gaan? Hij zou het te weten komen. Hij had één stap voor op hen.
Nu ja, niet echt een stap. Een schot in het halve duister. Zijn
stemgevoelig recordertje. (Met eigen centen aangeschaft. Als hij
had moeten wachten tot zijn oversten hem zoiets kochten...)

Hij stond een paar stappen achter Katrien, tegen de muur
geleund. Zij zat aan het hoofd van de tafel, in haar eentje. Met
haar rug naar hem toe. Van alle vrouwen was zij de enige die
nog geen traan had gelaten. Zelfs de helft van de venten had
zitten janken in de kerk, tijdens die klassieke muziek. Zij niet.
Evenmin had ze al met iemand een woord gewisseld. Ook niet
in de limousine, tegen haar zuster. De Decker kon het weten,
hij had erbij gezeten. Geen woord, zelfs niet tegen haar zoontje. De kleine had ook niets gevraagd aan haar, die had de hele
tijd aan de oren zitten te zeuren van de zuster. Bij het uitstappen had Katrien het spervuur van de pers met zo'n misprij-

zend zwijgen gepareerd dat je er alleen maar bewondering voor kon hebben. De zuster was over haar toeren geraakt. Een beetje zielig. De aanstelleritis van de maîtresse. Katrien: geen kik. Klassewijf. In de feestzaal was ze meteen gaan zitten en niet meer van haar plaats opgestaan. Nauwelijks iets gegeten, nauwelijks iets gedronken. Als je het aan De Decker vroeg, wachtte ze op zijn verslappende aandacht om weg te glippen. Hij zou haar die kans niet geven. Hij had tijd te over. En hij wist wel wat gedaan, intussen.

Het recordertje stak in zijn rechterjaszak. Hij haalde het dunne snoer van het oortelefoontje te voorschijn, perste het telefoontje in zijn rechteroor en duwde, met zijn hand in zijn jaszak, de weergaveknop in. Met zijn linkeroor bleef hij de geluiden horen van de ontvangstzaal – kopjes tegen schoteltje, gekuch, besmuikt gelach, treurmuzak... Rechts hoorde hij Katrien in haar slaap. Hij had het recordertje 's nachts achtergelaten onder haar bed. Toen de moeder op bezoek kwam, had hij het bandje zelfs kunnen verwisselen. Het gebeurde nu eenmaal dat verdachten in hun slaap verklapten wat ze verzwegen bij een verhoor. Het was één kans op de duizend, maar je wist maar nooit.

Hij draaide de volumeknop op maximum. Rechts hoorde hij zijn eigen voetstappen die zich verwijderden van Katriens bed, de celdeur die in het slot viel en de sleutel die werd omgedraaid. Links rumoer en muzak. Rechts was er wat gekraak te horen en een hoest. Nog wat gekraak, nog een hoest. Dan een zucht. Links rumoer en muzak. Waar ben ik mee bezig, dacht De Decker al, dit wordt niets. Toen hijgde Katrien zwaar in zijn rechteroor. Hij kreeg het er koud van. Ze hijgde nog eens en mummelde iets onbegrijpelijks. Ze kuchte, ze kreunde. Haar bed kraakte weer.

Het nadeel van dit recordertje was dat je niet wist of Katrien dit alles achter elkaar had gedaan of met grote tussenpozen. Stiltes werden niet getaped. Ze mummelde weer iets. Wat zei ze toch? De Decker kon het niet verstaan. Hij legde een hand over zijn linkeroor. Wat voor soort stem zou ze hebben? dacht hij. Zou de schoonheid ervan zo groot zijn als die van haar ogen, of haar lijf? Hij kon horen hoe ze zich omgooide op de harde matras boven zijn recordertje. Ze smakte met haar lippen, haar laken ruiste. Ze maakte alle geluiden die slapende vrouwen maken. Maar ze maakte die rechtstreeks in zijn oor. Terwijl hij naar haar nekje en haar rug vóór hem stond te kijken, en zij zich in deze zaal bevond met bijna haar hele familie rondom haar.

(Katrien had de toestemming gekregen om de kleren aan te trekken die haar zus gekozen had. Die was dan wel hysterisch maar goede smaak kon haar niet worden ontzegd. Katrien droeg een sobere zwarte jurk, een zwart hoedje, zwarte schoentjes en een grote zonnebril. De fotografen waren niet uitgeflitst geraakt toen ze uit de limousine was gestapt.)

Katrien kreunde weer in De Deckers oor, kort, intens. Haar bed kraakte. Ze zuchtte weer, ze kreunde weer... Het had niet veel zin dat De Decker bleef luisteren. Veel wijzer zou hij er niet van worden. Maar hij kon zich er niet toe brengen deze hortende, krakende, zachtjes kermende sirenenzang te onderbreken. Hij stond hier nu toch. Maar hij kreeg er wel dorst van.

Hij wilde net een van zijn mannen teken geven om hem een pils te brengen toen Katrien sprak. 'Ogentroost,' zei ze. Zo duidelijk alsof ze naast hem stond, op haar tenen, haar mond tegen zijn oor. De Decker was aan de grond genageld. Nog nooit had hij zo'n stem gehoord. Hij dacht dat hij haar niet goed verstaan had maar ze zei het nog eens. 'Ogentroost.' Zo donker, zo wanhopig. In de kerk had noch de muziek noch het gedaas van de priester hem iets gedaan. Bij de verstrooiing had hij zijn lachen moeten verbijten toen de windstoot de as van Vereecken over de rouwenden had doen neerdalen. Maar nu was De Decker aangedaan. En hoewel ze vlak voor hem zat, onbeweeglijk op haar stoel, met haar slanke hals en frêle rug, zag hij Katrien ook weerloos en uitgeteld liggen in haar cel, op haar buik, beschenen door het lelijke licht van de altijd brandende lamp (veiligheidsvoorschrift), gekleed in haar gevangenisplunje van grof katoen. Onrustig woelend in haar slaap en zeggend 'Ogentroost', met deze stem, terwijl onder haar bed zijn recordertje aansloeg om dat ene woord te registreren. Het had iets ontwapenends. Iets waardoor hij zich ging schamen. Iets waardoor hij zich verwant voelde met haar. Hij hield van monologen in de nacht.

Ze zei nog meer. Hij moest zich concentreren om het te kunnen verstaan, boven het rumoer van de ontvangstzaal uit. Bijna riep hij uit dat iedereen zijn kop moest houden. Hij had zin om naar buiten te lopen om ver van het gewoel en de achtergrondmuziek te luisteren naar haar stem. Maar hij wist zich te bedwingen. Verlies haar niet uit het oog, hield hij zichzelf voor. Gun haar niet de kans je beet te nemen. Hij bleef tegen de muur geleund staan, kijkend naar haar rug, zijn hand aan zijn rechteroor, een vinger stekend in zijn linkeroor, zich concentrerend op haar stem. Katrien zei: 'Vuurkruis... Vissenmodder... Tempore lenitum... De tijd heeft mijn wonden...'

Er volgden weer een paar zuchten. Hij herkende de woorden. Ze kwamen uit de blocnootjes. Maar wat bewees dat? Had ze die woorden al gekend, of herhaalde ze slechts wat hij haar tijdens het verhoor voor de voeten had geworpen? Maar Katrien zei nog meer. Ze zei: 'Vijfentwintig centiem... Kleine groene zee van marmer... Vanillebloesem... Lampenglas... Een zwartje zonder benen...'

Dat herinnerde De Decker zich niet uit de blocnootjes. Wat bedoelde ze? Was het onschuldige droomtaal of waren het nieuwe schuilnamen, nieuwe codes? Hij haalde een balpen uit zijn binnenzak en zocht in zijn andere zakken naar een stukje papier maar vond niets.

'Zie ik hem ooit terug?' zei Katrien nu. De Decker kreeg er een krop van in zijn keel, zo triest had het geklonken. Over wie heeft ze het, dacht hij. Over haar vader? Haar vader zal toch ook niet dood zijn? Hij begon het ergste te vermoeden. Deze zaak kon weleens groter zijn dan hij had gedacht. 'Zal hij mij ooit vergeven?' vroeg Katrien. De Decker voelde het zweet over zijn rug lopen. Wie? dacht hij. Wat vergeven? Waarom?

'Altijd anders is het water,' zei Katrien nu, met veel steunen en gezucht. 'Altijd eender is het strand.' En wat ze daarna zei, klonk zo dichtbij dat het leek of ze zich over de rand van het bed naar zijn recordertje toe had gebogen. (Had ze geweten dat zijn recordertje daar stond? Nam ze hem in de maling, of wilde ze hem juist een boodschap geven?) Ze zei langzaam, diep en duidelijk: 'Verloren zonder gloren is ons land.'

Katrien zat woedend en verontwaardigd aan het hoofd van de tafel, dubbel woedend en verontwaardigd omdat ze niets kon laten merken. Ze had van Dirk afscheid willen nemen in alle sereniteit, met een recht op rouw zoals het hoorde. In plaats daarvan was ze van hot naar her gesleurd door wildvreemden en overspannen familieleden. Was ze voor de pers gegooid zonder dat iemand ook maar één poging had ondernomen om haar te steunen op een moment dat intiem en ingetogen had moeten zijn.

Ze zat stokstijf op haar stoel en bekeek de hele bende. De drie agenten in burger, elk tegen een muur gekleefd, geeuwend, op hun horloge kijkend of in gebarentaal met elkaar converserend over de hoofden van haar familieleden heen, als waren ze te bewaken hooligans. (In haar rug voelde ze die De Decker. Waarom hield die ploert haar nauwlettend in de gaten, wat was die sadist met haar van plan?)

Steven dacht dat dit crematorium een café was, hij stond opgefokt aan de bar in koeter-Italiaans een gesprek aan te knopen met de barman die hulpeloos rondkeek om te zien of niemand hem wilde redden van deze spuug- en spraakwaterval. Intussen zat Alessandra (Hoe durfde dat mens hier als een hoer gekleed verschijnen?) te ginnegappen met ma Deschryver, die ze vroeger amper een woord waardig had geacht. En haar arme moeder speelde mee, rokend en wel, bij God. Katrien was nog steeds kwaad op haar, maar wat baatte het kwaad te zijn op een junkie, een zottin bovendien? Dat laatste had je ook kunnen zeggen van de tantes, die hun ouwe-vrouwenverdriet verdrongen door de dienster uit te hangen en die als dank achter hun rug door iedereen werden uitgelachen. Door nonkel Leo op kop, die logge zatte boerenkinkel. Hij had daarnet al ruzie zitten zoeken met een van de kaarters. Nu riep hij met één hand aan zijn mond dat Milou hem een echte dienster mocht sturen 'zodat ik eens iets knappers in de kont kan knijpen dan mijn eigen zuster.' (Hij lachte zelf het luidst en het langst.)

En van haar eigen zuster werd Katrien helemaal misselijk. Gudrun parasiteerde op een verdriet dat haar niet toebehoorde. Had je haar zien snotteren in de kerk en op de strooiweide? Waarom ging ze niet gelijk op een stoel staan, om uit te schreeuwen dat ze een liaison had gehad met Dirk? Een liaison! De laatste jaren kon Dirk niet eens een stijve krijgen, en als hij in gezelschap de kans zag om neerbuigend te doen over Gudrun had hij die niet laten liggen. Schitterende liaison. Proficiat met je verloren liefde. Om zich te revancheren voor haar verlies, had Gudrun de kleine rosse aap tegen zijn moeder opgezet en aan haarzelf gebonden. Wel, ze mocht hem hebben. Er school een zekere logica in. Jonas had evenveel van Dirk meegekregen als wat Gudrun aan Dirk kon hebben gehad: niets. Veel geluk met je gestolen moederschap.

En waar bleef híj, de grote stamboekvader, de rechtvaardige bankier, de Abraham van dit trotse geslacht? Hij was er niet geweest toen zij uit Frankrijk terugkwam, hij had haar niet opgezocht in de gevangenis en nu was hij afwezig op de uitvaart van zijn schoonzoon – de man van zijn dochter, de vader van zijn kleinkind, de boekhouder van zijn zaakjes. Eén ding moest Katrien haar vader nageven: ook in verzuim was hij nog altijd even consequent. Mijn compliment.

Zo zat Katrien te schuimbekken op haar stoel. Iedereen had haar verraden. Ze gingen ervan uit dat Dirk haar gestolen kon worden en dat ze blij was dat hij niet meer leefde en dat ze blij was dat ze hem had neergeschoten en dat ze dat met opzet had gedaan. Zo was het altijd al gegaan. Ze droegen haar op handen zo lang het goed ging, ze warmden zich aan de gloed die ze haar zelf hadden toegeschreven zonder dat Katrien erom had gevraagd, maar o wee als het fout liep. Dan kreeg zij de schuld van hun ontgoocheling. Dan werd haar verweten niet samen te vallen met het beeld dat ze hadden geboetseerd naar hun eigen zin en gelijkenis. Ze lieten haar vallen als een baksteen, ze bestreden dat ze ooit in haar hadden geloofd, ze bestreden bijna dat ze nog bestond. Het was weerzinwekkend en verdorven.

Ze voelde hoe haar tanden knarsten. Zonder haar ogen te sluiten was ze in schooluniform en een jaar of tien.

Het was de dag van de openstelling van de grote tunnel onder de Schelde. Het sluitstuk van de nieuwe internationale autostrade E3 en de kroon op het vlechtwerk van verkeerswisselaars rond Antwerpen – stad waarvan Katrien had moeten leren dat zij de grootste haven van de wereld bezat. En in dit jaar, waarin mensen voor het eerst gewandeld hadden op de maan, zou de tunnel niet door een stoet van rijdende wagens worden ingehuldigd maar door een massa wandelende kinderen. Een tocht van kilometers, naar Linkeroever en terug. Over een driebaansweg die daarna voor voetgangers verboden terrein zou worden, voor altijd.

Met duizenden kwamen ze aangestapt. Van heinde en van ver. De Vlaamse jeugd. In plooirok of in korte broek, in witte blouse of wit hemd, in blazer met het schoolembleem, de meesten ook met witte sokken. Men vormde slordige rijen van vangrail tot vangrail en men stapte op. Uitgelaten vanwege de extra vakantiedag, opgewonden vanwege de moderne tunnel die de buurlanden ons benijdden en die genoemd was naar die jong gestorven ster uit Amerika, John F. Kennedy. De toekomst straalde feller dan de zon. De duizenden stapten stevig door. De eerste rijen verdwenen reeds in het gigantische gat. Enkelen scandeerden hun naam om de galm te testen van dit machtig bouwwerk onder deze machtige rivier. Al snel waren de duizenden opgeslokt.

Katrien was geen van hen. Ze keek hen na. Zij moest met pa onder de Schelde door. In zijn wagen. Maar eerst werd ze door hem nog voorgesteld aan vrienden en collega's, machtigen der aarde. 'Dit is nu mijn dochter. De oudste, ja.' Katrien had handen geschud van oude mannen die haar in de wang knepen en over het hoofd streelden en op het topje tikten van haar neus. Ze had gebogen, geknikt, gezwegen, de ogen neergeslagen. Denkend aan de duizenden die stapten zonder haar ofschoon zij ook haar uniform gedragen had. 'Ze rijdt met mij onder de Schelde door. Nietwaar, Katrien? Een nieuwe wagen, ja. Voor de gelegenheid, haha. Die koning moet niet denken dat hij de nieuwste of de knapste heeft.' Katrien had ook gelachen, het werd van haar verwacht. Maar toen de autokaravaan vertrok, was haar vader niet haar vader meer.

Ze reden achter een vierkante Mercedes aan. 'Daar is de ingang!' wees de man achter het stuur. Katrien keek niet. Ze keek naar links, de uitgang, waar de duizenden weer opdoken. Lachend, stappend, samen. Anders. Niet als zij. 'Let op! We zijn er bijna,' riep de man. Katrien zat op haar knieën, haar handen rustend op het handschoenkastje, haar voorhoofd tegen het glas. Het gat van de tunnel kwam vervaarlijk op hen af. De Mercedes voor hen werd reeds opgeslokt. 'Hier gaan we!' riep de man achter het stuur. Zijn nieuwe wagen schoot het gat van de nieuwe tunnel in. Met een klap ontplofte het oranje.

Niets bewoog nog.

Niets veranderde.

De wagen stond gevangen.

In het licht.

Twee banen in de zoldering.

Zo ver het oog kon zien.

De man achter zijn stuur versteend.

Zijn oranje aangezicht verkrampt in blijdschap en verwondering.

Roerloos ook de andere vehikels.

Hun bestuurders eveneens oranje en versteend.

De stilte duurde voort.

De stilte van aquariums bij nacht.

De portieren waren niet op slot maar lieten zich niet openen.

Hoezeer Katrien het ook probeerde.

Of schudde aan de man zijn schouder.

Of bonkte met haar vuistjes op de voorruit.

Als antwoord, in de verte, klonk een trom.

Als antwoord, in de verte, klonk een stem.

Hij was het.

Daar kwam hij aangestapt, op stelten, van de tegenkant.

De eendagsvorst.

De Gille van Binche.

De Engel van het carnaval.

De hele tunnel zag oranje maar zijn kleren niet. Zijn bult en dikke buik gemaakt van stro. Kostuum in geel en wit, met leeuwen, sterren en met kronen – geel, rood, zwart.

Hij stapte op zijn stelten, traag als een giraf, over de wagens heen. De negen bellen aan zijn gordel rinkelden. Zijn hoed van witte veren streelde de betonnen zoldering en raakte het oranje licht.

De trommel die hem begeleidde werd er meer dan één. En samen roffelden ze steeds maar luider. De Gille op stelten schreeuwde woorden die ze niet verstond. Nog zeven wagens scheidden haar van hem. De man achter het stuur bleef zitten als versteend.

Katrien hoorde nu ook een smartelijk sonoor gekrijs. Het kwam niet van machines, en uit geen instrument. Het was een dier. Het was er meer dan één. De man achter het stuur bleef steen.

De dieren waren even dicht genaderd als de Gille. Ze klaagden, tegen de opzwepende trommels in, steeds luider en steeds dieper. Ze jammerden met hart en ziel.

De Gille op stelten greep een sinaasappel uit zijn mandje en smeet hem naar de nieuwe auto. De vrucht raakte de voorruit ter hoogte van de man achter het stuur en spatte half uiteen. Meteen vielen de trommels stil. De sinaasappel zonk over de voorruit naar beneden.

De Gille was nog maar vier wagens van haar vandaan. Maar het geklaag der dieren hing al vlak boven Katrien. Ze wist het nu. Ze wist al wat het waren.

Ze verbeeldde zich te zweven, hoog boven de grond. Precies boven de plek waar deze tunnel was gegraven. Ze kon de wegen zien, één op Linker-, één op Rechteroever. Daartussen, als een beek, de Schelde. Daar dreven schimmen in, torpedovormig, drie gigantisch, drie wat kleiner. Drie walviskoeien met een jong. Groter dan de meeste boten in de machtige rivier. De accolades van hun staarten kwamen soms naar boven, of hun ruggen met de spuwende fontein. In volle zee konden ze kilometers van elkaar verwijderd toch nog praten. Nooit gingen hun langzame gezangen verloren in de oceanen, tientallen meters onder de oppervlakte zinderden ze voort, desnoods de halve wereld rond. Nu zongen de dieren vlak boven de nieuwe wagen, daarvan alleen gescheiden door een schil beton. De grootste walviskoe steeg naar de oppervlakte, ze wrong haar lijf en sloeg haar staart. Ze richtte zich luid krijsend op, zo hoog ze kon, en liet zich vallen op haar zij. Languit in de lengte van de Schelde. Een vloedgolfje rolde over beide oevers heen.

Daaronder in de tunnel barstte het beton. Katrien zat in de wagen en hoorde alles kraken. Het water was te zwaar geworden met die walvissen erin. Overal begon het sijpelen, het was een nieuwe tunnel maar het regende erin. De oranje lampen vielen uit of sproeiden vonken. De man achter het stuur werd nu belicht door flakkering.

Katrien probeerde weer haar deur te openen maar de Gille liet zich voorover vallen van zijn stelten, languit op de motorkap, en keek haar door de voorruit aan.

Hij was nog jong. Zijn gezicht was wit geschminkt, zijn ogen waren koolzwart aangezet als bij een medicijnman. Ze liepen uit, een schilderij met te veel Chinese inkt. 'Een wedstrijd in verval is aan de gang,' zei de Gille. Zijn stem klonk hees, alsof hij ze had bezeerd. Hij perste zijn gezicht tegen het glas. De Chinese inkt drong er doorheen en lekte naar beneden op het notenhouten dashboard. De veren van zijn hoed waren nat en vuil, zijn neus was geplet, zijn lippen bewogen tegen het glas, zijn tanden waren te zien – een pratend dodenmasker van de Inca's. 'Mijn land tegen mijn lijf,' zei hij. De regen gutste op zijn magnifiek kostuum.

'Ja!' riep Katrien in de ontvangstzaal van het crematorium. Ze was opgestaan van haar stoel. Ze had gesproken. Ze had de ban verbroken. 'Ja!' Ze had de smeekbeden van de tantes niet nodig, de averechtse likdoorn in het eelt van hun verwijten. Ze had geen groteske huilbui meer vandoen die van haar een kobold zou maken. Ze had niemand meer nodig. Ze had haar woede en daaraan had ze zich omhooggetrokken van haar stoel. Haar woede had haar ook de kracht gegeven om haar mond te roeren. 'Ja,' riep ze, 'ik héb hem vermoord. Nu goed? Hebben jullie nu je zin?'

De verbijstering in de ontvangstzaal was totaal. Niemand sprak nog, niemand dronk of kaartte nog. Alle hoofden draaiden zich naar haar toe, de meeste met een open mond.

De Decker, achter haar, was de eerste die bewoog. Hij haalde – stuntelig van zenuwachtigheid – het recordertje uit zijn zak, trok de stekker van het koptelefoontje eruit en wilde de opnameknop induwen. Toen pas besefte hij dat hij de nachtelijke monoloog van Katrien zou moeten verknallen om haar bekentenis van dit moment te registreren. Vooropgesteld dat ze het nog eens zei. Anders verknalde hij de vorige opnamen voor niets. Met tegenzin duwde hij toch maar de opnameknop in.

De tweede die bewoog was een dienster achter de toog. Zij haalde stiekem het recordertje te voorschijn dat een journalist haar had gegeven, onder de belofte van een hoge beloning indien ze iets pikants zou weten te registreren. Dat die drie oude wijven de bediening hadden overgenomen, was een fameuze streep door haar rekening geweest. Maar nu kon ze het goedmaken, goddank – want als een mens het moest rooien van alleen maar de fooien die ze kreeg? Ze plaatste het recordertje op de toog, half onder een servet, met het microfoontje in de richting van Katrien. En om te zorgen dat de opname zo goed mogelijk verliep, zette ze ook de muzak af. Zijn we tenminste gelijk van die rotmuziek af, dacht ze.

Al had de muzak nog zo op de achtergrond gespeeld, het afzetten ervan veroorzaakte een stilte die onbehaaglijk genoeg was om de aanwezigen uit hun verdwazing te schudden. Als op een teken begonnen ze te praten – dooreen, verbaasd, verwonderd, geschokt. De meesten tegen elkaar, sommigen tegen Katrien.

'Hou je kop!' riep Katrien, tegen niemand in het bijzonder. 'Ik heb hem over de kling gejaagd en ik vond het fantastisch.'

Een storm van rumoer en verontwaardiging stak op. De agenten in burger waren van de muur losgekomen, zenuwachtig, naar elkaar gebarend – wat nu? De Decker kwam iets dichter bij Katrien staan, met het recordertje in zijn hand, om toch maar niets te missen van wat ze zei. Over wie heeft ze het, dacht hij. Vereecken of haar vader? Hij zag bleek van de spanning. Katrien

Deschryver legde eindelijk bekentenissen af. Voor vijf keer meer getuigen dan er juryleden zouden zijn op haar proces.

Al even bleek zag Leo die, zijn talent voor vrij initiatief ten spijt, niet wist wat hij hiermee moest aanvangen. Hij zat groggy op zijn stoel te kijken naar zijn nichtje, op wier stilzwijgen hij zo gerekend had. 'Dat moest er nog bijkomen,' zuchtte hij, zijn dronken hoofd begravend in zijn handen.

'What did she say?' vroeg Alessandra, de enige die niets begrepen had. 'She says, she murdered him,' lachte Elvire. 'Tell me something new,' zei Alessandra. 'Well,' lachte Elvire, 'she says, she enjoyed it.' 'Tell me something *new*,' zei Alessandra.

Gudrun stond, na haar aanvankelijke verstomming, wenend op en snelde naar de uitgang, Jonas met één hand achter zich aan trekkend, hoewel het kind brulde dat horen en zien vergingen omdat hij zijn wagentjes moest achterlaten.

'Ik heb lang gemikt,' riep Katrien haar zuster en haar kind na, 'en zijn kop heb ik goed geraakt maar zijn kloten heb ik gemist!'

De consternatie was compleet. De verbolgenheid laaide op. Zelfs de diensters waren geschokt en zij hadden, zo zeiden ze, nochtans al heel wat meegemaakt bij koffietafels. Er werd geroepen, iedereen vond het een schande, de agenten werden uitgescholden omdat ze dit lieten gebeuren, ze hadden Katrien nooit hierheen mogen brengen.

'Als ik morgen de kans kreeg,' riep Katrien, 'deed ik maar één ding anders. Ik schoot zijn kop er helemaal af.' De ontvangstzaal huilde van kwaadheid.

'Katrientje, zegt dat toch niet. Alstublieft.'

Het was tante Marja die dit zei. De anders zo stille Marja. Marja met het gevoelige hart. Ze had haar schaal met pistolets en boterkoeken aan de kant gezet en stond in het midden van het hoefijzer, vóór de kop, waar Katrien zat. Brave Marja zou de brokken proberen te lijmen, als altijd. Ze keek de genodigden om zich heen aan met een schuin hoofd, als wilde ze zeggen 'Alstublieft, gooit geen olie op het vuur, het is al erg genoeg zoals het is, zwijgt nu toch eens, laat mij proberen, ik ben haar tante.' En men zweeg. Om harentwege, niet om Katrien. Er viel een bokkige stilte, die niet veel nodig had om weer te ontploffen in protest.

'Zegt dat niet, mijn zoeteke,' zei tante Marja tegen haar nichtje – haar idool, haar icoon, al van toen het kind zó hoog was en over de catwalk van het lage salontafeltje danste om haar nieuwe kleertjes te tonen aan haar drie tantes. 'Het is de pijn van uw verlies die u parten speelt, mijn zoeteke, ge zijt wat in de war, ge meent dat niet.'

Katrien nam haar tante van hoofd tot voeten op. 'Hoe kun jij dat weten?' vroeg ze. 'Was jij erbij misschien? Ik wil het weleens voordoen, hoor. Jij mag Dirk spelen. Heeft er iemand een dubbelloopsgeweer bij zich?'

De genodigden sisten van kwaadheid maar hielden zich in omdat Marja hun opnieuw gebaarde te zwijgen. 'Zegt dat toch niet, Katrientje,' zei Marja. 'Het is al erg genoeg dat het gebeurd is. Het is toch waar? Dirk en gij waren zo'n schoon koppel.'

Katrien lachte van ongeloof. 'Dat heeft zelf nog nooit één vent over zich heen gehad en dat wil mij vertellen wat een schoon koppel is. Wanneer gaan ouwe vrijsters eens ophouden met te poken in andermans leven, bij gebrek aan een eigen leven?'

'Nu houdt ge op, Katrien.' Het was Milou die dit zei, rood van kwaadheid. Ook zij had haar schaal met pistolets aan de kant gezet. 'Ge stopt ermee, ge gaat zitten en iedereen gaat naar huis. De koffietafel is afgelopen. Maar eerst biedt gij nog uw verontschuldigen aan aan uw tante Marja, waar iedereen bij is.'

'Ach, laat maar,' zei Marja, 'ze is wat over haar toeren, ze heeft dat zo niet bedoeld.'

'Marja!' zei Madeleine, die haar fles cognac en haar fles Grand Marnier ook aan de kant zette. 'Wanneer gaat gij eens leren u niet meer op de kop te laten zitten? Katrien biedt haar excuses aan, amen en uit.'

'Waarom moet het allemaal zo strikt,' pruttelde Marja tegen, 'Katrientje bedoelt dat niet zo.'

'Ik bedoel dat wél zo,' zei Katrien, 'je zou beter naar je zusters luisteren. Jij laat je altijd op je kop zitten. Maar dat geldt voor jullie alle drie. Hoe jullie hier rondlopen als diensters, met jullie dikke kont, en jullie laten afblaffen, en jullie laten uitlachen achter je rug? Het is gewoon zielig.'

Het tumult barstte opnieuw los, de genodigden protesteerden, Milou en Madeleine eisten nu ook excuses voor zichzelf, Marja trachtte iederéén te sussen. Leo ging de deur uit, wankel, één hand aan het hoofd dat hij vertwijfeld schudde. Alessandra en Elvire zwegen en genoten, geamuseerd rondkijkend. De Decker stond nog altijd achter Katrien, met zijn recordertje in de aanslag. Hij vond dat hij er maar lullig bijstond en vroeg zich af hoeveel hij nog van haar nachtelijke monoloog zou moeten opofferen aan dit zinloze krakeel. Maar ik moet blijven tapen, dacht hij, wie weet wat er nog uit de lucht komt vallen en bovendien heeft ze nog altijd niet met naam en toenaam gezegd wie ze heeft neergeschoten. Dit geldt niet als een bekentenis. De dienster controleerde of haar recordertje onder de servet nog altijd liep. Als ze zo doorgaan, dacht ze, verdubbel ik mijn tarief. Dat wordt lachen, morgen, met de krant.

'Katrien! You bitch!' bulderde iemand aan de toog. Het was Stephen. Hij wees naar zijn zus alsof hij een revolver op haar richtte. Iedereen viel weer stil, zo dreigend zag hij eruit, met zijn Armani-pak en zijn verwilderde ogen. Hij kwam, nog steeds wijzend, naar het hoefijzer gestapt. De spieren in zijn kaken bewogen van razernij. 'Jij gaat doen wat tante Milou heeft gezegd. Jij gaat je excuses aanbieden aan tante Marja. Jij moest je schamen. Na alles wat zij voor jou heeft gedaan.'

Katrien moest alleen maar lachen. 'En wij maar denken dat heel onze familie jou de neus uitkwam. Meen je dit nu, of heb je te veel ín je neus geschoven?'

(Bingo, dacht De Decker. Bingo, dacht de dienster.)

'Steventje,' zei tante Marja, met een inmiddels trillende stem, 'het is heel vriendelijk van u maar dit is echt niet nodig. We gaan toch geen ruzie maken? Katrientje meent het zo niet. Weest gij de verstandigste.'

Stephen bleef wijzen maar draaide zijn hoofd naar zijn tante toe. 'Tante Marja,' zei hij. Hij brulde niet meer. 'Mijn hele leven al neem jij het op voor haar. Ze scheldt jou uit, en nog gaat zij voor. Het is hoog tijd dat jij eens een beslissing neemt. Haar of mij. Deze familie is niet groot genoeg voor ons allebei.' Tante Marja keek haar Steventje met grote ogen aan. Hij liet zijn arm zakken en keerde haar de rug toe.

'Ga je weer toelaten dat iemand jou zegt wat je moet doen?' riep Katrien naar Marja. 'Als iemand jou voor het blok zet, dan antwoord je: Rot op, ik laat mij niet chanteren. Vooruit, zeg het! Rot op! Val toch dood, Steven!'

'Maar Katrientje toch...' zei tante Marja.

'Luister maar naar Katrientje,' zei Stephen met zijn rug naar Marja, 'laat je maar op de kop zitten door háár.'

Nu brak de hel pas goed los. Iedereen had een mening, over welke kant Marja moest kiezen, en of ze niet beter geen enkele kant kon kiezen, en dat ze zich bovenal, inderdaad, niet op de kop mocht laten zitten, door absoluut niemand, zelfs niet door eigen neef of nicht... En die meningen werden allemaal tegelijk als goede raad op haar afgevuurd en Marja kon het niet helpen: ze klonken stuk voor stuk als een verwijt. Ze stond in het midden van het hoefijzer en voelde zich veroordeeld door een unanieme jury van het volk. En toen ze zag dat de bezitters van tegengestelde meningen ook nog met elkaar begonnen te discussiëren, en dat er regelrechte ruzie in de lucht hing, waardoor de uitvaart van Dirk – die toch al niet onder gelukkig gesternte was begonnen – besmeurd dreigde te raken, en toen ze oordeelde dat zij hiervan de hoofdschuldige was omdat ze op de verkeerde manier had geprobeerd haar nichtje tot bedaren te brengen (waarom deed ze toch altijd alles verkeerd?), voelde zij een steek in haar hart. Haar hart dat groot van gevoel was maar klein qua kracht. Mijnheer Dieudonné zou het een begin hebben genoemd van De Beproeving. Leo zou hebben gezegd: 'De ressort van haar tikker springt.' Haar zussen en zijzelf noemden het sinds een paar jaar 'een attaqueske, zoals koning Boudewijn in zijn slaapkamer in zijn villa in dat Spaans dorpke'. Hoe het ook genoemd mocht worden, tante Marja greep naar haar linkerborst, haar ogen zochten haar oudste zus, ze lispelde nog 'Milou, ik voel mij niet goed', ze fronste van schuld en spijt haar voorhoofd en zeeg toen ineen om nooit meer overeind te komen.

Even kwam het pandemonium weer tot stilstand, om verhevigd weer los te barsten na de verscheurende kreet van Madeleine, die naar Marja snelde en naast haar op haar knieen viel. Milou bleef overeind staan met een rood gezicht en een hand over haar mond. Anderen knielden bij Marja neer, tilden haar op, nog anderen veegden met armbewegingen de tafel schoon, er vielen twee kopjes en een autootje van Jonas op de grond, Elvire lachte, Alessandra lachte niet meer, Steven stond niet meer met de rug naar zijn tante toe, men maakte het bovenstuk van Marja's zwarte deux-pièces los en ook haar blouse, voor de hartmassage, De Decker zette zijn recordertje af, de dienster vergat het hare onder de servet en liep naar de muntjestelefoon om een ambulance te bestellen, een van de drie agenten snelde naar buiten om via zijn dienstwagen ook een ambulance op te roepen, Gudrun — met een zakdoek aan haar neus en aan de rand van de strooiweide — draaide zich naar de rennende agent om en werd overvallen door een bang voorgevoel, Jonas liet zijn brandweerwagentje tegen haar voet aanrijden, Leo zat in zijn Mercedes te dutten, Herman zag door zijn kijker de commotie en vroeg zich af wat er gaande was maar bezwoer zichzelf er niet heen te rijden. En in de ontvangstzaal — aan het hoofd van de tafel — zakte Katrien Deschryver neer op haar stoel. Opnieuw was haar tong verlamd en haar blik ondoorgrondelijk.

Het was zover. Ze had weer eens een ramp veroorzaakt.

'Beste mensen, lieve vrienden,' zei Milou met onvaste stem, vlak voor de twee ambulances zouden arriveren. Ze had met een mes op een glas getikt om de aandacht te vragen. Normaal zou ze dat op een uitvaart ongepast vinden maar nood breekt wet. 'Mogen wij u vragen om deze zaal te verlaten om...' Ze moest even slikken. 'Om ons de kans te geven een laatste moment samen te zijn met onze lieve zuster. We hebben altijd geweten dat dit kon gebeuren. Maar als het gebeurt, gebeurt het nog altijd onverwacht. Daarom, beste, vrienden, alstublieft: verlaat deze zaal. Allemaal.'

'En een beetje snel,' voegde Madeleine eraan toe. Ze meende het maar ze zei het te zacht om te worden gehoord.

7

EIND GOED, AL GOED

DIRK VEREECKEN ZAT ZIELSBLIJ OP ZIJN HURKEN in het midden van de strooiweide. Zijn vadsige extase kwam tot bloei als nooit tevoren. Sinds de gebeurtenissen in het Franse bos, vlak bij hun villa *Plus est en vous,* had hij menig gelukkig moment mogen doormaken. Maar dit sloeg alles. Hij zwolg in zijn mayonaise der verrukking. Wat een schitterende plek, wat een enig land, wat een hemelse dag. Jodelahiti.

Hij zocht in het gras naar restanten van zijn as, zodat hij van dichtbij kon zien wat ermee gebeurde. Dat hij, in asvorm, zou mogen bijdragen tot de superbe kwaliteit van dit gazon, vervulde hem van trots. Hij duwde het gras uiteen waar de begrafenisondernemer begonnen was met de verstrooiing. De sprieten zaten nog onder een laagje stof, de wortels gingen er helemaal onder schuil. Hij zag een mier die aan de haal ging met een paar korrels en andere mieren die in gestrekte colonne aan kwamen gekropen. Prima, dacht hij. Ik ben een schakel in de natuur. Een onderdeel van het grote werk. Eindelijk toch nog vruchtbaar – stuifcompost. Alleen jammer dat ik voor de helft terecht ben gekomen op de kiezels van de parking.

Hij moest onbedaarlijk lachen bij de herinnering aan de windstoot die zijn as over de rouwenden heen had gejaagd. En die Elvire! Die had tenminste gezegd wat de meesten stonden te denken terwijl ze hun tong afbeten. Dat gekke ouwe mens. Hij had er spijt van dat hij niet wat meer aandacht aan haar had besteed toen hij nog leefde.

Nou ja, grinnikte hij, ik heb meer dan genoeg tijd besteed aan haar twee dochters. You cannot have them all, zoals Steventje zou zeggen.

Bij zijn uitvaart had hij niet te veel aandacht besteed aan de twee vrouwen van zijn leven. En aan de rest nog minder. Het hele circus beviel hem niet – de fotografen, de politie, de verre familie die je liever zag verdwijnen dan verschijnen. De factor extase werd erdoor naar beneden gejaagd, de factor weemoed naar omhoog. De overdreven treurnis van Gudrun bijvoorbeeld was aan de gênante kant geweest, als je het hem vroeg. Het had zijn ijdelheid wel gestreeld, akkoord, maar hij kende de waarheid te goed. De dood was een slechte stimulator van ijdeltuiterij. Hij bespaarde zich liever het beeld van deze Gudrun. Dat was het mooiste eresaluut dat hij kon brengen aan hun onschuldige tederheid van weleer.

Katrien was een ander geval. Het liefst was hij de hele tijd aan haar zijde gebleven, haar strelend en kussend, bijvoorbeeld tijdens de verstrooiing zelf. Dat was hij van plan geweest, dat had hem een mooi en symbolisch gebaar geleken, een gepast eresaluut aan de passie die hij altijd voor haar had gekoesterd. Maar de naargeestige stemming van de mensen rond haar had hem van gedachten doen veranderen. Hij had, week van weemoed, doortrokken van de slasaus der aanvaarding, alleen zijn arm over haar schouder gelegd. Hij zou haar later nog wel ontmoeten. In alle intimiteit. Want het bleef een probleem, vond hij, je vrouw staan bepotelen waar anderen bij waren, ook al konden ze je horen noch zien.

De koffietafel had hij helemaal overgeslagen. Koffietafels? Als je er één had gezien, had je ze allemaal gezien. Wat had je als aflijvige zelf aan boterkoeken met chocolademelk? Als ze nu nog eens een goeie speech zouden houden, of loflied afsteken. Maar nee... Pralines en cognac. Dat was toch een van de weinige Vlaamse – zeg maar Belgische – volksgebruiken waar hij zich nooit helemaal in thuis had gevoeld. Dat nostalgische breugeliaanse schransen bij elke gelegenheid die zich voordeed? Nee, dan lag hij liever hier. Genietend van zijn vrijheid, en opgetogen door de wetenschap dat hij nu ettelijke vierkante meters besloeg.

Pas op, hij wist niet of hij het opnieuw zou doen, mocht de gelegenheid zich voordoen. Hij bedoelde: cremeren. Hij wilde niet zeuren en hij vond het al met al wel prima, maar het had hem ook een beetje ontgoocheld. Het verbranden zelf mocht er zijn. Hij had door het raampje mee kunnen kijken. Fascinerend. Hoe zijn lijf opging in de vlammen, hoe het leek te bewegen – even dacht hij dat het zou gaan zitten. En hoe het vervolgens uiteen begon te vallen... Niet mis. En daarna, het grappige bijeenvegen van zijn as en het vermalen van zijn beenderen. Wat een geluid gaf zoiets! Een betonboor was er niets bij. Zouden er nooit beenderen en as van verschillende personen worden gemengd? Per ongeluk? Of met opzet. Bijvoorbeeld om een meer rationele bemesting te verkrijgen van je weide want je moest niet elke dag vijf chemotherapiepatiënten verstrooien natuurlijk, of je gazon was naar de kloten.

Hij sloeg zich op de dijen van de lach. Hij ging achterover liggen in de zon, op de onzichtbare middenstip. Hè-hè. Lekker zonnetje.

Nee eerlijk, het was plezant geweest, zijn verstrooiing, maar het was ook niet helemaal je-dat. Zoals die kerel hier dat blinkende geval heen en weer begon te zwaaien? Het bleef lijken op iemand die de stofzuigerzak stond te legen. Dan was een graf, een echt graf, heel wat dramatischer. Een put had iets theatraals. Het was een wond in de flank van Moeder Aarde. Iets dat open en dicht diende te worden gegooid. Iets waarvoor moest worden gezweet. Het was persoonlijker, het had stijl: het lag te wachten op jou en jou alleen, en achteraf kreeg je een deksel over je heen, met je naam erop. Nog goed voor de economie ook. En het zou al behoorlijk moeten stormen, voor een hele lijkkist op de nabestaanden werd geblazen.

'Dirk?' hoorde hij achter zich een stem. Indien hij nog geleefd zou hebben, dan had hij zich rot geschrokken. Nu draaide hij zich voorzichtig om, op één elleboog. De stem had vertrouwd geklonken. En inderdaad. Het was tante Marja.

'WAT DOE JIJ HIER?' vroeg Marja. 'Nee,' zei Dirk, 'wat doe jíj hier?' 'Och,' zei ze, met haar duim over haar schouder wijzend naar het crematorium achter haar. Er stonden twee ambulances met draaiende zwaailichten voor de ingang geparkeerd. Er werd een lichaam op een draagbaar naar buiten gereden. De paparazzi waren volop foto's aan het nemen, de agenten probeerden hen wat eerbied te doen opbrengen voor het leed van de nu dubbel getroffen familie.

'Een accidentje,' zei Marja, 'het was in een wip en een zucht gebeurd.'

'Katrien?' vroeg Dirk, met een grijns.

'Wat dacht je?' vroeg Marja.

'Katrien!' lachte Dirk.

'Katrien,' knikte Marja lachend.

'Ik hield het daarbinnen niet meer vol,' zei ze, even later. Ze zaten naast elkaar op de onzichtbare middenstip, in het weelderige gras, in de blakende zon. 'Al dat verdriet van Milou en Madeleine? Ik zou bijna zeggen: "Het sneed door mijn hart," maar dat klinkt zo ongepast, nietwaar.'

'Zeg het toch maar,' zei Dirk. 'Sinds ik dood ben hou ik van ongepaste dingen.'

'Ik ook,' giechelde Marja. Een meisjesachtige, kirrende lach, maar niet vermengd met bravigheid. Een lach die Dirk niet kende van haar. Niet onaantrekkelijk zelfs. De dood had haar goed gedaan.

'Ik probeerde het ze duidelijk te maken maar ze wilden niet luisteren, geen van de twee. Maar ja,' zei Marja, 'dat wilden ze tijdens mijn leven ook al niet. Vroeger bleef ik dan toch maar, wachtend op een waterkans om er een speld tussen te krijgen. Nu dacht ik, foert. Ik kan hier toch niets doen, ik zal later wel terugkomen, als ze weer wat bij hun positieven zijn. Doet gij dat ook, nog eens teruggaan naar de een en de ander?'

'Natuurlijk,' zei Dirk, 'en het plezante is dat je kunt gaan wanneer je wilt, dat je kunt zeggen wat je wilt, en vooral dat je weggaat wanneer je wilt. Het maakt allemaal geen donder uit. Heerlijk.'

'Zijt ge ooit al bij mij op bezoek gekomen?' vroeg Marja, met haar gezicht wat naar beneden maar met haar grote ogen opkijkend naar hem.

'Euh... Nee,' zei Dirk, 'nog niet. Maar ik heb ook zoveel aan mijn hoofd gehad. De douanen, het mortuarium, autopsie, crematie...'

'Maar uiteindelijk zoudt ge wel bij mij eens op bezoek gekomen zijn?'

'Uiteindelijk wel. Waarom niet? Jij was mijn favoriete tante.'

'Dat zegt ge om mij te flatteren.'

'Nee, nee, ik meen dat. Waarom zou ik liegen?'

Marja rolde eens met haar hoofd, trots en verlegen tegelijk, en keek Dirk opnieuw in de ogen. Er was iets aan haar veranderd, zag Dirk, iets fundamenteels. Zoals bij hem. Hij had in de dood zijn vette vrede ontdekt, zijn vadsige extase. Maar ook in haar kwam een kant naar boven die bij leven en welzijn goed verdoken was gebleven. Ze vernauwde haar ogen tot spleetjes terwijl ze met duim en wijsvinger in haar onderlip kneep. 'Mag ik u eens iets vragen, Dirk? Als ge het niet wilt, moogt ge zeggen van nee. Maar... Zoudt ge het erg vinden... Als ik u eens kus?'

Dirk was eerst verbouwereerd maar barstte toen in lachen uit.

'Ge moet niet met mij lachen,' zei ze, hem een klap gevend met een slap handje, 'ik meen het. Ik zou u eens willen kussen. Het is zo lang geleden. En zo heel veel heb ik dat ook niet mogen doen in mijn bestaan.'

'Dan moet je het nu doen,' zei Dirk, 'ga je gang maar.' Hij tuitte zijn lippen en kreeg de slappe lach.

Ze gaf hem een duw. 'Niet zo, onnozelaar,' zei ze. 'Ik wil een echte kus. Ik weet niet wat dat is met mij. Maar sinds daarjuist? Ze trokken... Maar ge moogt niet lachen, Dirk, beloofd?'

'Ik zal mijn best doen,' lachte hij.

'Ze trokken mij het bovenstuk van mijn deux-pièces uit en ze maakten mijn soutien-gorge los. Voor de hartmassage, verstaat ge? En sindsdien... Ik weet niet wat dat is maar ik zou het liefst van al mijn kleren uitdoen. Allemaal. Om in dat gras te rollebollen. Ge hadt beloofd dat ge niet zoudt lachen met mij!'

'Maar ik lach niet met jou,' lachte Dirk, 'ik lach om de situatie. Dat jij je daar nog zorgen om maakt. Doe het toch! Trek al je kleren uit.'

'Meent ge dat nu,' vroeg Marja met pretoogjes. 'En gij dan?'

'Ik trek ook alles uit,' gierde Dirk, die al begonnen was zich uit te kleden.

Marja aarzelde maar trok toen ook alles uit. Even later stonden ze op de onzichtbare middenstip naakt tegenover elkaar. 'Moet je zien wat voor een lelijk lijf ik heb,' proestte Dirk, 'zo lang, zo mager.'

'En ik dan,' giechelde Marja, die eerst nog koket haar beide borsten achter haar ene arm verborg en haar vrije hand voor haar kruis hield. 'Zo kort en rond. En dat hangt allemaal maar,' ze greep met haar hand in haar zij, 'ge moet mijn vetrollen eens zien. En dan die celluliet van hier tot ginder...'

'Dat geeft toch niets,' vroeg Dirk, 'ik vind jou wel mooi.'

'Meent ge dat nu?' vroeg Marja.

'Nee,' zei Dirk, 'maar wat maakt het uit?'

'Ik heb ú altijd een pronte vent gevonden,' zei Marja, 'en dat meen ik wél.' Ze gooide zich in zijn armen. Tot haar verbazing deed hij meer dan haar alleen maar kussen op de wang. Hij kuste haar vol op de mond en het duurde een minuut. 'Oh, Dirkske,' zei ze, zijn gezicht tussen haar twee handen nemend. Ze had zo'n mooi en lief gezicht. 'Als ge dat vroeger had geweten – zoudt ge mij dan ook zo hebben gekust?'

'Waarschijnlijk niet,' zei Dirk. 'Dat was toen. Dit is nu.'

'En wat doen we dan? Nu?' vroeg Marja.

Dirk haalde eerst zijn schouders op. 'Wat de natuur ons voorschrijft te doen,' lachte hij toen, terwijl hij haar voorzichtig achteroverdwong. Ze liet het zich blozend welgevallen. 'Toen ik leefde wilde dat weleens problemen opleveren,' zei Dirk, 'maar sinds ik dood ben niet meer. Alles gaat vanzelf.'

Een paar honderd meters daarvandaan verlieten twee ambulances het crematorium over de lange, kronkelige oprijlaan. Erachteraan reden een karavaan van zwarte limousines en een sliert bmw's, waarvan de helft met Luxemburgse nummerplaat. Gevolgd door één Mercedes, zigzag-rijdend. Gevolgd door één Renault met vier agenten in burger en één kleine, knappe vrouw met een zwart hoedje en een zonnebril. Gevolgd door auto's met de namen van kranten eroverheen geschilderd. Op de top van de heuvel stoof een andere bmw weg, in de tegenovergestelde richting.

Een lichte bries blies over de kiezels van de verlaten parking en in de ontvangstzaal begonnen de diensters en de barman aan het opruimen van de rommel, vloekend omdat de familie Deschryver door alle commotie natuurlijk vergeten was de fooi te betalen.

De avond begon te vallen, de dag liep reeds ten einde. Maar dat mocht niet beletten dat Dirk en Marja – hij die de liefde niet meer had kunnen bedrijven, en zij die de liefde nog nooit bedreven had – zich ongegeneerd en keer op keer verstrengelden, in een profijtige plooi van de Vlaamse Ardennen, op een weelderig tapijt in de kom van Gods hand.

'Oh, Dirkske, ik ben zo blij! Vroeger had ik dit nooit gedurfd.'

'Dat weet ik.'

'Vroeger had ik dit niet gewild.'

'Dat weet ik.'

'Vroeger had ik dit niet gekúnd.'

'Ik ook niet.'

'Ik voel mij maar schuldig over één ding. Dat Katrientje u hiervoor heeft moeten vermoorden.'

'Hoe kom je daar bij? Het was meer mijn schuld dan die van haar.'

'Dus ge bedoelt... Dat het maar een accidentje was?'

'Een ongeluk.'

'Ik ben zo blij! Nu is alles goed zoals het is.'

EINDE DEEL EEN

INHOUD

COLOFON

HET GODDELIJKE MONSTER *van* TOM LANOYE *werd*
in opdracht van uitgeverij PROMETHEUS *en volgens*
de aanwijzingen van KRIS DEMEY *gezet door* GRIFFO, *Gent.*
Het omslag werd ontworpen door ERIK PRINSEN, *Zaandam.*
Drukkerij GIETHOORN MEPPEL BV *verzorgde het drukwerk.*

Van de eerste druk werden veertig exemplaren gebonden
door handboekbinderij DE PERS *te Antwerpen*
en door de auteur genummerd en gesigneerd.

© 1997 TOM LANOYE

ISBN 90 5333 571 4